肖勤 著

守卫者长诗

北京出版集团公司
北京十月文艺出版社

目　录

一

请允许我向你介绍这样一个特殊的犯罪嫌疑人。

这娃娃是哑巴，不能说话，但他能听见人说话，更甚至——当然，这不是我说的，是小哑巴"说"的——他能听见人心里说的话。

你不信？嗯啊，起先我也不信。

可你看看这小家伙的德行，铐着手铐还哐哐哐敲打暖气片管子，他是抗议，他是在宣布他听得见。

你最好赶紧赞同他的意见，不然派出所这几块破破烂烂的暖气片管子再敲下去就破了。

你们说我是个精神病，我暂且不和你们争论这个问题，所谓对象不同看法不同，岂不知在精神病眼里，正常人才有病呢。不过，至于你们老叫我徐警官，这个我要纠正一下，我不是警官，我也不是人。

是老鲍告诉我的，我不是什么警官，更非人类，我只是会说话的鸟。我坚信老鲍说的话，她聪明，她说什么肯定就是什么。

说起来好笑，我是鸟但我一直没学会飞，而小哑巴是人却一直不能开口说话，我和小哑巴合在一起，就是鸟人。

第一章　黄金种族

二

没有人管，小哑巴在他的沙岛上从来是想睡到几点起就几点起，直到那辆黑色轿车出现。

小哑巴的好瞌睡被这四个轮的黑家伙破坏了。

谁胆子这么大，居然敢每天天不亮就到沙岛来呢？小哑巴远远跟在黑家伙后面。大雾中，小哑巴看见一个高个子男人从里面钻出来，走到沙岛尽头，在一棵泡桐树下脱掉全身衣裳，白花花个身子，扑通跳进河湾里，游半晌，又赤条条爬上岸，穿好衣服，在半明半暗的晨光中一声不吭地钻进他的车，离开沙岛。

愣是个白无常咯？小哑巴想着，没惹他，敢到沙岛来的人总归是有点邪门的，既然形势不明，摆精灵点咯，莫惹的好。但这口气不顺，想了一上午，最后对着孟河作了三个揖——孟河里的婆，求你收了他，这岛是我的，他刺啦啦大摇大摆就来了，你替我收了他咯。

作完揖小哑巴心头那点不快就消了，仿佛孟河里的婆已经收了他看不惯的那个人。

六十万人的真如县城，老的小的都忌讳沙岛，莫说进沙岛，就连话题里避不过非得要提到沙岛，都只是心照不宣地说——那个地方。

这真是一个对人们来说很"那"的地方，"那"到连吸白粉吹糊糊的捣天儿娃子都不敢来。

沙岛一直是两个人的地盘——小哑巴、老女人。除了两个人，就是一百多座坟。这些坟和其他地方的坟不一样，它们没有碑，没有碑的坟就相当于没有身份证的野鬼，是不好惹的，坟地间荒草丛生，寒气森森，风吹过，似是夜间游鬼街坊互往串门，这样的地方，就算大白天丢个胆大的进去，保管也是火烧屁股一样青着脸跑出来。

小哑巴不怕，就算有鬼，一起生活了五年，小哑巴和他们也已经是熟人了，敢揪鼻子敢摸耳朵。

真如人怕沙岛还有另外一个原因，是因为沙岛上这一百多座坟头，是真如人自己造下的孽。

偶尔有老人提起那场惊心动魄的烟火架踩踏事件，通常都是以置身事外的语调向年轻人叙述那场巨大的灾难，只不过他们越想撇清，陈述起来越是面如死灰——

整个真如县老城墙外面都挂满了高高的引魂幡，密密麻麻，白色、黄色、墨蓝色……那年风大，真如城的冬天一向风就大，那些年辰更大……风把引魂幡吹得噼噼啪啪响，那声音从天空密密实实地压下来，压得整个真如县城都喘不过气来……

烟火架事件以后，城西荒无人烟的沙岛新添了一百一十三座坟头，也是密密麻麻。堆完这一百多座坟头，专门替死刑犯收尸的鬼老九着实病了好长一段时间，之后的大半辈子动不动就犯游神，明明坐在那里跟人喝酒打骂，平白无故停下来，杵在那里脸色乌青乌青，双眼发愣，半天挤不出一句囫囵话。曾经鬼老九帮孝家料理，最喜欢的就是热腾腾的猪血旺，那事以后，鬼老九一见杀猪匠提刀捅猪就躲，怕看到血。

鬼老九说不是他胆小，也不是鬼上身，是场面太惨咯，他打理过那么多被枪毙的尸体，有的一颗"花生米"没打死，补上七八枪，后脑壳看上去只有几个洞洞，正面翻开看全是血糊淋拉的大窟窿，可他拨拉来拨拉去从不害怕。但是，埋在沙岛上的那些尸体简直不是尸体，顶多就是一堆堆肉，被踩得面目全非且死不瞑目的身体，那些肉要么以难以置信的弧度扭曲着，要么以难以想象的恐怖形态掉着筋裂着骨渗着血。

鬼老九没老婆，按真如的风俗，鬼师是阴人，不能娶阳人，注定了一辈子光棍，奈何阴人也是俗人，鬼老九盼媳妇盼到偷嫖抢拐的心思都动过几百回，谁料得沙岛一回来就怂了，再漂亮的大姑娘小媳妇都没兴致。

莫奈何。

生前再好看的白瓷身，死了也是一堆臭腐肉。

这话鬼老九每说一次，都要情不自禁地吐上半天唾沫。骂，狗日的真如，格个鬼地方。

三

鬼老九说得对也说得不对，真如在八十年代末，莫格隧道没打通以前的确是个鬼地方，遮天盖云的莫格山、汹涌奔腾的吼勒江如同南北两道符咒，将真如整整困了六百年。

直到八十年代末的某一天，修了两年半的莫格隧道终于被打通。第一辆货车披红戴彩开进真如，仿佛开进了一台时光机器，它将一直被隔在花花世界之外的朴素寂静的真如一瞬间推到了宽阔明亮车水马龙的国道线面前。一夜之间，真如穿越了六百年光景，一张张蒙昧的、简单的、朴白的面孔被新时代生机勃勃的阳光所照耀，沐浴上了改革开放的春风。

这春风吹得迅猛绵密悠长，把埋在真如地下几亿年的煤矿也吹发了芽暖开了花——天堑变通途，那些曾经随处可见的煤矿一下子变成了真金白银。

喇叭一响、黄金万两。一队队狂飙穿越莫格山的货车如同发情的野马，兴奋地开进真如，然后载着笨重粗黑的煤离开，扔下一叠叠新得割手的票子，真如人捧在胸口，所有的心肝都快活得要爆炸。

发了。格山都不是山了，成了洞，大大小小深深浅浅的煤洞，有本钱的开大矿厂，没本钱的拾掇几把锄头几个筐钻鸡窝矿。三年时间，真如县十万亩林场看着看着就没了，林业厅来人也没法治——那是几十万人一起在发疯，都在挖都在砍，格爷你到哪里找那么大的监狱关人去？

人管不了人，守山神庙的陈老怪只好跟神说叨，每年春天陈老怪都给树挂丧，可早上才白花花挂一坡岭，不到半晌就全成了黑布条子。

看看，树给怄死了，接下来就是人。陈老怪伤心失意地唱拿摩——

地上香火啊，

天上如来咯，

在缠真如咯、没有心肝。

真如没有心肝啊，

你看他们，地上没有香火咯，

天上不见如来。

唱你妈的怪。挖矿人看到他就老远吐口水，大声武气地故意骂给他听，呸，五保五保，断了香火没人保，格爷挖个煤砍个树，关你个卵事，格操不了后人的心，你操先人的心。

一日，庙里不见了陈老怪，人找来找去，在山半腰一处坍塌的鸡窝矿寻到半截身子，看那身形，是救人的架势。来看热闹的人前脚叹息可惜了，后脚便兴冲冲转身奔走相告——格狗日的，陈老怪终于死了，死了利索，耳朵都让他念起茧了。

真如真的没有了心肝。

真如也真的没有了香火。

但真如的烟火旺了。

世人都知道山旮旯里头有个刚通国道线的小县城，叫真如，那里的煤多得一跤摔地上嘴啃的都是，那里的人钱多得点烟烧。

你拿来点烟烧不如我帮你烧，镭射厅、夜店、游戏机房、烫发店、音响店，我给你冒泡一样整出来，人省城都没有的新鲜玩意，我让你真如有，有了你就有地方烧了。你发你的财，我发我的财，我们一起发财。

省委书记曾经到真如转过一圈，大山腹地里藏匿的繁华还真把老大吓了一跳，他拿纸擦着两个黑乎乎的鼻孔，喷出两口黑灰，意味深长地笑，呵呵，真如非真如，无我见真如，此处非真如，活脱脱西南小香港。

真如人听不懂书记前头那些深奥的话，怔怔呆呆挤挤攘攘围着，直到听到小香港三个字，陡然脖子往后一仰，笑得大牙都黑了。

老话怎说的？福兮祸之所伏。正当真如人坐着直升机奔小康的时候，老天爷不乐意了。一场烟火架事件把真如人从天上炸回地上，着实吓蒙了好一段时间，就像一个个快活肆意得都已经忘记了仁义道德的莽撞少年，突然被隐匿在晴空苍天深处的一记霹雳劈中，差点还不了阳。

在那个时间段里，突然发迹、蛮野嚼瑟的真如县成了悲伤、抑郁、神经质的真如。

毕竟死了那么多人，都是自己的父母、子女、老婆或老汉。

自从鬼老九埋完人从岛上出来后，真如县城的人没一个再进过沙岛。坟茔们寂寞地杵在岛上，没有人来为他们烧香点烛超度——活着的真如人打死也不想再去面对那血腥恐怖的一夜。

住在沙岛滩头的拾荒女人便在这时候体现出了她人生唯一的存在意义和价值。

鬼老九记得很清楚，那天天气很暖和，金色的阳光洒在白花花的芦苇花上，亮瞎了人眼，若不是因为一具具扭曲变形可怕恐怖的尸体，这样的天气，揪上隔壁杀猪匠家那个爱尖叫的女人在芦苇丛里打打滚，简直是世间最快活的事。杀猪匠的女人像个充气娃娃，你一按她她就吱哇乱叫，按一下叫一下，按两下叫两下，搞得鬼老九每回按她都又兴奋又害怕。

鬼老九眼前的芦苇丛里也有个女人，瘦骨嶙峋，头发又乱又长，像顶着一窝茅草，女人不知在哪里偷了火酒，喝得烂醉如泥，四仰八叉地躺在草窝里呼呼大睡。

起开。鬼老九踢她一脚，埋人呢，你个活人给死人腾个地咯。

女人醉醺醺打了个滚，腾出一块地来让鬼老九挖坑。

埋了一个，鬼老九又踢她，再起开。

女人又打个滚。

女人从这个草窝滚到那个草窝，从早上滚到天黑，鬼老九还没埋完人。

月亮挂梢了，沙岛上渐渐笼满了河雾，寒意逼上鬼老九的背脊，慌得鬼老九直冒冷汗，手忙脚乱拼了命地干，刚填平最后一座坟，也不知女人何时醒了来，蓬头垢面地从侧旁刚白花花撒了冥王钱的坟堆后面冒出来，抱着大坟头一声大叫，哎呀，馒头。

鬼老九吓得半死，撒腿就跑，鬼师帽子丢了也顾不上捡。

第二天女人酒醒来，发现"馒头"是坟堆，不干了，提着鬼老九丢下的鬼师帽满真如城转，顶着个破锣嗓子在大街上嚷嚷——欺你嘎婆！自古来仙住仙家佛住佛堂咯，有钱人睡楼房，叫花子地当床，我不抢你的，你倒来抢我的。沙岛是我叫花子的地盘哪，哪个在叫花子地盘上埋的坟哪个站出来说话，不然明天我他妈就平了它咯。

泼皮了两天，陆续有人从巷口挂着白幡的人家走出来了，老远站定，捂着鼻子扔给她一沓钱，说，帮个忙，这钱给你看坟，年年不少你。女人见了钱自然不骂了，把鬼师帽往天上一丢说，哎呀，那个啥子，四海之内皆兄弟。

这话哪里学来的、什么意思，女人不甚明白，只觉得放在这里再合适不过。

人们也觉得这个女人住沙岛再合适不过了。看她那个长相，披头散发青皮寡脸，凹额细眼长下巴，不是牛头就是马面，真正是鬼见了都愁的货，恐怕也只有她能降住那些个断腿断手的冤魂。

格鬼见愁女人是真仗义，清明、重阳、死忌，都能看到她在县城专卖殡葬用品的花纺街买香纸烛，结结实实夯紧了，沉甸甸背一大筐回沙岛。

难怪女人仗义，女人对这些坟是有感情的——活了几十年，没人当她是个人，想不到托这堆零骨散肉的福，竟然有了"工作"。

一百多座坟，要烧完纸钱总得一整天工夫，女人不识字，但聊斋听过不少，晓得鬼有鬼道，人有人义。每年拿到手的钱，实打实花掉七成买纸钱，只留三成打酒买猪头肉，绝不多扣一成。这样下来女人能到手的钱其实也不算多，但女人知足，年三十的时候，女人早早给坟们点了香烛烧了纸送了钱，傍晚顶着风雪，裹上件到处露棉絮的破棉衣往县城里走一遭，随便找一家坟主，在房门外告诉，喂，烟火架家的，纸烧了，香烧了，格烛还亮着呢。

门打开，和着热腾腾的饭菜香与嬉笑声，挤出个人来，手里端着一盘香肠或酥肉，一声不吭倒在女人准备好的破瓷碗里。女人再告诉一家，这回不要饭菜了，点明要二两苞谷烧，便心满意足地顶着风雪回来。钻进用破木板、散竹篾、塑料布搭起来的窝棚，一个人边抿酒边吃几片肉，顿一顿，扯起嗓子唱一曲《想冤家》，再抿一口酒，唱《妹子娇》，妹子生得嫩又娇，胸前鼓起两个包，哪时落到哥手里，只见肿来不见消。唱着唱着女人怪不好意思且猥亵不端地冲自己嘿嘿笑两声，再喝上半碗苞谷烧，就算是过了节。

女人独人独影一人过了小二十年，不承想四十九岁那年春上落尾雪的时候，居然在路旁的垃圾坑里捡到个冻僵的哑巴娃，把个女人兴奋得只差往娃儿嘴里塞奶头。

这是什么事嘛，这是什么事嘛，格老汉都没找，当上妈了。女人快活地笑，又一想，不行，老黄花也是花，妈不能，当姐。

从此沙岛上多了个娃，有了小哑巴，女人过年过节时便只喝酒了，肉让给小哑巴，喝完酒的女人总会醉醺醺伸手揉小哑巴的头，指着棚外影影绰绰的一个个坟茔，阴森森地问，乖，怕不怕？

小哑巴那时小，完全听不懂，没工夫理她，腮帮子里塞满肉。隔两年听得懂了，更不理她，腮帮子塞满肉，手里还抓着肉。

乖，别怕，他们就是我们的民政局。

民政局是什么，小哑巴是真不懂。

鬼头，晓得这里为啥子恁静不？晓得这里为啥子谁都不敢来不？因为这里是孟河，孟河里住着一个婆，叫孟婆，我是孟婆的妈，嘿嘿嘿。女人边说边笑起来，细眼睛肿眼泡尖下巴的样子实在是很难看。

沙岛为么子恁静，幼小的哑巴一直不明白，他那颗脑袋还达不到能够思考和掂量生命可承受之痛的程度，他只知道这静是他的天堂，坟茔是他的迷宫，而他是沙岛的王，在沙岛，他想几时睡就几时睡，想几时起就几时起。

直到高个子男人和他的车出现在沙岛上。

四

冬天了，高个子游泳的劲头还真不是一般，不怕飘着雪花花，天麻麻亮一准开着黑家伙进岛来，忽忽忽，突突突，有时候还响一喇叭，牛皮哄哄的，吵人。

老子叫来水鬼收拾你！小哑巴憋气，骂，用又黑又脏的细脚板撩开棚布。

"门"外，悠长的孟河在西南面拐了三百六十度的大弯，经年日久的迂回把来自于孟河的沙砾杂石堆积成了柔软而丰润的沙岛，无数的杂木灌木荒草芳草和无数的鸟把沙岛围成一个蓬乱而原始的窝。雪寂寞地飘着，整个世界白茫茫一片。和真如县城不同，这里是真的白，白得像个梦。小哑巴远远看着男人在泡桐树下脱衣裳，突然有点想女人。

冬上第一场雪还没来时，女人死了，剩下小哑巴一个人。

关于和女人的关系，到底该是母子、姐弟还是祖孙，因为小哑巴不会说话，不用叫妈，这个严肃的问题竟然很轻易被省略了。反正在小哑巴的手势里，女人是一朵花。

花。只要他巴结讨好地朝她比这个手势，女人就会开心得抹眼泪，她说她没哭，她有风吹眼，见风就流泪。

是花就有枯的时候，十多天前，刚起冬，大清早的小哑巴抹着口水醒来，看到女人趴在河滩边上，以为她在洗头，心想恁寒的水，冷傻你。

等了半天不见动静，小哑巴跑出去推她，女人的身子竟然硬邦邦扑通一声掉进水里，吓得小哑巴搞慌了手脚，半天才揪着女人的裤脚把她从河里拖上岸来。

整个早晨小哑巴都坐在河边发呆，河对岸的树叶子都掉完了，一根根光愣愣地立着，对着小哑巴干瞪眼。风从东南面吹来，朝西北面吹去，小哑巴顺着风向转头往西北看，西北是真如县城，那边的天空和小哑巴头顶的天空完全是两个样子，这边是清亮的，那边是灰黑的，小哑巴想，女人是朝清亮的地方去了呢？还是往灰黑的地方去了？一只秋后的蚱蜢有气无力地从草丛里跳出来，把小哑巴吓了一跳，他生气地一脚板踩上去，把蚱蜢踩得稀烂。

小哑巴抬起脚板瞧半天，想明白过来，死了就是死了咯，没有朝哪个地方去，也不能从哪个地方重新冒出来。

早在这之前，女人就跟小哑巴摆拉过太多关于来生与前世的事情，听惯了这些，小哑巴觉得自己就是个自由穿梭在阳世和阴间的无常，直到看着死蚱蜢，小哑巴才意识到，他不是无常，女人也不是孟婆的妈，世上没有仙，地下也没有鬼。既然没有鬼，人死了和蚱蜢死了也没什么区别，小哑巴跺跺脚，跑去找铲子，女人说过，要是她死了，把她埋在泡桐树下，树下面有她的男人，等着跟她洞房。

埋人小哑巴太会了，女人教过小哑巴上百次，挖坑、填土、平坟头、烧纸、拜四方极乐世界……总的来讲，跟埋只死野猫差不多，只是坑得大一些深一些，再东南西北多磕四个头而已。

可到底是有点伤心，到底是显出很多不同来，比如夜长了，白天也长了，还不到冬天，风就有点扎骨头了。小哑巴常常浑身揪着扯着的不舒服。

没有人再捏着小哑巴的鼻孔灌酒，深更半夜偷偷挠他的脚板心，笑得他岔气，也没人陪他进城拾垃圾，搓他乱蓬蓬的脑壳。

真真是难受，整个身子都生锈了，眼瞧着周身的不痛快，还来个精神病天不亮就来添堵。小哑巴气咻咻地盯着脱衣服的男人，想，我踢你两屁股。满世界都是河，你来游孟河，格水鬼牵你，格河妖抱你，孟河里的婆，你怎还不收他。

五

　　孟河里的婆没牵走游孟河的男人，倒是又给小哑巴送来另外一个男人，不过这个男人和那个男人不一样，这个自称是"鸟"的男人一出现在沙岛，就把小哑巴逗乐了，哪有说自己是鸟的人呢，小哑巴指着自己的小鸡鸡比画——这个才是鸟。

　　叫鸟的男人不生气，细声细气地说，不是这个鸟，是天上飞的鸟。

　　小哑巴想，格怕是个疯子咯。

　　我真的是鸟。你呢？他睁大眼睛，整张脸冻得白花花的，眼眶是好看的粉红色，上弯下弯，像两瓣桃花，明明他是大人，小哑巴是小孩子，他却像孩子见到陌生人一样讨好紧张。

　　见小哑巴不回答他，他咯咯咯笑——哦……你听不见，十聋九哑。别以为我是鸟我就不知道人的事，我格什么事体都明白。

　　小哑巴防备地看着他。鸟便自个儿说开了——

　　……我为么子叫鸟？其实不是叫不叫的问题？啾，而是我明明就是一只鸟。

……我是人？不是，我跟你讲，一个东西到底是什么东西，并不取决于这个东西长得像什么东西，而是这个东西的内心是个什么东西。就像有的人，长得像人，内心却是猪，是狗，是狼。形？可笑，我告诉你小哑巴，你不要像看疯子一样看着我，我很严肃地告诉你，形是靠不住的，是唯心主义。我是鸟，尽管长得像人。

小哑巴听他乱七八糟天上地下一番话，想，原来这家伙疯得还不是一般的厉害。小哑巴睥他一眼，双手做了一个飞翔的动作，又冲鸟摇手。

你是说我不会飞？呵呵，我目前的确不会飞，但是快了。

小哑巴伸长脖子，摊开手。

你问快了是什么时候？啾，快了就是快了。鸟甩甩袖子，我经常飞的，只是不够高，时间不够长，要训练。

嗬，小哑巴有点兴奋，没想到一个从没跟他在一起过的疯子，居然能看得懂他所有的手势，小哑巴激动得一头拱在鸟怀里，把鸟拱个四仰八叉。

鸟也兴奋，这世上居然还有人愿意听他说话，哑就哑呗，但小哑巴不聋啊，十聋九哑，小哑巴是十减九剩下的那个。

世界是一个大宇宙，无边无际，几千亿个光年走不到边。我们现在这个星球叫水星，那里，离这个小星球不远那个大星球，鸟指着北面黑乎乎的山峦脊背后那片微光——那个星球叫火星。火星里有座城，城里有个男人特别喜欢洗澡，但他特别节约水，为了节约，他跑到我的鸟笼子里跟我媳妇一起洗澡。

你的媳妇也是鸟？小哑巴脸上打着大大的问号。

鸟很认真地思考，末了苍白的脸上浮起一抹疑惑的桃红，那是脑力劳动过剧形成的颜色，接着点点头，旋而又慌乱地摇头，狐疑地答，应该不是，她不喜欢飞。

哦，小哑巴打了个手势，意思是继续。

说我媳妇吗？她不是鸟。鸟的脑子还没从媳妇的问题里挣出来。

说你。小哑巴用小木棍戳他胸口。

我嘛，我的事有点长。丢掉了关于媳妇是不是鸟的问题后，鸟开始讲他的故事。

那是我上辈子的事情，上辈子我是个警察，当时天已经黑了，我坐在县城的后山上吹风，吹了整整一夜，我有很多问题要想……

讲到这里鸟有点呆滞，无辜又无助地看着小哑巴，说，你知道不知道我在想什么？

小哑巴耸耸肩膀。

也是，你怎会晓得咯？鸟羞涩地笑起来，好像是自责自己的笨，不好意思地挠头，跳过这个章节——然后……我就不记得了，只记得有一天，我从看守所出来了。

看守所是什么东西，小哑巴听不懂。

看守所，监狱，关人的。鸟乱七八糟地比画。我从看守所里出来时，正从人逐渐变成鸟，那天中午，七级大风，天昏地暗，太阳在天空缩成一颗黄豆，有气无力地挂着——你晓得咯，就算是无所不能的太阳神、宙斯或者观音菩萨，也是拿我们伟大的火星没有办法的咯，火星上所有的煤矿和灰尘都在飘，像东厂的锦衣卫无孔不入，铺天盖地，太阳算么子，太阳离得恁格远，太阳就是个跳蚤。

等等。小哑巴拍拍鸟不停翻动的手——你被关了？你明明是警察，是关别人的。

鸟看懂了，这真是只聪明的鸟，短短时间里，居然能和小哑巴配成天造地设的一对。

是的，鸟在窝棚里不停地跺着脚，说真冷……我也一直在思考这个问题，我是警察，怎么我会从看守所里出来？我一路都在思考这个问题，以至于路过我的煤车停下来问我要不要搭车，我都没有理，我只觉得我整个人都要飞起来了，我急着回家，我要去找老鲍……

六

那天是端午，从看守所吃了粽子出来，鸟在七级大风中穿过一座座矿山和弥漫在空气中无处不在的黑尘，晚上七点半钟，就在《新闻联播》刚结束《天气预报》刚开始的时候，他终于到达了自己的家。从家门前挂的那面辟邪的小圆镜里，他看到自己的形象无比糟糕，整个人从头到脚都是黑的，像月亮光下从矿井里挖出来的一块煤。

局部地区有阵雨……门缝里传出来的声音如此甜美，那是家的味道。他有点紧张，用袖子擦了把脸，然后用激动、委屈，并夹带着愤怒和撒娇的情绪轻轻打开房门，想给老鲍一个Surprise。

灯没开，电视闪着蓝莹莹的光，夜色像河水，无声无息淌过窗帘，整个房间简直就像浩渺寂静的星河。老鲍不在家？正沮丧，鸟听到一阵隐约的笑声从洗手间传来，他蹑手蹑脚走上去，调皮地透过门缝偷看。

他本来想吓老鲍一跳，结果自己给吓了一跳。

老鲍光溜溜的，正和一个男人在浴缸里泡澡。

等等，老鲍是谁？小哑巴打断他。

老鲍就是我老婆呀。鸟愉快地说，你不知道？她那么漂亮，你居然不知道？

喊，小哑巴哼哼，我怎么知道老鲍是你老婆，还长得漂亮。老鲍应该是个老男人，脸上长满胡子，还大龅牙。两个大男人抱一块洗澡，哈哈，好恶心，等等……小哑巴突然跳起来——你老婆在家里跟男人一起洗澡？小哑巴急得手舞足蹈，狠狠挥着小手从脖子上划过——呸，宰了他。

为什么要宰人家？鸟疑惑不解地看着小哑巴。

他睡了你老婆。小哑巴直抓头发，这疯子，真傻了。

人家没睡老鲍啊，人家是和老鲍一起洗澡。鸟也急了——人家是好人，你知道吗？火星那边水不够，一上五楼就没水，节约用水多重要啊。你知道人家是谁吗？人家在火星是个大人物，他都肯跟我们老鲍挤在一个浴缸里洗澡咯。啧啧。

疯子，疯子疯子疯子，小哑巴用木棍把身边的细草一通乱砍，你还是死了算了。砍了半天不甘心，问，你真没跟那个人急？

也急了的。鸟重重地点头。

小哑巴想，这就对了。

我急的是浴缸里的水实在是太少了，那么少怎么泡得干净咯？

小哑巴彻底崩溃，倒在草堆上。

鸟却兴奋得朝他屁股上就是一脚——咿呀，你怎么知道我当时急得晕倒了？

鸟说，等他醒来时，漂亮的老鲍闷闷地坐在沙发上看电视，穿着橘色的睡衣，胸前露出两个洁白的半圆，像小星球。浴缸里早没有水了，房间里也没有那个男人，只有他自己鼻子肿着，鼻孔里塞着棉花球，衣裳上一溜的血。

人呢？他瓮声瓮气地问老鲍。

什么人？老鲍咬指甲。

刚才跟你洗澡的。鼻子塞着棉花，鸟只有哈着嘴吸气。

你脑子有病。老鲍嗤之以鼻，喝了口茶，轻蔑地看着他，轻轻地说，这么多年，你这人脑子一直就有病。

鸟迷茫了，难道是他产生了幻觉？

那天晚上，鸟始终不能用鼻孔呼吸，因为他的鼻头很痛，不知道撞上了什么东西，他只能张开嘴，大口地用嘴巴呼吸。老鲍已经睡了，扔下他独自坐在客厅里。窗外，远处火电厂巨大的双曲线冷却塔头顶正吐出一团一团白云朵，堆积扩散。

一股莫名的压力随着那堆厚而重的白诡异地朝他逼来。

这时，一直刮着的风说停就停了，空气凝结成一块透明的玻璃。暴风雨要来了，一群灰蓝色的鸽子呼啦啦朝他的窗台飞过来，眼看撞上，又一个急转弯飞走，一只幼鸽演习不到位，没能刹住车，直冲窗玻璃而来，鸟闪电般地推开窗子，幼鸽扑进屋来，慌张地停在茶几上不安地徘徊，看得出它是落单害怕了，可怜的鸽子。雨点开始密集地打下来，幼小的鸽子冲着窗外跃跃欲试几次后，最终张开翅膀无畏地冲了出去，像一支灰蓝色的箭，直刺进黑压压的天空，鸟还来不及反应，它便瞬间消失在鸟的视线里。

鸟愣愣地站起身来，走上阳台，雨点斜打入窗，重重地打在他脸上，很痛，他突然期待着自己能像刚才那只鸽子，冲破密实的令人窒息的夜空。

是的，变成鸟多好。

这个想法刚一冒出来，他的鼻梁筋就不痛了，脸也不痛了，他感觉自己全身的血管都正在变成细嫩的羽毛，怂恿他飞翔。这使他无比亢奋却又十分羞愧，变成鸟就得辜负爱他的老鲍，因为鸟是不能与人相伴到老、接吻做爱的，于是他内疚又讨好地走进卧室，来到床边，轻轻碰了碰老鲍白生生的小巧的脚趾，老鲍却缩缩脚，把头蒙进被子里。

鸟无助地看着眼前印满百合花的被子，听着自己脑子里突然冒出的啾啾声，明白过来——老鲍不理他，是因为他已经变成了一只鸟。

鸟的故事说到这里，小哑巴基本明白了。

第一，鸟本来是个警察，有个漂亮的老婆。

第二，鸟的漂亮老婆跟别人搞上了，鸟撞见了他们在一起洗澡。

第三，鸟气疯了，变成了今天的样子。

但有一个细节是小哑巴不明白的——鸟明明是个警察，怎么会被关进看守所？这个问题，小哑巴想不明白，也问不利索，因为鸟一提到这个细节就发蒙，反过来问小哑巴，是啊，你告诉我，为什么？

看着鸟无辜而茫然的表情，小哑巴很想去杀人，杀老鲍。

鸟经常想着洗澡的事，他希望和那个男人一样高尚，节约用水，跟别人一起洗澡。可是全真如的人都不愿意和他一起洗澡，他很无奈。有一天下大雨，他正巧经过真如县城南郊的一片稻田，雨水把秧苗上黑乎乎的煤尘清洗净澈，露出喜洋洋的绿，又淋透他的衣服，从外到里从上到下暧昧地抚摩他每寸肌肤。他开始觉得身体里有一种奇怪的东西在涌动、奔腾，犹如新生的婴儿接受父母的抚摩，像成长的少年被女孩温柔的双唇吮吸，这奇妙的感觉让他无比兴奋，于是他脱光身上所有的衣服在雨里跑，他伸出舌头，让冰凉的雨水滑进他的嘴巴、喉咙和胃，最后他把自己也变成一滴雨水，滑翔过一长段湿漉漉的田埂，并成功地摔进稻田。

一头没撑伞的牛走过来，拿大眼睛瞪他，牛应该是生他的气，滚泥潭是它的专利，鸟侵权了。

鸟向牛解释说，我是在洗澡，全世界变成个大浴缸了，我和全世界的人在一个浴缸里洗澡，你应该表扬我。

牛转过身，尾巴一扬，送了他一堆气氛热烈的牛粪。

小哑巴喜欢听鸟说疯话，同样是说话，女人说起来又干又瘪，鸟说起来有滋有味，像在放电影，听得小哑巴捂鼻子，仿佛眼前真有一头牛，在他面前拉了堆热气腾腾的牛粪。

鸟游走在大街上，希望有人跟他交流关于那次洗澡后的心得。

全世界是一个大浴缸，我们在大浴缸里一起洗澡。他兴致勃勃地说，所以我的痣你都看得到，你的痣我也看得到，你的是黑的，我的是红的，他的是花的。

看痣有什么意思，应该去看大白咪咪。男人们引他往邪里说，引不去，他满脑子只有痣。说不到一块，他又去找描眉画眼的妹娃，开心地拦住她们。

朋友啊朋友，你可曾想起了我？他突然蹦出来，站在妹娃们面前，开心地唱。

妹娃皱着眉头说，个死疯子你要死咯你死远点，我想你个药包包咯。

他着急起来，琅琅大声地提醒妹娃——哎呀，明明那天我们就一起洗过澡嘛，在一个大大的浴缸里。

妹娃说洗洗洗，洗你婆的澡，转身给后面的"展护卫"说，你憨了呀，你不晓得替我收拾他咯。

"展护卫"就甩开膀子把鸟提摔得飞出去。

每次跌落地面以后，鸟都往沙岛跑，他快活地钻过芦苇丛，踏响一个个小水泡子，钻进小哑巴的棚子，鼻青脸肿摇头晃脑地告诉小哑巴，哗，今天我又飞了一次。

总有一天我会飞得很高、很高，穿越火星，到达水星，我不光要做鸟，我还要做凤凰。

鸟坐在草丛里，挂着一串结痂的鼻血，无限神往地看天，突然话头一转，指着远处山边上那朵软绵绵的云，慈祥又真诚地说，乖，来，我把那个给你扯下来，送你当被子。

小哑巴捡到一个丢弃的德克士全家桶，正拼命啃着一丝藏匿在鸡腿骨之间的肉，听到这里心都化了，肉也啃不下去。

七

和个疯疯癫癫的鸟在一起，冬天一眨眼就过去了。心情好的小哑巴宽宏大量地接纳了那辆车和那个天不亮就来游泳的男人。

那辆黑色的车，小哑巴叫它两头爬，因为在小哑巴看来，它的前面和后面差不多是一样的，也许里面有两个开车的，一个负责往前开，一个负责往后开？又或者开车的座位是可以转的，往前开时坐前面，往后开时把座位转到后头？

男人的身体还不是一般的好，整个冬天几乎一天没落下，天上飘雪河里漂冰他照样敢下水，一直游到春上。小哑巴想，个狗日的，够狠的，看他屁股上的肉紧成一疙瘩一疙瘩，是个铁货。如此，小哑巴轻易不出现在男人面前，等男人跳到河里了，才从芦苇丛里钻出来，远远地研究两头爬。这东西太诱人了，小哑巴做梦都想不明白，它四个轮是怎么转起来的？

鸟的影子出现在两头爬的耳朵镜子里，老远就手舞足蹈。

我操，又是让人给踢飞了。小哑巴粗鲁地想，回过头冲鸟做了个手势，嘘，轻点声。

这次鸟飞了十八级台阶，从二楼到一楼，中间还成功地做了三个半空翻。

眼角裂了个大口子的鸟耷拉着青紫色的眼皮，摘下两朵只剩半边身子的大野鸭子花，跑到芦苇丛边，把花插在两头爬的耳朵上，然后冲着它的大眼睛亲了又亲，轻声道，我的好乖乖。

小哑巴不敢去碰那玩意儿，也不敢坐到它身子上去，怕它突然动起来，把他给摔了，小哑巴远远倚在老泡桐树下，老练地抱起胳膊看鸟在那里发疯。春天的风柔软温顺，吹在小哑巴脸上，柔得小哑巴想哭，他突然很可怜这个给绿帽子气疯了的傻男人，可怜到很想当他的爸，保护他。真的，如果让小哑巴做他的爸，小哑巴一百个愿意，管他比自己大几十岁呢。

过来嘛。鸟朝他挥手。

小哑巴看了看黑色的两头爬，摇摇头，不敢。

来呀。鸟鼓励他，轻手轻脚走过来，拉他。

小哑巴缩头缩脑地走到两头爬旁边，小心翼翼地观察这家伙，他是真怕它突然轰一声动起来。再说，这玩意儿它一会儿朝前爬，一会儿朝后爬，很诡诈，要是它半截想往前开半截想往后的话，会不会扯成两半截？

No，鸟已经完全看得懂小哑巴的手势了，他细声解说，你看，只有一个头，一推，往前咯，再一推，倒挡往后……说着，鸟从车上溜下来做示范，呼呼呼叫着往前冲，又停下来，嘴里叫着咔嚓，然后往后退，退着退着就退到了深水凼里，缠了一身绿油油的水花生，好半天挣扎着爬上来，早春水寒，鸟骨头瘦，身上也没几两肉，直冻得瑟瑟发抖。

小哑巴乐坏了，顾不上暴露，啊吧啊吧大笑起来，张开双臂沿着沙岛的边缘兴奋奔跑，还不够，扑通一声扎进孟河，溅起偌大的水花，把不远处水湾里游泳的高个子男人吓了一跳，以为有人跳河，迅速地朝小哑巴游来，不问三七二十一，赤裸着身子把小哑巴从水里捞起来就往岸上走，小哑巴被他拦腰扛着，脸朝下，正好看到男人的屁股，那屁股上的肌肉正随着走动的步伐缩来鼓去，形成两个大酒窝。

湿漉漉的小哑巴看呆了，忧国忧民地想，这么壮格个男人，这么深格个酒窝，得淹死多少女人哪。

别以为小哑巴小，小哑巴知道的事不比大人少，而男女的事，在小哑巴眼里压根就不是啥子稀奇事。他成天钻巷子穿林子，没少见那些事。人欺他是个哑巴，不防他，少些格个男人，反倒故意弄些个怪状来，也不管女人急得吱哇乱叫——真如这个地方还真有许多光景与别处不同，真如人喜欢炸火，真如男人更喜欢把这种事做得十分的炸火，而且在节骨眼上，男人们不光不怕被捅破，还颇有点期待被捅破的德行。鉴于此，小哑巴看到的屁股自然就太多了，被牛仔裤包着、露半条沟的，挨挤在某个男人腰上东摇西晃、还有些看起来完全不成比例却非要在一起的，比如女人和民政局的门卫老头。

女人死前那天晚上，小哑巴隔着门卫室窗子上贴的报纸缝看到了这两张屁股，一张灰白色，干巴巴的，是女人的，一张灰黑色，又皱又老，老到屁股上的肉全垮成了八字形，但这个屁股的主人有成打的纸壳和报纸，听说还有高档的旧衣服，他可以给女人，也可以给别的人。为了这个"可以这样，也可以那样"的选择题，小哑巴知道，女人花了好几个晚上的时间来思考，那几天，她喝一口酒就问小哑巴一次，乖，你说，我格是去还是不去？

小哑巴翻白眼，格人送你东西，不去是憨包。

乖，你说，这人贱哈。女人笑。

是贱嘛，人家送你东西你都不要嘛。小哑巴没好气地转过身子，他冷得很，他一直想吃碗热乎乎的羊肉粉，可女人不给吃。

想想也是，人都老成了这样子了，还当自己是黄花不成？

一听到花，小哑巴立即转过身来，伸出两只小手，比成一朵含苞待放的花骨朵，再缓缓打开——啊吧啊吧，你就是花。

女人咻地笑了，嗔怪地踢了小哑巴一脚。

屁花，一副老皮囊。女人自言自语地骂完，眼神又飘到别处去了。

女人的眼神一飘，小哑巴的心思也飘走了，不在女人身上。很多时候小哑巴心都会飘到一个遥远的地方去，就是女人经常说的那个极乐世界，空荡荡的天，白茫茫的地，人走在里面，像只蚂蚁掉进大雪里，世界干净透彻，没那么多劳心费神的破事。

小哑巴问女人极乐世界在哪里。

女人照旧说，天上的云，水底的草，土里的苗。

快睡觉时，女人又问小哑巴，你说，我去不去？

小哑巴比画，去，不就是睡个觉吗？男人和女人都是要睡觉的。

女人摇摇头，说你不懂，睡觉有睡觉的事体，男人和男人不一样，女人和女人也不一样，还是不去咯。

第二天夜里，女人又这样问，然后又这样说。

过了小三天，女人的神色便有点恍惚了，傍晚牵着小哑巴从废品收购站出来，迎着北风走，刚进冬天，这高原的风便开始带小性子了，不是往人脸上抽，就是往人裤裆里抽，抽得小哑巴抖成一团，小鸡鸡都缩到了肚子里。

女人木木地问，冷啊？

小哑巴吸溜着两行清鼻涕，指指薄薄的裤子，比画——棉裤。

女人红着鼻头，粗鲁地搂了小哑巴一下，说就买，饿不？

小哑巴点头，又指指前面。

真如北街屠宰场巷子口，胖婆娘家的粉面摊上，那口支起的大锅正热腾腾沸着，粗壮的面条在汤锅里热烈地翻滚，灶旁小面盆里的油辣椒在灶火旁热滋滋直冒泡。小哑巴兴奋地看着胖婆娘不停忙碌的双手和她手里一碗碗浇满红油的羊肉粉，眼珠子跟着左右乱转，不停咽口水。

女人说，讲好了不吃。

要吃。小哑巴跺脚。

女人犟不过小哑巴，走过去问胖婆娘，几块钱……一碗？

胖婆娘看也不看女人，说臭喽，走开喽。

女人拧上了，掏出五块钱一巴掌拍在灶台上，粗声粗气地说，要一碗。

胖婆娘晃着一头黄头发，两只轻薄的大耳环跟着晃，挥着大漏勺在锅沿上敲，格款姐，格富婆，加价了，七块一碗。你有现钱没有？没有现钱开支票也行咯。

女人气得一张脸都憋黑了，手在裤包里犹豫了半天，终于拿出两张一块的，惊天动地地拍在灶台上，这回声音更粗，像打劫的土匪——一碗。

胖婆娘才是真土匪，面不改色地把三张钱甩回来，大声说行了行了，你一进店，客人全熏走了，这有四个馒头，你拿走。也不想想，七块钱一碗啦，你成天捡的又不是金子银子，是纸壳报纸。来，拿着。

刚一冒充上土匪就后悔得肠子痛的女人赶紧抢过钱，笨拙地塞回裤包，乐呵呵地接过那四个隔夜的冷馒头。

眼见着到手的热汤没了，小哑巴不干了，一屁股坐在地上，两手抱住桌子腿，嘴里啊吧啊吧直吼。

女人一根根掰开小哑巴的手指，说，格走不走，信不信我踹死你。

正好有人吃完粉起身走开，小哑巴眼尖，闪电一样从地上蹿起来，抓起人刚放下的碗，咕噜咕噜往喉咙里灌。老板娘的漏勺在小哑巴后脑门卷起一阵风，小哑巴头一缩，吧唧吧唧嘴闪开，抱着碗就往外跑。

要死咯。远远的，小哑巴听到胖婆娘在身后破口大骂。

带着四个馒头，女人和小哑巴穿过半个县城的北风，偷偷钻进北郊陈大胡子的砖窑厂，女人把冷馒头放在已经撤火却依然温热的窑面上，又教小哑巴贴着窑面暖身子，正面，侧面，背面。

小哑巴把身子像面饼一样在窑面上转了几圈，又铺开手脚，蜘蛛一样贴在窑面上，夸张地烤着裆，直到感觉两颗小蛋蛋变成两颗热乎乎的小灯泡。

馒头也热了，散发出焦香，女人趁着暮色猫进工厂的菜地里，偷了一把薄荷叶和三四根葱，夹在馒头里递给小哑巴，小哑巴咬一口，笑起来。

女人得意地问，香不香？

小哑巴比画，香——个屁。

女人扬起手掌作势要抽他，小哑巴比画，打——个屁。

那个羊肉粉汤，好吃不？女人指指他怀里的空碗，又问。

没吃出来。小哑巴指着喉咙和肚脐，太急，从这里，一下子就到了这里。

女人有点伤心，沉默了半晌，抬起头，说，乖，明天我们吃十块钱一碗的羊肉粉！说完女人深吸一口气，壮烈地挺了挺胸。

这挺也就只是个概念，隔着布衣看，平平一大片，去掉布衣看，除了骨头就是皮。

吃完三个馒头，小哑巴可怜兮兮地看看女人，比画，明天你真的要给我吃羊肉粉？

小哑巴比画间正好扑来一股风，女人又开始淌眼泪。是风眼，不是哭，她是这样跟小哑巴说的。说多了，小哑巴也搞不明白她什么时候是风眼，什么时候是哭。

回沙岛的路上，女人闷着不说话，路过小卖部破天荒买了三包洗发液。小哑巴有点生气，这东西一买，怕就够不上吃十块钱一碗的羊肉粉了。

晚上，女人跑到孟河边洗头发，北风已经浅下去，但北风过后的天像是被洗劫一空的屋子，更空荡寒冷，女人不管，洗了头发又脱下衣服洗身子。月色里，女人常年藏匿在衣服里的皮肤竟然白得像冰雪。随着女人的擦洗，一股淡淡的香气飘散在沙岛滩头，委屈曲折，说不清楚什么滋味，远远守在夜色下的小哑巴突然有点难过，他扑上去紧紧抱住女人，女人的身子冻得木戳戳的，由小哑巴攀着哇哇哭，没反应。

最后女人推开小哑巴，默默地穿上衣服，眼泪挂满下巴，笑，说，嘿，这风眼。

女人是月亮钻进枞林梢时出去的。

等月亮落到河对面矮坡里时，女人背着一大筐干货回来了，手里还抱了一床崭新的绿色军用棉被，女人放下东西，半躺在木板上，傻瞪着眼一直到天亮。

比女人先回一步的小哑巴假装着磨牙，缩在一堆破棉絮里不吭声，脑海里全是他跟在女人后头偷偷看到的情景。

门卫房的小套间里堆满了干货——小哑巴和女人管报纸叫黑货，它以外的纸片和书叫干货，干货比黑货卖价要高，特别是不带滑的干货。女人进了门，老头指了指那堆干货，便来搂女人，接下来，小哑巴隔着用报纸糊着却漏了条细缝的窗户，看到了老头的屁股，他发现老头的屁股不叫屁股，叫皮和股，它艰难又迅速地抖动着，像鬼抽筋。

小哑巴从没看到过那么难看的屁股，他想看看女人是什么反应，却只看到一本花彩彩的书，女人拿书挡了脸。

第二天女人卖了干货，到真如城小百货批发市场给小哑巴买了条棉裤，厚厚带绒的那种，小哑巴穿上后，感觉是把陈大胡子的砖窑穿在了身上，幸福得两颗蛋蛋都要熟了。

小哑巴被男人拦腰抱着，脸手朝下，不由自主地，小哑巴伸出手戳了戳男人的光屁股，嘻嘻笑。

男人吃惊，慌忙放下他，凶煞煞地骂，格小流氓。

小哑巴从草堆里爬起来，照样嘻嘻笑，比画，酒窝。

男人不懂小哑巴的手势，狐疑不安地看了小哑巴半天，扭头穿衣服去了。男人一走，小哑巴这才觉得冷，赶紧往林子荒草深处的窝棚里跑。

棚里，鸟正翻着脏兮兮的破衣服堆，给他找换的，小哑巴边搓着膀子边脱。

露出个脏兮兮的小鸡鸡，一时间臭气冲天，鸟瞪大了眼，捂着鼻子就跑了。

小哑巴生气地冲着鸟跑掉的方向撒了泡寒尿，边抖搂边暗骂，跑，跑了就不要再来，再来我一泡尿泡死你。

结果鸟第二天又来了，小哑巴来不及撒尿泡他，就被两只大手按倒在地上，鸟把他全身上下都扒了个精光，扔进河里浸了又揪起来，再掏出个瓶罐，将里面白花花牛奶似的东西呼噜噜抹到小哑巴身上，卷起一堆堆黑泡泡黄泡泡白泡泡，着实把小哑巴搓落一层皮，痒得小哑巴咯咯咯笑。

鸟是个好鸟，这天起，不光给小哑巴洗澡，还帮小哑巴修整窝棚，找来一块块广告布，把窝棚所有的破洞都补好，接着，鸟开始教小哑巴认一块块补洞布上的字：治、妇科、好、病、真、丈夫、高兴。小哑巴却挺着胸指着补洞布上画的女人胸，笑，咪咪。

鸟一脚踢他八丈远，又把他拽回来：三天、疗程、太太。

念到太太两个字时，鸟犹豫了一下，然后笑，说，走，上班。

两个人的上班就是到四里远的真如县城去拾垃圾，晚上拾完垃圾回沙岛，鸟便催了小哑巴睡觉，唱歌给小哑巴听。

他盖破棉絮，把那床女人临死前带回来的崭新绿色棉被留给小哑巴。

八

　　疯子和哑巴，一大一小两个人走在真如县城，总会吸引很多人的目光。鸟其实是个长得很好看的男人，斯文、秀气、白净，四十多岁的人，脸上时常带着腼腆干净的笑容，倒像是一不小心坠入凡间的精灵。小哑巴则是相反，一双眼睛炯炯有神地盯着他目及范围内的所有纸屑、瓶子、杯子和罐子，像只误入都市的野狗。天真的老鸟和狰狞的小野狗搭配在一起时，往往让人心生奇特的恻隐之心。

　　当然，小哑巴是感受不到这些的，他只知道只要有鸟和他在一起，他总能得到更多的矿泉水瓶和牛奶盒子、纸箱子。偶尔他碰上一两个主顾——就是那些坟茔里孤魂的亲人，他会飞跑过去，开心地指指沙岛的方向，做烧香磕头的动作。主顾们认识女人，自然也认识小哑巴，掏出一两张红或绿的钞票给小哑巴。

　　总的来讲，对于一个堆满财富的真如城来说，钱不是问题，人们横行于矿山煤市之中，享煤的艳福、发煤的横财，甩起票子当废纸，只要看得顺眼，小哑巴和鸟要讨点生活远比跟女人在一起时容易。

鸟每到周五都会带小哑巴去金煤大酒店左侧的夜市打牙祭。

去之前他照例监督小哑巴洗好脸洗好手，特别是指甲缝里的黑条子。

就算是乞丐，也要做最圣洁的乞丐。他很严肃地说，只要他一严肃起来，说出的很多话小哑巴就听不太懂。不过小哑巴喜欢穿干净衣服，特别是鸟买的蓝色洗衣粉，有春天白四角花的香气。只要他穿着干净衣服站在帅哥美女们的桌子前，人就都不会撵他，不像以前和女人在一起，走到哪张桌子前人家都吼，走开点。

其实走近了才难受，一盘盘肉菜飘着香，小哑巴一双大眼睛盯着它们，看着它们从盘子里闪到筷子上，从筷子上闪到嘴边，等人要塞进嘴里时，小哑巴的眼睛里便恨不得跑出两只爪子来抢。

小哑巴可怜兮兮的阵势没几个人抵挡得住，不出两分钟，美女都会忍不住，看一眼小哑巴，然后看看旁边目光温柔且殷切期盼的鸟，生气又无奈地说，还要不要人吃东西啊，行了行了，拿去拿去。

打了胜仗的两个人端着装满卤鸭脖、卤猪肚或炒粉丝的泡沫盒子，屁颠屁颠退到酒店旁，迎着冷冽的春寒夜风，坐在冰凉的石狮子脚下，看酒店顶楼垂下来的成千上万条细小的迷你灯瀑布不断变换颜色。小哑巴开心地跺脚，鸟却安静地坐着，昂头迎那千丝万缕的光，又像是想飞的样子。

小哑巴指着灯瀑布"说"，亮的河。又撩起衣服做游戏——露出胸口一对小肉疙瘩，冲着灯瀑布叫，啊啊啊。又拍鸟的大腿，比画，我的灯。

鸟这次却不陪他疯，忧郁地看着灯瀑布，说，看见没有？那么多精灵。

精灵？小哑巴做了个鬼脸，触电般全身上下扭了一通，表示，我只听说过妖精。

他们像神一样活着，免却一切忧虑，死亡也只在他们的睡梦里降临，他们死后，成为大地的精灵。鸟呢喃。

什么？小哑巴又听不懂了。

黄金种族。鸟低下头，亲了亲小哑巴的额头，自豪地说，我，和你，我们是鸟人，我们是精灵，我们是黄金种族。

九

鸟画了一张图挂在窝棚里。

图是一个圆圈，圈上画了十二颗花生。

六颗花生，清晨六点，他们做的事是藏在窝棚里偷看开车来沙岛的男人光着屁股游泳。

七颗花生，七点，鸟一边念书给小哑巴听，一边拾捡柴草煮面疙瘩，嘴里没闲，啊，那河畔的金柳，是夕阳中的新娘。

八颗花生，去县城拾破烂。生当作人杰，死亦为鬼雄，至今思项羽，不肯过江东。他为么子不过江东？小哑巴问。因为人要活得有气节。鸟答。小哑巴思忖，气节这玩意儿不是好东西，让个姓项的宁愿死都不愿过江东。

十二颗花生加一个馒头一个枕头一个筐，午饭、午睡、干活。

十七颗花生加一个大胖子，表示傍晚到废品站肥老刘那里卖破烂。花生数到这里，就可以下班了。

肥老刘每天看到小哑巴也挺欢喜。他喜欢戏弄小哑巴，肥老刘肥胖的身体拥有常人难以置信的灵敏程度，一眨眼他人就不见了，再一出现，必定是在小哑巴身后，突然发出一声晴天霹雳——嗨！

鸟每次都被吓得心肝巴巴抖，小哑巴却眼皮都不眨一下，该干吗还干吗，就像个完完全全的聋子。

肥老刘又起腰，开心又失望地叹息，说许春花啊许春花，你个老奸巨猾的老东西，调教出这么个聪明的小东西。小哑巴，你要不是小哑巴我就收你当儿子了，个小杂种，怎聪明，可惜偏偏是个小哑巴。

这天，肥老刘称完货，拿出几张毛票给小哑巴，又逗他，小哑巴，要不要当我儿子？

鸟本来独自在和一个破旧的台秤玩，两只脚站上去，针甩到右边，放一只脚在地上，针又甩到左边，再两脚站上去，针又甩到右边……一直乐在其中，没人留意他是怎么从台秤上下来的，等注意到他时他已经从废铁堆里抓起了一块角铁，目露凶光地冲肥老刘杀来。幸好肥老刘转身快，一闪躲过，鸟不算完，追得肥老刘满院子跑，肥老刘莫名其妙却又无计可施地跑着，直喘粗气，艰难地跳过一堆堆货，用高低起伏的声音骂，格你个——鸟人——相不相——信老子分分——钟——搞死你。

这话又把小哑巴惹着了，小哑巴冲着肥老刘愤怒地比画，这一比画肥老刘终于明白过来，这一大一小以为他要把他们分开。肥老刘又气又笑，停下来直叫停停停，得得得，小哑巴是你儿子，小哑巴是你儿子。

鸟却刹不住车，一头撞在肥老刘身上，挥舞的角铁撞得肥老刘鼻血直淌。

肥老刘看到鼻血勃然大怒，怪叫一声老子搞死你。场里便轮到鸟跑、肥老刘追，眼看追上了，鸟方寸大乱，拿起角铁尖利的边角扎在脖子前，面色恐怖地威胁肥老刘，你再、你再，试试。

肥老刘无奈地抹一把鼻血，不打鸟，转身悻悻地给了小哑巴屁股一脚，说，格小哑巴，是你命好还是他命好，一大一小两个怪玩意儿。

小哑巴望着鸟，身材修长的鸟已经跑得脸色煞白，一双深而凹陷的大眼眶粉而湿润，夹杂着汗或泪水，眼眶里的两只眼珠不安地闪动着，腿直打战，像被关在笼子里的一只小鸟。

鸟是在乎他的。

小哑巴突然想哭。

小哑巴很少哭，他想不出这个世界上有什么东西是值得他哭的。除了女人，但女人爱吓唬他，他喜欢她的时间也不多。

小哑巴走过去，把鸟抱在怀里，可不是抱在怀里，他已经软得出溜地上了。

从废品站出来天已经黑透了，鸟和小哑巴转进真如中学，瘦得像根筷子的老门卫照例斜着脖子瞄了鸟和小哑巴一眼，小哑巴也斜眼瞄了他一眼（因为屁股的原因，小哑巴对门卫这一职业已经有了深切的鄙视和厌恶）。门卫无辜地垂下眼皮，一言不发开了门。鸟便勇敢胜利地带着小哑巴走进去，先在门卫室旁边的杂物间——鸟不说这是杂物间，他告诉小哑巴说，这是他的鸟窝。鸟在鸟窝里找到换洗衣服，然后带小哑巴来到篮球场，熟门熟路地找到藏在记分板后面的公用水龙头，又趴在地上，扒开花池的一块红砖，念叨，芝麻开门，芝麻开门……从里面掏出个香皂盒给小哑巴，说，洗澡。

小哑巴对着水龙头呼噜噜冲了一遍，夜风凉，冷得小哑巴全身起鸡皮疙瘩。但小哑巴还是很兴奋，因为今天是周五，是他们去夜市望饭的大日子。

周五这个概念是鸟教给小哑巴的，之前，小哑巴的心里从来只有春夏秋冬，没有日子。日子对小哑巴这种人来说毫无用处。

鸟把他教给小哑巴的那招要饭功叫"望"饭，他说，郑板桥说，吃自己的饭，流自己的汗，陶渊明说，不为五斗米折腰，我们小哑巴也要做像他们那样的人，卖垃圾不丢人，但是要饭丢人。

小哑巴认不得姓郑的和姓陶的，径直摊开手做了个要饭的动作，又瞪瞪眼做了个"望"饭的动作，然后做手势说，一样的。

不一样。鸟严肃地说，要饭，是没有饭吃，穷得要饭，但是你是有工作的，你是环保卫士。你只是希望尝一口他们吃的饭和菜，调调胃口。

小哑巴这才知道，女人一喝醉就抱着他哭，感叹说我们要是有工作多好就不用受苦了之类的话全是瞎话，他明明有工作，他还是小小的伟大的环保卫士。鸟尽管是个疯子，不过他的疯话里头也有点道理。

小哑巴于是更喜欢鸟了，他表示，如果有一天他长大了，他一定当鸟的爸。

鸟不干，说，我有爸——我记不太明白——总之我应该是有个爸的，我那个恍惚存在的爸，恍惚是高考那年被我气死了。

小哑巴已经习惯了鸟乱七八糟的表达方式，他知道鸟的脑子里有一团被按到水里的记忆，时不时浮起来一枝一叶，无头无尾的，鸟自己也不知道那枝叶下面到底有些什么。

么子叫高考？小哑巴问。

鸟吃着小哑巴望来的一盘牙签肉说，高考就是一场赛跑，比如前面有一只虫子，只有跑过了其他人，你才能吃到它。

一只破虫子，我为什么要跑。小哑巴比画。

你不是鸟，你当然不想挣虫子，这样吧，比如前面有一堆巨大的破铁，几万斤，你只有跑过了别人才抢得到，你跑不跑？

跑。小哑巴一双小眼睛绿光粼粼。

这就对了。鸟拍拍小哑巴的脸说，我就是太兴奋，我把房子卖了。

又跑题了，抢虫子和卖房子有么子联系？鸟颠三倒四说不清楚，说着说着就哭，小哑巴又不能劝，搞得小哑巴心里很闷堵。这样的心情小哑巴从来没有过，既然要当鸟的爸，自然要为鸟做点什么，于是小小年纪，小哑巴开始思考一些深层次的问题，比如，那个跟老鲍洗澡的男人。

就是他和老鲍洗澡才把鸟整疯，鸟气晕过去了，醒过来脑子就不清爽了。

想到这里小哑巴有点义愤填膺，怒冲冲站起来，冲到窝棚外头没几步，又急匆匆倒回来。

格报仇这种事，需要讲究讲究。再说了，那个人是谁？小哑巴还不知道。

有了替鸟报仇的心思，小哑巴看鸟和看世界的目光就有了一些不同。一是看鸟时有了当爸爸的感伤，尤其是每次看到鸟在外面不知说错什么话做错什么事，被人摔打得鼻青脸肿地跑回来的样子。二是看世界时多了一分警惕，同时拓宽了视野，以前他只看无数手或嘴边的牛奶盒、饮料瓶、餐巾纸，现在他不但看这些，还看新闻，新闻上的人不是在打仗就是在卖手机，要不就是上飞机下飞机、开会、坐车。小哑巴还意外地发现，光屁股洗澡的男人是真如——被鸟称为火星的真如县副县长。看着光屁股男人在电视里穿着衣服周吴郑王的模样，小哑巴觉得有点悬，他还记得当时男人把他放丢在草丛上的眼神，冷冽、防备、阴森。

每次出城，爬过长条子坡时，小哑巴都要回头看一眼真如县高耸入云的火电厂冷却塔，它们沉默、庞大、刚硬。

它们结构严密，外表光滑，里面层层叠叠的钢筋密布，自有逻辑和步骤。

小哑巴看着它们思考了很久，无师自通地学会了一个谨慎而充满智慧的词——讲究。

第二章　黑铁王国

十

对于副县长徐月来说，二十多年前那场烟火架事故是真如县的噩梦，却是他人生新的开始，抑或，从某种角度来说，不过是一个噩梦转向另一个噩梦。徐月经常想，要是杀人不犯法的话，倒回二十多年前，他一准把他老子徐解放弄死掉。

那年他刚满十八岁，他老子徐解放是全省著名的牛皮哄哄的百万富翁。

越来越多的煤神奇地从他老子承包的山腹里挖出来，也从其他老板的矿洞里冒出来，黑油油亮晶晶的煤使整个真如县成了个暴发户，老板富得流油，政府的钱也多得花不完。当年的县长带了一批人从南到北一路通杀，从广州买地，一路买到内蒙古，要是天安门广场的地皮能卖，估计他们也要搞一搞。买来做什么？当时他们想的是开煤业公司，真如要把煤生意做遍全国。

钱多要变着法子花，比如搞庆典，中华民族传统节日是庆典，真如县自己的重要时节也是庆典，比如建县日（史载只细到月份，日期当然是自己定的），这个是要搞一搞的。县城里有个煤老板，是广州人，据说祖上跟林则徐有点关系，自述"估计他的爷爷和他的爹爹受了虎门销烟的影响，喜欢跟火仗之类的东西来点感觉"（徐月常常想，火仗和虎门销烟有狗屁关系？根本就八竿子打不着一船，但他爸徐解放说有关系，那就是一脉相承的勇气和激情），广州煤老板进进出出手里都握着一个砖头大的大哥大。真如城连个屁信号都没有，可他就是喜欢拿着。格爷他说他拿的不是大哥大，是档次。煤老板从开放的广州到这个土得掉渣的真如城后，自认为应当肩负起带领老区人民解放思想和改革创新的重担，纵观全国各县城，庆典不外乎组织学生干部搞游行，烟花这种昂贵稀罕的东西还少之又少，也是，就是春节联欢晚会也没见放几炮嘛。究其原因，一是花钱，二是当时大家的"觉悟"还"上升"不到烧钱的档次。

格广州人喜欢烧钱，钱这个东西，你花了它它才是钱，不花它它就是几张纸，所以，他已经贡献了三年的烟花。

老板要整就让他整去，反正娱乐生活也不丰富，没有夜市，没有麻将馆，电影院放正片前还放老长的科片，好不容易把科教片等过去了，再一看正片，不如看科教片……人们的生活如清汤挂面，迫切需要改善，难得广州老板顺应民意，一年一年的烟火架越堆越厚实，阵仗越搞越大。

扎烟火架在贵州算是民间绝技，据说早在唐朝，是有七七四十九支班子的，传到民国只剩下青黄红蓝四支，没法子，这东西太耗钱，得寻主子，没主子就没生意，没生意就开不了张混不了生活。新中国成立后，黄红蓝三支也没了，就只剩青一支。

一场烟火架有十二层架子，一米一层，逐层用自制火药、青竹、牛皮纸、麻线、麦粉摆设绑排好各式烟花，燃放时按颜色和花式，每层各有一个吉庆号子，相当于这一层的那什么——中心思想。装火药搭架子描颜色都不算功夫，烟火架的功夫在一个个纸扎的传统戏曲造型上，公媳打糍粑、孙猴子过火焰山、李三娘受苦、鲤鱼跳龙门、火爆葵花、夜观兵书……五彩缤纷的纸扎里安上灯笼芯和机关，能像走马灯一样悠悠转，那鲤鱼是真能往龙门上跳的，小媳妇打糍粑的棒子也是举得过头顶的，看得人眼花缭乱，各层架子的四角挂着大大小小的红灯笼……总之，无论是远观还是近看，烟火架都是一组工程浩大的艺术品，不是一般人想象的图个热闹了事，摆的是架势，玩的是手艺，显的是功夫。

广州老板舍得花钱，请来的师傅据说是早已流散他地的青系主脉王氏传人王虎云。王虎云一回来，这个山里那个沟里转了小半月，仿佛是四处收罗隐世高手一般，这些村夫俗民丢下犁耙和箩筐，个个两眼冒精光，一看就不是寻常人等。一个十六人的班子扎一场烟火架，在老人的记忆里至少整整一个月，而王虎云的班子十六个人只消半个月就能把十二层精美绝伦的烟火架扎出来，初一开头，十六收尾，过晚上六点准时响锣开布，大红绸子从天上降下来，把个藏了半个月的天地显出来，硬把人惊得下牙巴骨垮地上。

这一年烟火架响锣开布亮瞎了真如人的眼，架子那个壮观，格尿尿了，白娘子那个漂亮，格腿软了，大眼睛在夜里安上小灯泡，还带闪的，格妖精似的转。

邻近几个县市的老百姓经不得艳羡，一听说真如要放烟火架就甩了婆娘丢了汉子地赶过来，把放烟花的真如体育场围得水泄不通，里三层外三层，水煮饺子一样。

彪悍的真如县人不乐意了，自家门前竖灶头搭台子看好戏，自家还抢不到个好位置看烟火架，大早就让一群外县人抢进城来占地盘，又不是八国联军，想搞啥？打架有的是人，一个矿工发一百块，打得你学鬼叫。

广州老板不同意打架，喜庆的日子不能见血，要解决问题可以有多种渠道。他听从了部分真如人的建议，一边扎烟火架，一边把他的煤矿工人叫来，不出一周便将体育场的跑道挖成了一道两米深两米宽的壕沟，壁齐沟平，堪比工兵成就。壕沟把体育场隔成里圈和外圈。挖过沟后，老板还把南北东西四道大铁门都改成小窄门，本县看烟火架的人从东西两道窄门进，不要门票，只需带上派出所盖章的证明就行；外县人呢，啥也不要，可是得从南北两道窄门进。

东西门进去的真如人在内圈，离烟火架近。

南北门进去的外县人在外圈，离烟火架远。

那天晚上，徐月优哉游哉地坐在体育场的围墙上。他看得很清楚，噩梦开始时，不过是烟火架的一侧意外垮塌爆炸而已，假以时日，在当下看到抢劫、砍杀、车祸都无动于衷的国民眼中，自然无须惊慌，更不至于酿成大祸。然而，谁承想外表虎风狮吼的真如县人民内里如此单薄，一串溅起的火星就把他们吓坏了，惊慌失措的叫声像传染病一样莫名其妙地叠加起来，场面陡然混乱，最终变成一场噩梦——无数内圈的人开始往外逃避，可中间部位的人却并不知道前面发生了什么，还在往前挤，外面，东西两扇门外的人们还努力伸长脖子，挥动着手上的证明条，以期引起查验的熟人注意，让自己插队进入体育场。

尖叫声是花眼老太起的头。

这花眼老太年轻时做过黔军某副团长的小姨太，之前是园子里的姑娘，样貌口才都是一等一，应了那句俗话，人媚命薄。在园子里弹了七年的琵琶，天天看着兵荒马乱间，这个那个英雄横空出世，抢走、赎走、缠走园子里一个个姐妹，单单剩下她，二十一岁在园子里已经是老脸了，老得妈妈看她时脸垮得比马长。妈妈是猪倌生的，晓得猪长到一定程度就不再长膘，吃再多都不管用，白白烧钱，姑娘长到十八九还没人赎，基本上就等于停膘的猪，喂一天都是亏。

格姑娘也急着嫁咯，找个良人，从此浇水种菜，田园风光无限，所以眼角放得低，看着半年凑足银子来园子里花一回的穷秀才，笑得眼睛里全是水，嫩汪汪闪着光。可穷秀才不敢娶她，怕养不起。再回头寻有钱的老爷，老爷也不敢要她，怕这千里万里的山水才生出来的一张媚脸，养到家里比金子银子还招土匪惦记。姑娘寻着寻着眼神就有点痴了，凡看到个男的，都当是天上掉下来救她的那个人，移步扭胯抿嘴，一颦一笑都使足了劲，看得人害怕。

就在妈妈打算把人往厨房里关时，来了个军人，长得好看，画儿上下来的那种，却是个瘸子，撸开裤管一看，子弹从腿肚子这边过去，再从那边出来，像是美人咬的两颗脆牙印。姑娘摸着那两窝弹印，眼泪扑簌簌地流，她本来是想着自己若是借军官腰里那把枪打在自己太阳穴上，也是这个样子。可军官看来不是这样，以为她为他肝肠寸断。军官一感动，抱起姑娘就出了园子。

出了园子的姑娘以为上了天堂，兴冲冲坐了三天滑竿跟军官进了一处宅子。下轿子一看，门前齐齐三个姨娘，个个看她的眼光都是刀子。姑娘扭头看她的男人，有了他，她不怕刀子，军官的挺鼻梁和迷人的薄嘴唇，挨在她脸上，处处都是春风。

她不知道军官的薄嘴唇是四处流窜的春风，从不停在某一处。

守了半年的空宅子，喝够了前面几个姨太灌下的辣椒汤，姑娘变得老实了，不再动不动在宅子里走动，天天坐在楼上，看宅子外头的挑夫或货郎，偷偷抛花眼。花眼的意思，就是看着谁眼神都散，散得像是吃了药迷了心，随便人勾个指头就能把她引了去。那时候天正在变，一支有飞马神助，渡过湘江抢过泸定桥的部队正朝着军官的好日子飞奔而来，军官命令姨太们收起金丝旗袍，穿上粗布衣服逃跑，逃到哪里姑娘都不知道，只知道有一天醒来，自己长了青苔的宅院里站满了陌生的士兵，顶着红色的五角星。

姑娘痴痴地站在顶前头，抛着花眼，娇羞地问，马呢？你们的飞马？

站前面的士兵飞起一脚，把她踢倒在一棵海棠树下，刚下的秋雨，湿泥扑了她一脸，姑娘捂着胸口，翻了半天白眼才醒过来，从此就痴了。

新中国成立后，姑娘被冠名为"军阀婆娘"，文斗武斗都少不了她，无论把她斗成什么样子，哪怕瘸了腿，她上台子时都会把那把细腰扭得像是去唱《花好月圆》，看仇人的目光也是淌着白花花的情分，说话的腔调，摆足了是让人来心疼的架势。看得人最后都懒得斗她，丢她在平家巷尽头一间木房里，一丢就丢成了老骨头，细腰扭不成了，不变的是还把自己当十六岁的姑娘，嗓音是嗲的、眼神是飞的、表情是媚的。花眼老太一生是那么引人注目，无论是十四岁第一次登场，还是二十一岁了还没人要，或者是被其他姨太背着军官脱光了衣服搯，还是被捆着押到台子上斗。她总是活在人们的关注之下，她是那么怀念被关注的岁月，以至于时不时总喜欢发出一些意外的响声或动静，以盼人来关注她。坐在街旁，明明车还远，她偏偏惊天动地地叫，吓得车没撞着人，人自己先吓倒了。

挤成一锅的真如县体育场里，花眼老太兴奋地左顾右盼，两粒眼珠飞快地转动，任何一样意外的发现，都是她先发出快乐的惊呼。

烟火架垮掉一角时，花眼老太又是第一个发现，她以她惯常的夸张尖叫起来。

啊呀！烧了烧了，炸了炸了。花眼老太指着烟火架惊叫。

王家班的二当家听得惊慌，赶紧操了根齐娃臂粗的竹竿，赶过去撑架子，却被什么绊了一跤，一百八十斤的肉齐滚滚地压在烟火架脚架上，抖落一柱球状烟花，从高台上滚下来，快落地时轰然炸响，几十朵小烟花带着呼哨声游蛇一样贴地飞蹿到人群中，花眼老太再次尖叫起来，两手乱摇——

炸——死——人——了。

数千人开始往体育场外面没命地逃窜，而斜垮的烟火架时不时以横斜射出的烟火朝人们的脸上扑面而来，制造出人间惨剧的氛围。

一时间，哭喊声，惨叫声，爹找儿子，姑娘找妈，炮仗找火。

王虎云急坏了，狂舞着超出常人老长的手臂，号叫着冲向熊熊燃烧的烟火架，被徒弟们拼命拽了出来，眉毛烧没了，空着对大眼珠，嗷地哇出口血来，半天还不了阳。

欢庆的体育场一瞬间演变成地狱。

因为那条壕沟——

第二天清晨，真如县弥漫着又厚又黑的大雾，浓得拨拉不开的雾。好不容易拨开雾，人们看到了那条壕沟——在恐怖的一夜之后，里面静静地卧满了一百多具尸体，全是从内圈里往外逃的真如人。

雾在他们身畔弥漫飘浮，像梦境一样不真实，也许他们自己也不相信这是真的，所以，他们静静地、绝望地瞪大着眼睛，伸长了手臂倒在壕沟里，一动不动，风吹过尘土，无数细微的、肉眼几乎看不见的煤尘落在那些定格的瞳孔上，落在一具具无声的躯干上，覆盖住一缕缕凝固成紫黑色的血，像一幕无声而恐怖的黑白电影。

他们是活着的真如人的父亲、母亲、姐妹或兄弟。

外县人在谈论这场灾难的时候，除了对死者的悲悯，更多的是对活者的讥讽，是的——活着的人正是踩着这些尸体逃出来的，而对于那死去的父亲母亲和姐妹兄弟来说，最致命的一脚也许正是自己踩上去的。人性的自私、自妄和残忍将生与死以决绝的姿态交付给良心的审判台，没有人经得起法官的审判，他们选择了逃避。

那是一九九二年的六月。

徐月在围墙上眼睁睁地看着惨剧在他眼皮下发生，吓得全身都软了，最后，他挂着面条一样软的两条腿挣扎着回到家，一夜无法安然入睡，耳边全是惨叫声，眼前是浓烈的大火。这之后的很多年里，徐月经常做一个相同的梦，梦见自己摔倒在壕沟里，还没站起身，成千上万的脚踩在他身上，他听见自己骨头碎裂的声音，血从胸腔里喷射出来的声音。

他哭了，打着赤脚跑到他老子房里，说，爸，我不想再待在真如了。

后半夜，他再次在恐惧中醒来，父亲徐解放坐在他床前，握住他的手说，儿子，不怕。儿子，有你爸在。

他记得父亲说这话的时候，眼神里闪过游离的光，锐利且无情。窗外是此起彼伏的警笛声、救护车鸣笛声和消防车鸣笛声，死亡离他如此之近。而父亲的双手温暖却潮湿，仿佛正经历一场剧烈的搏击。

当时，谁都不知道在这场巨大的噩梦之间正演绎出一段隐秘的插曲。

谁能说得清呢？天地最混沌的时候，有条鱼醒着。

真如县城上下一片悲痛，而这条大鱼正炯炯有神地瞪大眼睛诡异地思考，穿越过旋涡似的天地，寻找混沌下的潜流，以死为生。

十一

　　云卷云舒那是情调，于这个男人而言，日子没有情调，唯重叠翻滚向前，毫无意义地重复。

　　男人感觉自己身体的力量正在消失，最近有很多征兆证明他老了，比如，傍晚一吃过饭就打盹。比如，眼前老有蚊子飞。再比如进出校园的女老师们，眼角余光扫过他的脸时，对他的身份识别信息反馈里只有老和瘦，没有性别这个概念。

　　最明显的差异是呼吸，渐渐地，长气变短，短气变薄，接着身体里的力量就流散了，像蚕织的茧，正一丝丝一寸寸被抽走，这抽走的丝织成了一匹布，上面写满隐秘的文字，那些明暗和曲折，曲折中的倾诉和不甘，只有天看得懂，地看得懂，他看得懂。

　　他怕的不是老去，是担心没人替他护好这匹布。这匹布是一张秘密的任务清单，为某一个特殊的人服务。

　　下晚自习的热闹劲一过，校园里的灯光陡然暗了下来，暗成有气无力的样子。筷子咳嗽着，摘下上岗牌挂在墙壁上。

东门长安，男，五十七岁。

走出门卫室，一个学生骑着自行车飞驰而来，边猛按车铃，边放肆地大叫，东门长安，让开。

倒退二十多年，谁敢这样叫他？他是真如中学的脸面，有他坐镇把关高三补习班，是头驴都能送上天，想想当初县委书记的儿子连驴脑子都够不上时，想进他的补习班，那比爷还威风的书记不也得亲亲昵昵一口一个东门老师地叫？

筷子慢腾腾转进校门口叫浪漫满屋的小百货店，半老不老的老板娘正趴在柜台上，露出白花花半个胸和半截肉滚滚的腰，那胸把拿着几本漫画书的小男生撑得眼神满屋子炸。筷子咳了两声，吓得老板娘慌忙直起身来，左手把衣领提了两把，又把腰给塞回衣服里，右手没闲着，飞快抓起柜台里一只小盒子扔进她脚下装毛线的塑料袋，然后倚着墙若无其事地问，东门老师，买点啥？

东门长安盯着她脚下，恶狠狠横了老板娘一眼，说，跟你说过多少次。

老板娘讪笑，却不服气地答，我这里不卖，其他地方也会卖。

哈，别人害人，你跟着害，别人杀人你学不学咯？

我怎害人了？又不是我叫他们上床的，我害谁了？我卖个套子省得他们一个偷家里的钱打胎，一个打了胎伤身子。我这是在积德咯。老板娘嬉皮笑脸地甩了甩蓬松的鬈发，像顶了碗泡开的方便面。

东门长安说，我不管你怎么说，再卖我砸你摊子。

你县委书记？县委书记也讲法，你说砸就砸。老板娘嘴虽硬，到底是怕东门长安——这老头子一向犯神经，说干就真会干的，惹上他这麻烦货，不值当——说罢又讨好地笑，格你真是凶，比县委书记还凶，怕你了，要点么子？

东门长安拿了块舒肤佳和一个香皂盒，木着脸说记账。

欠人嘴软，这回轮到老板娘嗫瑟了，垮长了脸说，格爷，上次赊的那条烟，你家武则天还没给呢。

东门长安不自在地挠挠脖子，说，哈，你记账记的是什么？

你买烟，我还能记成酒？老板娘答。

哈，你脑壳是方的，我叫你记成毛笔。

要死咯，我这里哪有一百多一支的毛笔，吹牛也得有人信。老板娘占取主动权后，从眉毛到下巴渐次明媚起来，笑得开花开朵，怂恿东门长安，东门老师，我要是你，回去揍她一顿她就不敢管你了，娃儿服哄，婆娘服打。

东门长安白她一眼，说，我看你才是欠揍，行了，这回记得记成刮胡刀，哈。

老板娘碎碎叨叨地说，记么子都行，你只要不拿套子说事，我免费再送你一盒香皂。我告诉你，你有菩萨心肠，心痛徐警官，我也有菩萨心肠，我心痛那些娃打胎，小小年纪，格花骨朵一样……真的，你不信？我初一十五都吃素。那啥，徐警官这回真疯了，回不来了，你还这么个顾着，顾就顾吧，还外带个小哑巴，真是的，你再顾又有什么用，格你总要死在他前面……

东门长安懒得听她啰唆，折回学校操场，在铁皮记分牌后面的花池砖下找到徐明月藏香皂的地方，说徐明月疯，可他知道用一个塑料袋把粉红色的香皂裹得好好的。筷子把舒肤佳和一百块钱放进香皂盒，再把盒子放进砖下的洞里，盖上砖让它恢复原状。然后转出操场，去北坡。

真如中学的北坡是全县的风水宝地，也是全县唯一还没被推平的山头——真如县城就是因为地形像一柄如意才得名真如的，这北坡从地形上看正是如意的那朵花心。所以上至县委，下至包工头，没人敢打北坡的主意。

只有一群贼学生们敢打北坡的主意。一到晚上，筷子便经常上山来撵。格十五六岁的娃娃们，借上晚自习的时间偷溜到北坡来，啃舌头、解扣子、摸肚皮，大人做的桩桩件件，做得无不得心应手，该学的没学好，不该学的全学会了，真是要命。

天气有点坏，远处有隐约的雷声，又是要下雨的预兆，真如的地形很特殊，处于高原与盆地之间的断裂地带，陡升陡降的气流使得这个地方说晴就晴，说雨就雨。尽管风刮得很厉害，树林子里仍影影绰绰有几个学生，筷子的电筒一闪，都跑了，边跑边骂，东门长安，我操你妈。

东门长安不跟他们急，缓缓坐在山头上。

远远望去，巨大的冷却塔依旧冒着美丽的水蒸气团，风把气团吹歪了，它们像棉絮或者是可口的棉花糖一样覆盖了大半个真如县城，但是筷子知道，这洁白里其实有无数的煤尘，它们道貌岸然地隐藏在美若云朵的汽团里，浸进真如县城的肺，也浸进他的肺。

老了，人老了，肺也老了，都老了。

夜雨欲来，而山下灯火辉煌。

电费从来就不是真如人关心的问题，所以县城的夜晚很有点荡气回肠，大大小小的街灯、霓虹灯、地灯、射灯、大灯小灯都雄赳赳地瞪着眼，唯有气团左下方有巴掌大小的地段漆黑一片，那黑在灿烂灯火的对比下，有如苍穹深处一只黑色的眼。

那是荒芜的真如体育场。

二十多年来，在四面围山、仅一狭长宛转平地、形似如意的真如县城里，房地产开发商犹如鬼子进村，城里能建房的地都让他们搜刮一空，只有荒芜的体育场没人敢碰，这地在钢筋水泥的丛林里日复一日地荒芜，变成真如县一块巨大的疮疤，白天是蟋蟀和蚱蜢飞蹿驰骋的赛场，夜晚是微风与魂灵吟唱叹息的殿堂——这里沉睡着一场不敢醒来的噩梦，再牛逼的房地产开发商也没那个胆子去唤醒它。

体育场左侧面消防大楼的位置，二十多年前是教育局。

他记得当时自己根本不是像今天这样瘦得一阵风都能吹走。那时他的身材正彰显着祖国改革开放后人民群众蒸蒸日上的生活状况。那是一个胃肠正逐步摆脱半饥饿状况，步入偶尔也有饭可剩的年代。所谓经济基础决定上层建筑，米饭的地位同时决定了理想的地位——当吃饭成为一件较为稀松平常的事情以后，理想也成了可有可无的东西，真如人心情好的时候提一下，心情不好时鸟都不用鸟它。接着英雄人物的命运也发生了变化，之前电影里每出现英雄临牺牲前对同志说——"这是我的党费"时，女生总是会拿出手帕低声抽泣，男孩子们则个个热血沸腾，巴不得蹿到屏幕上替英雄死了去。可是米饭问题解决了，煤矿开出来了，男孩子们就学坏了，一看到这里就哄堂大笑，怪声怪气地学着英雄的口吻，噢……这是我的党费。再后来谁交党费也不管了，个个钻游戏机房打游戏，杀得天昏地暗，什么书生意气，什么挥斥方遒，统统滚蛋。

一碗米饭和一块煤给真如带来的改变，正如一只非洲的蝴蝶引起了美国的龙卷风。看似风马牛不相及，却是如此因果相连。

总之，一个朴素简单的时代结束了。

突然沸腾的风浪使真如中学的大部分老师陷入很纠结的状态，他们一面教学生要学习陶渊明不为五斗米折腰，一面暗自羡慕不择手段偷挖煤矿一夜暴富的万元户。一边表现出极高的气节，不齿与这种人同行，一边又莫名希望能与这类要风得风要雨得雨的人攀上点关系，哪怕在人家矿上当个会计呢——就像阿Q，尽管厌恶赵老太爷，内心里还是渴望姓赵。

其间，青年才俊东门长安算是少数坚定共产主义理想，愿意为祖国的教育事业奋斗终生的纯正苗木。看形势江河日下，道德和情操正成为身外之物，为了让自己保持纯洁的革命意志，东门长安强迫自己的大脑与太阳底下最光辉的职业二十四小时捆绑在一起，不给坏思想留半点引诱他的机会。这样下来短短六年，年纪轻轻的东门长安成为了真如中学最光辉的那支蜡烛。

六月——之所以记得，并不是因为烟火架事件，而是因为前不久孙丽老师在办公室里说六一儿童节她要请半天假。孙丽的事，大大小小都装在东门长安脑子里，多少年，头发丝细的记忆都没丢过。

工会主席逗孙丽，只有生了小孩的老师才有资格在这天请假。

孙丽笑，说姐姐的孩子六一节演出，当领唱，孩子人生最重大的首次演出，必须照相留念，姐出差了，她顶上。

是不是你姐的事你都得顶上？没追上孙丽，跟孙丽反目成仇的小毛阴阳怪气，舌头里蹦出的就不是人话。

孙丽眨巴眼，毛茸茸的睫毛可爱地扑闪，她没听懂，但其他老师都听懂了，坐在那里暗笑。

东门长安不干了，把椅子挪到一边，说，为人师表的，要脸不要？

小毛不买东门长安的账，拖长了腔调道，给脸才有脸呢，以为自己是谁？想当护花使者咯，呸。

东门长安顿时就窘了，万分尴尬地杵在那里。

是啊，给脸才有脸，他算孙丽的什么呢替她出这个头？孙丽是谁？凤凰啊，小小的真如县城真是委屈了她，书堆里长大，长得像琼瑶笔下的女主角，穿一条白裙子从上城门走到下城门，看歪几多男青年的脖了，真如想攀孙丽的男同志多了，做秘书的、当老板的，没见孙丽搭理过谁，更无须说他这个百无一用的臭老九东门长安。

幸好孙丽那头回过神来了，婀娜多姿地移过来，潇洒地把手搭在东门长安的右肩上，推着东门长安往办公室外走，边走边调皮挑衅地唱——我们，曾经一样地流浪，一样幻想美好时光，一样地感到流水年长……

小毛立马就哑了。

一整天，那美好的歌词都在东门长安心头荡漾，或者说一生都在荡漾。

我们，

曾经一样地流浪，

一样幻想美好时光，

一样地感到流水年长……

被孙丽搭过的肩膀在很长时间里陷入麻木状态，这麻木是甜蜜又哀伤的麻木，是被不可冀望的憧憬打晕过去的麻木。

第二天上午，东门长安在麻木中哀怨无边地催促学生填完了高考登记表，然后深一脚浅一脚回到办公室。

我们，曾经一样地流浪，一样幻想美好时光，一样地感到流水年长……

亲爱的姑娘，你让我泪光闪闪。

直到两份表册前前后后出现在他面前，他才从甜蜜的惆怅中回过神来。

徐明月，十八岁，父亲，徐解放，母亲，谭一二。

徐月，十八岁，父亲，徐解放，母亲，覃术珍。

东门长安放下表，推开窗，窗外梧桐碧绿如盖，树叶在风里窸窣作响。

风是轻的，心是沉的。世界上不如意的人是多的。

老天爷真会捉弄人。

徐明月和徐月只是一字之差，父亲也同名同姓（仿佛四九年生的人不是叫解放就是叫国庆），可是二人的家境和成绩却是天壤之别。一二，东门长安想起当年村里扫盲时母亲坚持给自己起的名字，何小大——母亲的理由是这两个字简单、好写。一天烧火做饭挑水捡柴的，我怕我忙得转身就搞忘了。母亲边说边笑，羞涩又激动。徐明月的母亲或许和自己的母亲一样的吧？整日挑水拾柴，烦恼着全家的每一餐稀饭？

抚摸着表上那三个字，谭，一，二。风扑面，再扑面，哗啦啦的树叶响，满世界都是绿色和阳光，真好，可惜今天的好光景母亲看不到了。

哈，徐明月，你要让你母亲过上好光景才行。

但命运对徐明月是残酷的——数年来，每一个清晨，第一个出现在真如中学操场上背书的学生就是徐明月，最穷的学生也是徐明月，然而命运偏偏给徐明月使绊子，每年高考徐明月都犯考场恐惧综合征，开考没多久就胃肠痉挛，痛到人虚脱，止痛针也不见效果，每张试卷都没做完。即使是这样，徐明月每年的高考成绩离上线也都仅差十来分。只不过这十分是徐明月或上天堂或入地狱的关键十分，为了这十分，第三年补习，徐明月回家在屋檐下跪了整整一夜。

"月亮像个大白玉盘，旁边一朵云都没有，衬得夜空蓝瓦瓦的，是个好兆头。"徐明月来补习班报名时，没有提跪肿的膝盖，也没有提父亲拒绝了他再复读一年的哀求，只兴冲冲地说起那夜的月亮，一张白净清瘦的脸看得东门长安心头一疙瘩一疙瘩地痛——这样一个清汤水亮的人儿，分明就不该来这浑世上走一遭，混不走的。

老师，那什么……我爸也不是心狠，是没办法咯，一家人住在老山顶上，望天吃饭，看雨打田，真的没有钱。徐明月不好意思地笑。

那你说你有钱了，哪来的？

我分家了，五柱四瓜的木房，大哥两瓜三间，我两瓜三间，中间堂屋给我爸……前天我把我的卖了。徐明月干脆利落地答，一张脸兴奋得通红。

分家？东门长安愕然，分家卖房恁大的事，徐明月说得恁轻巧，在真如，卖房就是绝后，还有什么诅咒比绝后更狠毒？看看真如城，进城当矿工的农民那么多，老婆儿女接进城的也不在少数，人老家的房子就是柱子让雨淋坏了淋倒了也没见卖掉的。卖房！祖宗的牌位、魂气、面子全在老房子里，往简单了说，根在老房子里。你卖房！

看不出这个清清秀秀的徐明月，骨头细成一把柳条，居然恁狠的劲头。

我不收你。东门长安板着脸说。

怎么的咯？徐明月顿时吓得脸都青了。

哈，如果卖房子的钱不够，你是不是还要卖你爸，你妈，你全家？东门长安越想越寒心，他要收的是学生，不是到了穷途末路什么都不管不顾的赌徒。

东门老师。徐明月的身子抖起来，声音直打飘。

徐明月，没你这么做儿子的。成才前先成人，哈，懂不懂？

我懂。徐明月独特的粉红色眼眶看起来像垂死的小兔子，老师你等我五年，五年后我大学毕业，有了工作，我把我爸、我妈、我哥，全家接下山，我会让他们过得比神仙还要好，不怕薄风冷雨，不用打田插秧，就算日头晒死鱼他们也不用操心。

你不怕鱼没晒死，你爸已经被气死了？

他老骨头硬，扛得起化肥，经得起人事。徐明月嘻嘻笑着，趁东门长安不注意，将一张用棕叶丝扎好的南瓜叶塞进东门长安怀里。

东门长安狐疑地拿在手上，以为是玉米饼，慢腾腾打开来，一股浓烈的汗馊味扑面而来，熏得东门长安眼睛发酸。再一看，里面一扎汗腻腻皱杂破旧的钞票。

怕坐班车让人偷，又怕下车给抢，我塞裤腰带里了，天……热，沤了。徐明月脸红到耳根，羞愧地解释。

这扎毛票生生把东门长安的脑子熏乱了，他掏出根烟点上，直到烟屁股烫到手指头，才慌忙扔掉，胡乱从瓜叶里抽出几张零钞，说，收你收你，行了行了行了。喏，剩下的自己留着当伙食费，你还有两个学期，不吃饭的？哈，当神仙？东门长安粗声粗气地呵斥着，不知是冲自己生气还是冲徐明月，以后缺钱就找我——哈，先说好了，毕业有了工作加利息，要还的！哈。

徐明月呆呆地看着桌上的南瓜叶和那堆零散的毛票，身子一动不动，眼珠子牢牢盯在东门长安脸上。

九月的天气，暑热正欲退还烈，碧绿的南瓜叶早被徐明月的身体焐了，带着刺鼻的、绝望一搏的腥腥气息，和着徐明月那森黑的眼光，瘆得东门长安全身发麻。东门长安躲开这目光，低头找条子开收据，钢笔帽刚打开，听到面前扑通一声响。

徐明月瘫倒在地上，人事不省，清瘦的身子弯曲着，在地上画出一枚孤独的下弦月。

东门长安吓得不轻，背上徐明月就往县医院跑。徐明月一米七六的个头，他才一米七，说是背，等于是拖。两个人合在一起，一撇一捺，歪歪斜斜在街头画下一步步"人"字。

有鸽子扑啦啦从阁楼里飞出来，翅膀掠过铅灰色的天空，小小的县城顿时灵动起来，仿佛春天的花香正越过多刺的藩篱，把香浸到夏日的下午，弥漫出多愁的伤感。

东门长安步伐零乱，想哭，天这么热，背上这孩子的身子却像刚从井里捞出来，寒浸浸的，而他背着他，感觉这孩子仿佛不是他的学生，而是他的兄弟，或者儿子。

好容易撑到县医院，进了急诊室，剪着上海头的中年女大夫像薅草一样薅乱徐明月的头发，又把徐明月的手脚抬来绕去，不慌不忙摸完脉听完心跳，说，去做B超。

东门长安犯难了，能不能不做？

女大夫说，不做怎么知道是什么病？

东门长安心疼钱，倔上了，说古代中国望闻问切，没见做B超的。

格林黛玉吃了那么多仙丹灵丸，找了那么多名医，也没见查出是肺结核。女大夫说，你这种人我见多了，又想治病又怕花钱，我无所谓的咯，做不做？

东门长安回头看徐明月，还软嗒嗒睡在木板椅上，只得说做。女大夫说那去交钱。东门长安说，姐，这不是走急诊？先急着，我走不开，一会儿回去拿钱。

不行，先交。

哈，不行？我说，我前头离开人后头死了，你要负责的。东门长安威胁她。

女大夫语塞，回头看看徐明月，问，你哪个单位的？

我……幸福理发店。东门长安寻思女大夫剪着上海头，没准经常要找理发店理刘海。县城里就那幸福理发店技术最好，剪个头要排很长队。

果然女大夫眼睛一亮，说幸福理发店？哎呦你们理发店的师傅太少了，每次我修个头发都要排半天队，家里的饭也煮不了，孙孙也带不了。

哈，你看你，下次找我，找我嘛。东门长安很诚恳地拍胸膛，随到随剪，不收你钱。

这话管用，女大夫满意地顺了顺头发，伸出头叫了外面的护士，带人去B超，急诊，先做，钱后面交。

做完B超，一下午差不多就完了，女大夫看着片子，用不可思议的目光看着东门长安说，他是饿晕的吧。

东门长安不相信，说什么呢？

他胃里头跟洗过一样，空当当什么也没有。因为可以插队剪头发，女大夫觉得自己已经跟东门长安是一伙的了，低下声批评他，你搞什么？旧社会？

东门长安想这话问得，什么搞什么？什么旧社会？我又不是他爸他妈他仇人，也不是医生，我还能洗他的胃？我更不是黄世仁，把他当杨白劳逼。心里想着，鼻子却有点酸，他在农村长大，也饿过饭，但总不至于到这地步。

东门长安拔腿往外跑，女大夫眼疾手快，一把揪住他衣领，手指朝他后脑勺戳戳戳，啊，虐待了人家还想跑。

东门长安给勒得喘不过气来，挣扎着说放开，我去给他买碗锅巴粉。

女大夫这才松手。说，锅巴粉不行，得稀饭，一点点来，不然撑出问题。说完顿顿，揉揉肚子，又说，也行，两碗粉，加点肉。

东门长安奇怪了，说你不是讲不能要粉吗？

我说，幸福理发店，你看看几点了，下班时间都过了，你不饿的？去，两碗，你的，我的。女大夫开心地白了他一眼，像看白痴。

东门长安气得肺顶到下巴，自从有了煤矿和煤老板，医院里就开始流行一种叫红包的玩意，真如县城里的秩序全给搞乱套了，为人民服务的事，整着惯着就都成了为人民币服务，这女大夫真当他是猪头肉呢。

哈，一碗粉才几个钱，东门长安笑，我再给你们家那位买包烟。

女大夫明明欢喜得眉毛直跳，却装得很矜持的样子，你这个人，恁客气。

东门长安一路小跑跑到菜市上，买了一大碗稠稀饭回到医院，路过医生办公室，女大夫坐在那里，偏着脖子正跟人说话，两手没歇着，飞针走线打毛衣。真如的女人都喜欢打毛衣，用"海马毛"（海马哪里来的毛？女人总是稀奇古怪），她们手里钩着一线毛茸茸的红黄蓝绿，坐着打，站着打，走路也打，功力深厚得可以完全不看针脚，闭着眼睛还能走花针。打毛衣有打毛衣的好处，不影响嘴巴的使用，撒个泼骂个架传个家长里短，半点不耽误。

女大夫正眉飞色舞。

东门长安躲开她，轻手轻脚回到急诊室，趁四下无人，冲徐明月扇了两耳光——既然没毛病，打两耳光出不了事。果然，徐明月嗯嗯嗯睁开眼来，闻到稀饭香，不等人扶，整个人弹簧一样从长板椅上翘起来，抖抖手端起碗咕噜咕噜往下倒，吃得头发根都立了起来。

能跑不？东门长安接过空碗，贼头贼脑地问徐明月。

啊？

嗯，哈，急诊费没付，还有B超。东门长安尴尬地说。

一听到钱，徐明月比东门长安还急，猴子一样翻窗子跳到后院，拔腿就跑。

东门长安这才发现自己笨得连窗户都不知道利用，赶紧跟着徐明月跳了窗。

正是黄昏，夕阳像红色的流淌的水，淌得满大街都是，街上乘凉的人们，零星坐在屋檐下，一边摇扇子，一边耷拉着眼皮看着两个神经病大笑着在红色的世界里狂奔。

风，风，风风风。徐明月突然大叫，我是风。

疯，疯。东门长安心里想，我他妈跟着你发疯。

让女大夫去找幸福理发店吧。

十二

亲密无间的逃亡过后，东门长安发现自己对徐明月多了一层同兴衰共存亡的感情。这感情来得如此之奇特，像细如毛絮般乱飞的春雨，等你觉察，衣衫已经湿透。

补习班教室里，东门长安一进去就能看到徐明月苍白得像一道闪电的额头和两扇高高拱起的肩胛骨——他永远趴在教室第三列第七排的位置，耸着肩趴在座位上，做题、做题、做题。

课间对他来说不是休息，无非是换一个节点，从规定项目转台开始他的自选项目，世间所有的娱乐对他而言都是隐形。

傍晚在操场打太极是退休老师们的固定节目，如今这固定节目里插进了一个不合拍的群众演员，这个演员打破了老师们的节奏和愉悦——他永远在操场上来回踱步，眼珠子都要掉到书里。

有经验的老师提醒徐明月，休息一下，劳逸结合。

徐明月抬起头茫然地扫了一眼，焦点也不在人脸上，哦……嗯，一九二五年六月十九日，省港大罢工，一九二五年六月十九日，省港大罢工……

格先人，这状态，再说也是枉然，说的人便闭嘴了，知道不管用。

别人丢得开徐明月，东门长安丢不开，这神仙这爷爷这祖宗天天在他眼皮底下杵着，撑得他心慌眼胀，东门长安不得不反复警告徐明月——再绷就断了。

徐明月说他松不下来，人家是拿钱在读书，他是拿命在读书。

东门长安说你再这样，书没读出来命没了，枉我带你狂逃一场。

徐明月嘿嘿笑起来，笑声像匹活蹦乱跳发神经的小马，颠得东门长安一颗心莫名其妙地打战。

下午放学，食堂只要一打钟，徐明月必定第一个冲向食堂，食堂第一勺菜的油水厚。

在真如中学，徐明月做任何事给人的感觉都是在拼命。

拼命地做题，拼命地背书，拼命地跑食堂，拼命地抢菜。

所以，夕阳西下的校园里，总有一个少年在飞奔。

这天，东门长安高高地站在补习班的槐坡上（真如城夹在两山里，没有多少地盘是平的，真如中学的操场和初中班建在平地上，高中班、办公楼和补习班就只能建在半坡，远远看去，学校就像一只竖着的雨靴），看着一群刚下课的孩子们生龙活虎地冲向厕所，跟徐明月冲向食堂的动作十分相似。

也不怪学生，学校的厕所实在太小了，一下课，孩子们抢厕所像打仗，去得慢的得排队，遇上前面有蹲大号的，后面还没轮进去，上课铃就又响了。

几个女生嘻哈打闹着从厕所走出来，其中一个穿着漂亮的玫瑰色裙子，虽然远，东门长安依然能从那鲜艳的裙子颜色上判断出她就是校花鲍丽娜。鲍丽娜是文化局办公室主任鲍雷霆的独生女儿，在真如县城的父母亲们只会用荣、秀、敏、玉等字给孩子起名时，师大毕业的鲍雷霆夫妇就已经能够给女儿起出"丽娜"两个字来，让人想起电影《叶塞尼娅》。这让鲍丽娜很自傲，加上人又长得漂亮，鲍美女在真如中学走路说话便很有点腔调。

东门长安不喜欢鲍丽娜，女孩子不能靠漂亮吃饭，国家号召艰苦朴素，尽管市场经济已经让真如县城尝到了甜头，但东门长安相信，世界再变，漂亮也不能当饭吃。

当然，那时候的东门长安不知道，几十年后的中国，有一大批女孩子靠漂亮找饭吃，还有一大批大学毕业生在就业前排队去整容。

在一堆亮度欠佳的人流中，玫瑰色显得太明亮，以至于操场上、厕所旁所有学生都把目光放在了鲍丽娜身上。

显摆，也不见试卷做出个一百分来。

东门长安正要回身，却发现学生们的神色有点异样，东门长安顺着他们的角度往左偏了偏头，顿时脸红了——鲍丽娜上完厕所没注意，把后面的裙摆夹到内裤里去了，半个屁股露在裙子外面，粉红色的短裤和粉白的屁股在阳光下交映生辉，大姑娘不知道，还一个劲儿地扭着腰，把那片粉白扭得让人不忍目睹。

要命的是没人提醒鲍丽娜。

裤子拉链没关，胸罩带子露出来……诸如此类事情，一般是不好提醒的。

鲍丽娜浑然不知自己正处于什么样的状况，还在那里不要命地作，娇里娇气，妖里妖气。

还作，还作，东门长安替鲍丽娜干着急，你早点回教室吧，少一秒在外头丢人也好。

操场上闪过一个奔跑的少年，不用猜，又是徐明月，只见他冲到鲍丽娜身边，一个急刹车，抓住鲍丽娜。

他一脸焦急地比画着什么。

能说什么呢，当然是屁股。东门长安想，这个猪头，全世界的人都没吭声，你吭个屁，你当所有人都是瞎子，只有你眼睛亮，哈，等着倒霉吧。

果然，一脸不耐烦的鲍丽娜转瞬间大惊失色，接着慌乱地理掇着身后的裙摆，把夹在裤头里的裙摆拽出来，再接着鲍丽娜朝徐明月脸上甩了一耳光，边哭边捂着脸跑了。

这孩子，这傻孩子。

傻孩子徐明月的高考报名费是东门长安垫的。

一公布交钱，东门长安就看到徐明月神色大变，坐在那里两眼发直，蓬乱的头发一根根乱七八糟地竖着，一副四面突围的样子，双手则死抠着课桌，两天时间，指甲没抠翻，课桌抠出两个大槽子来，白花花支棱棱倒着木刺，狗刨过似的，漂亮的鲍丽娜从面前走过去，他硬着两道呆滞的目光，眼神从鲍丽娜胸前钻进去，背心钻出来，毛骨悚然的，吓得鲍丽娜一看到他就躲。

东门长安知道徐明月没钱，忍了两天，到底忍不住，半心半愿把准备买随身听的钱拿出来给徐明月垫上。下课后把徐明月叫到门外，烦乱地说别抠了，再抠桌子就让你抠穿了，钱我给你交，不要告诉别人。

徐明月听了，傻愣愣地跟着他一直走到实验楼楼下的荷花池旁。东门长安回头一看人还跟着，说，打住打住。

徐明月立即停下。

东门长安再走，徐明月又跟来。

东门长安急了，指着他警告，喂，别跟着我。

徐明月便再次停住，紧张地咬指甲。

想到送一个爱心，想买的随身听泡汤了，东长安门心头乱得很，孙丽要考研，英语是弱项，买个随身听给孙丽用，她会多高兴哪！偏偏徐明月尾巴一样甩不脱，他又生自己的气，又生徐明月的气，表情便凶起来，叫你不要跟着我，你跟我干什么？

徐明月撑着一张菜青色的脸，瘪瘪嘴说，老师，我就是想谢谢你。

拿成绩谢我。东门长安挥挥手说，去去去复习去，ABCD，勾三股四，大洋洲南美洲。

一听到复习，徐明月顿时鬼上身，愣头愣脑七慌八乱转身就跑。

站住。东门长安突然想到什么，给我回来。

徐明月又老老实实地走回来。

这段时间听到些什么了吗？东门长安一屁股坐在荷花池旁，问徐明月。

什……什么？徐明月神情恍惚。这表情从五月以后就一直这样在他脸上挂着。

全校都在说，你肯定考不上。

徐明月游散的眼睛闪出一簇精烈的光，恶狠狠地，谁说的？

他们说的，我说的。东门长安直视着徐明月，我甚至在想，我替你交的报名费，值得不。

老师。徐明月粉红的眼眶变得鲜红，我……

想考上吗？东门长安问。

徐明月呆滞地站着，可怜巴巴地点头。

你是不是喜欢鲍丽娜？东门长安又问，这话显然把徐明月吓坏了，转身就想跑。东门长安一把揪住他，说，我看到她打了你一耳光，你给老师说，被喜欢的女生在大庭广众下抽了一耳光，你是不是死的心都有了？

徐明月垂下头来。

是不是所有人都在嘲笑你，所有人都瞧不起你？

徐明月的头垂得更低了。

知道你在大家眼里是什么样子吗？你是个又穷又酸、绝对考不上大学、又被暗恋的白天鹅踢到烂泥地里的癞蛤蟆。东门长安狠狠地戳着徐明月的痛处，咬牙切齿，他突然想通了一件事，他这大半年来一直替徐明月护着那只摇摇欲坠的玻璃杯，不一定是好事，因为徐明月神经一直为此而紧绷着，与其如此，还不如彻底打碎它，好让徐明月毫无负担地进入高考。

是痛，东门长安看到徐明月的身体明显地发抖起来。

既然你在大家眼里都已经成了一个笑话，你还有什么必要在乎自己比这个笑话更笑话？你还有什么东西是值得你在乎的？你有吗？东门长安再戳上一刀，他想，这下子脓血应该出来了。

颤抖着的徐明月突然停止了抖动，他抬起头来茫然又困惑地看着东门长安，很久，师生两人不说话，风声，树叶哗哗响，池子里的涟漪，蝉鸣，操场上的球哨，远远近近游走流淌。

我……不在乎，我，没有。一句细微如呼吸的回答从徐明月嘴里吐出来，带着腥红的血腥味，我什么都没有，没什么需要在乎。

所以，东门长安长吁了一口气，缓缓抽刀，如果我被喜欢的女孩子当众抽了耳光，如果我注定不能考上大学过城里人的日子，如果我最终的结果是被踢到井底永远爬不上来——而我现在已经在井底，那么，我还有什么好怕的？高考算个屁，落榜算个屁，种地算个屁。

徐明月愕然地看着冒粗口的东门长安，突然开心地笑起来，呵呵。他笑，呵呵，高考算个屁，落榜算个屁，种地算个屁。他学着东门长安的口气说了一遍，接着用更流利更愉快的声音又念了一遍，高考算个屁，落榜算个屁，种地算个屁。

黄昏正来，钟声响起，一瓣荷花瓣落下，飘入水中，实验楼里出来的学生们看到一对师生站在花池旁，神经分分，笑得前翻后仰。

布。徐明月边笑边冲着坐在池畔的东门长安撅起屁股，嘴里发出放屁的声音，布。

东门长安扭开身子，一巴掌把徐明月的头按到水池里，转身一路轻快地回到办公室。

孙丽在。

他收起笑容，安静沉稳地坐回自己办公桌。

孙丽的桌子就在他后面，她没有抬头，依然埋头改着她的作业。一簇盛夏的黄栀子花在她桌上安静地盛开，浅浅的香。

他嗅着这香，不说话，开始备课，边备课，边用心听着孙丽轻柔绵软的呼吸。

就这样多好，徐明月好好的，孙丽好好的，他也好好的，就这样恬静安然，天荒地老，不招谁，不惹谁，用耳朵听一个人呼吸，用安静的后背安静地拥抱一个人。

他想着，越想越欢喜，又越想越委屈，想得鼻子都酸了。

十三

和徐明月差不多，徐月也觉得高考算个屁。

而且老师算个屁，数学算个屁，英语算个屁，什么在他眼里都是屁。除了小马哥。

补习班开学不久，真如县开通了闭路电视，香港电视连续剧好看得让人不想活了，冯宝宝的《武则天》，那个武媚娘媚得像闪电的眼，翁美玲的《射雕英雄传》，格蓉儿的衣服一层又一层粉红鹅黄的纱，周润发在《上海滩》里那个帅气，格帅得人透不过气。

真如中学的老师和学生发现，本校高三补习班的徐月同学长得很像小马哥。

徐月起先根本不知道小马哥具体长什么样，几个鼻子几个眼睛，因为他老子徐解放守着满柜子的钱也坚决不安闭路电视，他怕影响徐月学习，宁愿提着烧辣乞皮乞脸地跑到隔壁院子里蹭别人家的电视。

徐解放不知道，只要他一走，他的宝贝儿子就会从床底下弄一截闭路线出来，线头上绞上一根大针，再钻出窗户把针插进隔壁家的闭路线上，偷人信号看《上海滩》，尽管满屏幕都是雪花点，伴着哑哑的杂音，但并不妨碍徐月发现，自己正是小马哥。等徐解放在"浪奔、浪流，浪里分不清欢笑悲忧"的音乐声中往回走时，他儿子已经收拾完"犯罪"现场了。

发现自己像周润发以后，徐月嘚瑟了，开始梳后奔头——家里出门前不敢，走到半路钻进小巷子里，从书包里拿出发油往头发上淋，打完发油用手耙子往后梳，梳得额头光光像太阳，回家前又钻到小巷子里，掏出报纸使劲擦，把油挠没了再回家。徐解放看着儿子每天顶着毛抻抻一头鸟窝回家，还以为儿子"学"得苦，心痛得半边脸直抽筋。

冬天没到，徐月就逼他妈给他织围巾，长长的白围巾，他妈心痛毛线，说两尺八就够了，他就使劲咳嗽，说早上在操场上背书冷得很，嗓子受不了，要多围两转，那么厚的家底，要整就整个六尺八。

他妈性子粗，说六尺八，你要孝布呢。

徐月知道他妈俗，俗就好办，他不慌不忙地说，王煤矿家儿子有一条，六尺八，你看着办。

他妈一听急了，说他才多大个矿，凭什么六尺八？

就是。

格老子家，八尺八。他妈大手一挥。

八尺八的围巾一到手，徐月整个冬天就没取下来过，那围巾真是够长，几乎拖到地上，搞得东门长安犯强迫症，总担心徐月会一脚踩在围巾上绊跟头，于是见一次提醒一次，让徐月在脖子上再挽一圈，徐月当着他的面挽了，背着他又放下来，于是补习班里经常看到这一幕，挽上，放下，挽上，放下，彼此都因对方的固执强烈不满，却又斗志不减。

至此，"小马哥"徐月对真如的突出贡献已经显现——学校门口开起了"许文强毛线店"，学校到处都是白围巾，恍惚看去，像在做死人道场。众多高二高三的女生走火入魔，有事无事跑到补习班来看"许文强"。向来高傲的鲍丽娜也着魔了，一看到徐月就走不动路，没开口眼睛就一片泪花花。偏偏徐月不理她，把个鲍丽娜怄得小脸都尖了，最后沦落到上自费大专了事，这是后话。

祸害，老师家长们一提到徐月就跳脚上火，特别是他的代数老师丁力，日火，他爹妈给他起什么名字不好？偏偏叫丁力。

力哥遇到小马哥，自然搞不定。

小马哥的代数不是一般的差，力哥讲起题来，讲快了，小马哥听来是一团稠糨糊，讲慢了，是一团稀糨糊，总归是糊涂，到最后小马哥决定不上代数课，但他逃课的方式很奇怪，下课间隙不跑，总是敲了上课钟才如梦初醒般冲出教室，经常和力哥撞上。

力哥很有想法——补习费是他妈的你家里付的，小马哥你上不上课跟我力哥屁关系没有，换句话说就是打水漂，也是你家的钱。但你要逃课早点走嘛，不要等到力哥进教室，你这样当着力哥的面大摇大摆走掉，力哥没面子咯。

东门长安就这事找小马哥谈心，他对学生的爱护程度超过了一只母鸡对一窝小鸡，对搭档的真诚和尊重也超过其他班主任。

小马哥很老实地向他道歉，说，一下课他就忙着跟同学们聊天去了，忘了，老是一上课才想起来。

东门长安警告徐月，假如你糊弄生活，生活也会糊弄你，你这样子今年还会考不上，几门课里，数学是最拉分的。

老师，小马哥摊开手，摆了个标准的小马哥动作，只差把二郎腿跷起来——我觉得我考不上大学不是大问题，高考制度有缺憾才是最大的问题，当前祖国建设事业轰轰烈烈，各行各业都需要人才，而且需要很专业的人才，我的意思是说，我要考的是文科，为什么要学那些函数和几何？我请教你，你写文章用到代数了吗？县委书记做报告用函数了吗？如果腾出代数时间让我多学习文科的话，是不是更好？代数是科学家们用的，不是文学家或者老百姓用的，我爸爸当这么大的老板，管那么大的矿，挣那么多的钱，用到的也不过就是小学五年级的加减乘除。侗族人修的风雨楼和风雨桥，几百年不倒，他们学过几何？请问——何解？

何解？东门长安咳嗽。哈，那个，哈，呃，你只是片面之词，比如人才，国家不光需要专业人才，也需要复合型人才，再说，只有人适应社会的，没有让社会来适应人的，你不能改变规则，就只能适应它。

小马哥突然笑起来。尖锐地问，再请教老师，如果规则是错的呢？

那你也得适应它。

不管用什么样的方式？这就是你们教育的目的？无条件无底限地服从？小马哥追问。

东门长安不想再和他纠缠下去，这个混世魔王的语文成绩在全校永远是正数第一，数学永远是倒数第一，口才厉害，脑子里思考的东西总与他的年龄格格不入，他只要愿意跟哪位老师"攀谈"，而这位老师又敢接招的话，必定死得很惨。

哈，我不跟你扯远了，扯远了回不来，说一千道一万，就目前而言，我告诉你，高考结果比什么都重要。东门长安站起身来，表示谈话结束。

十四

改完月考卷，东门长安闷倦地走出办公室。天越来越热，知了在槐树林里没完没了地叫，吵得他晕头涨脑，在楼梯间，东门长安意外地遇到了徐月的爸——煤老板徐解放。

东门老师。徐解放点头哈腰地停下来。

嗯。他矜持地点点头，桥归桥路归路——在东门长安意识里，财大气粗的徐解放出现在学校大半是去找校领导，不会冲他一个小小的班主任来。

徐解放却堵住他，说，那个啥，东门老师，借一步说话。

说着，徐解放鬼鬼祟祟地把东门长安推到楼梯角，将手迅速塞进东门长安的裤兜。

盛夏，东门长安穿了一条很薄的的确良长裤，因为是单身汉，他左侧裤兜的里布破了个洞，也没补，这本是只有他自己知道的事情，可徐解放的手强塞进他裤包时，恰好触犯到了这私密，更不巧的是，徐解放肥胖的、慌张不安的手指，它们中的其中一根或者两根，越过了破洞，放肆暧昧地碰触到了东门长安的腿根，几乎危及他的睾丸，尽管隔着内裤，但这贸然出现的意外还是使东门长安无比羞愤。

你你你，你干什么？他猛然摔开徐解放的手，惊恐万分地退贴到墙壁上，尴尬地低吼。

我……徐解放被他的呵斥吓得不轻，压低了声音紧张讨好地说，东门老师我没别的意思，我就是有点想法，想跟您私下谈谈。

哈，想法，什么想法……走走走……你走开点。东门长安简直是吓坏了，光天化日之下，他要做什么？据说最近煤老板们在广东那边学了些新玩法，书包妹、鸭子啥的。

格徐解放偏不走，一双直勾勾的眼睛渴巴巴地看着他。

要死了，撞邪了，格遇到了鬼。东门长安扔下徐解放转身就往楼下跑，满脑门的汗，几个学生在楼下赌玻璃珠，一看到东门长安吓得炸开了锅，耗子似的东躲西窜。他哪来心思管，径直急匆匆走过教学楼，穿过槐树林，回到宿舍。

进了屋东门长安才觉察不对，裤包里沉甸甸的，仿佛还有只手塞在里面，他伸出手一摸，发现包里多了一沓钱，五十元面额的。

哦天，原来徐解放把手伸到他裤兜里不是那个意思，是塞钱！这玩笑开的。

但被猥亵和冒犯的不快和紧张依然占据着东门长安的大脑，他已经三十出头了，贫困的出身、事业的追求和出人头地的思想以及孙丽的存在，使他近乎自虐地保持了童子之身。短短七八年时间，他以优异的教育成果打败了真如中学所有老前辈，成了真如中学响当当的高考补习班王牌班主任。县城里追求他的姑娘从乡镇干部、环保工人、农民后代上升到了科局领导干部子女、煤老板妹妹或侄女，即便如此，东门长安依然清高而清醒地保持着近之而不昵之的态度。

他知道，风景的壮美程度与人达到的高度有关，雄关漫道真如铁，只有不断向前，他才终究会有站上高高的山顶的机会，并且帅气十足地回头对孙丽说，来，我陪你一生光阴。

对于一个健康的、生机盎然的年轻人来说，有些事需要异于常人的节操才能做到。这正是东门长安自傲的底气。

而徐解放这意外的举动使他狼狈不堪——他先是被一只手强奸了，接着又被一沓钱强奸了。

十五

下午五点半，副校长彭明容背着一大包高考报名表和孙丽一起骑着自行车往教育局去。两人见到在宿舍门口用煤油炉煮面条的东门长安，都快活地打招呼——你的旺季又要到了，你又要请客吃饭了。

东门长安见不得彭明容跟孙丽在一起的开心劲儿，都快五十的老头子了，也不检点……而跟彭明容在一起的孙丽，笑容在黄昏的光晕中显得那样遥远，遥远到似乎永不能及。东门长安郁闷了，中午被徐解放触摸过的大腿根莫名地生发出一阵阵炙热感，扰得他口干舌燥。他站起身，突然很唐突地回了彭明容一句，吃个屁。

完了，最近徐明月动不动就跟他说到那几个屁，害得他冲口而出又是屁。可是此屁非彼屁啊，还是在孙丽面前。

来不及收回，东门长安看到孙丽惊诧地看了他一眼，皱着眉头从他面前驶过。

东门长安懊恼地呆在那里，看着孙丽远驶的背影，一股热血往头上涌，委屈的泪水灌满眼眶——

是的，补习班七十七名学生，全是冲着他这个班主任来的，一年来他何止呕心沥血，他是把脑浆和骨髓都给了他们，七十七个人里他至少能保证二十个本科，四十个专科，只有两个基本算是陪考——一个是徐月，一个是校长的千金冯小蔓。这不赖他，如果是根木头，再疙瘩再歪巴叫他改成木板都有可能，但徐月是面财大气粗硬铜皮的响锣，而冯小蔓的脑袋简直就是块豆腐脑。

但是，但是但是，这样的拼命为了谁，孙丽你知不知道？知不知道？

他气恼地在露天水龙头下洗锅，当当当，哐哐哐。

没多久，孙丽再次出现在真如中学通向大街那条笔直的巷子尽头，这是条东西向的巷子，夕阳从真如中学这头照过去，晚霞映亮整条小巷，无比辉煌，孙丽在一片红光中以优美的姿势穿过巷子，驶进校园，最后扔掉自行车跑到长排平房前，也不说话，若有所思地笑着，歪着脑袋看坐在槐树下的东门长安，眉毛一扬一扬的，表示有话要说。

东门长安拿着一本《老人与海》，还在生闷气，屁股下垫着的半块砖随着他的摇晃在泥地里磨来嘎去。

堡坎下，篮球场上高二的学生正在打比赛。

喂。孙丽见东门长安不理她，生气了，跺脚，挡住他视线。

东门长安恹恹地歪了头，继续看，神情索然。

打球的孩子们也神情索然，包括吹哨子的体育老师也无精打采，已经吹错了两个球。

今天是放烟火架的日子，可学校一级警戒，大门关了，后山小路安排老师守着，食堂连接县城大水井旁那个能容一个人侧身通过的暗道也封了，就怕住校的学生拥出去看烟火架。从以往两年的经验来看，看过烟火架的学生比较亢奋，回来的路上甚至回来后的几天里，打架的现象此起彼伏。住校的都是农村娃，打伤了谁都是学校拿钱医，学校又不是民政局。为此，校长今年决定，不准任何一个住校生去看烟火架。

哑了，说话呀。孙丽揶揄他，吃屎吃哑了？

哈，说什么呢？他尴尬地把脖子扭到一边。

喊，嘚瑟了你，你到底说不说话？孙丽抢过他的书。

哈，你这个人，奇了怪，明明是你杵到我面前来找话说咯，我又没有要说什么，你让我说什么？说带上你的嫁妆还有你的妹妹，赶着马车来咯？东门长安一呛，竟把心里话憋了出来。

美得你。孙丽嗔怪地踢了他一脚，弯下腰来将就东门长安，好吧，我告诉你，刘局长请你去看烟火架哦。

港腔港调，糯滋滋的。

刘局长？教育局刘局长？

嗯。孙丽直点头。

真如县教育局在体育场东墙侧，是看烟火架的最好地点，不用到场子里挤，坐在阳台上就能看。

高考在即，局长大人皇恩浩荡，要邀你去局里看烟花。孙丽说。

局长大人算个……屁，局长大人不知道，此时东门长安的情绪完全不在这个点上。

去不去？孙丽穿着白色的裙子，不敢像东门长安那样随随便便坐在土砖上，一直弯着腰哄他，裙子的圆领微微往下坠着，露出隐约的起伏的胸线，伴随着温软的呼吸，在东门长安眼前一起一伏。

太阳已经全部落山了，金色的晚霞变成了柔软的玫瑰色，晚风从操场上调皮地攀上来，舒适凉爽，可东门长安却觉得天是那么热，热得他要爆炸了。他慌乱地站起来，朝后退了一步，却退到孙丽的单车上，单车哐一声倒在地上，他也跟着单车摔下去，狼狈不堪，惹得孙丽咯咯笑，边笑边来拉他。

东门长安恼羞成怒，甩开孙丽的手，生气地说，不去。

你敢不去。孙丽还在笑，她身体上那害得东门长安丢人的部分便随着轻笑要命地战栗。东门长安血涌到脑门，结结巴巴地说，不，不去，就是……不去。

由不得你，孙丽牵住他的手，像母亲牵着调皮的儿子，我得完成组织交办的任务。

格要命的，东门长安觉得自己的手被一团甜柔的蜜包围着，残留的那点自尊心完全虚弱无力，赶紧边抽出手边说，好好好，去去去。

一路上孙丽都在跟他说话，但他听不太清楚，这一天太折磨人了，先是徐解放的手，现在又是孙丽的胸、孙丽的手……一些人和事在他不可预料中出现，一些身体上的反应也在他难以抵抗中失去控制，如洪水漫堤。

他的心思真不在什么烟火架上。

来到教育局，刘局长说了什么，他也听不真切，灵魂都出了窍，身体在发烧，每一个毛孔都从上至下灼热地燃烧，孙丽就在他身边，娇美的体态，白藕般的手臂、竖琴一样完美的腰身与臀……

晚上八点五十五分，离烟火架点燃还有五分钟，东门长安实在忍不住，他步伐艰难地退出阳台，穿过局长办公室，来到空空的走廊上。

前面是黑漆漆一片庄稼地，那时的真如县城是真正的城乡一体化，庄稼与马路共生共荣，农民与干部并肩向前，公厕与茅房相生相伴，街道两旁有卡拉OK，也有菜园和野狗。

招生办旁边的一扇门吱呀一声被风吹开，那是副局长办公室，东门长安知道，这会儿三个副局长都在局长办公室的阳台上。

东门长安在黑暗中战战兢兢地走进那间办公室，又轻手轻脚地关上它，像贼。

没有前奏。

事情进展所花费的时间甚至比他想象的还要快，只不过一瞬间而已，他身体里那股如火山爆发的熔浆一泻千里，并迅速变得冰凉，这冰凉让他觉得羞耻和恐慌，他摊着湿漉漉的手，傻傻地杵在黑暗中，失望到了极点，如果以后的人生是这样的战斗力，他该如何上阵杀敌？

　　拾掇一番后，东门长安拖着虚弱空洞的身体走回阳台，就在他昏沉沉想着到哪里找杯水喝的时候，远处，烟火架一侧出现了倾斜，随着几道四绽的火花，体育场上开始响起一个女人恐怖的尖叫声，接着，巨大的人流开始杂乱无序地涌动，晕头转向、越挤越乱，混乱中，一股人流被反推到烟火架旁，彻底挤垮了烟火架。一时间，美丽的烟火架变成一堆恐怖的炸药，爆炸声中，大火熊熊燃烧，火光直冲云霄，零散的烟弹像机关枪，不断向四面八方扫射并炸裂。

　　几道强烈的烟花射进教育局，从局长右脸嗖地射过，砰的一声引燃了阳台上的报纸堆，没等到他们去踩火苗，紧接着十几道烟花又劈头盖脸地朝阳台炸来，局长吓坏了，捂着半边脸边叫救火边往楼下跑，他一跑，大家便都跑了。烟花四溅间，东门长安一把脱下衣服，罩在孙丽脸上，搂着孙丽就跑，尽管场面很混乱，他依然清晰地记得孙丽的手惊恐地紧抱着他赤裸的上身，那感觉如此美妙，如陈酿的美酒……

　　那一夜，真如的天空亮如白昼，熊熊大火吞没了体育场附近的所有木房，砖混结构的教育局和公安局也未能幸免，消防队长带着全县唯一的一台消防车和二十几个兵站在大马路上，望着四周都在熊熊燃烧的大火，眼睛都急出了血，唯一的一杆水枪，不知道对着哪头冲。

大火烧毁了教育局内的所有档案，真如县的户口档案也全部付之一炬。

对于一百多条人命来说，这些学生表册和二三十万人的户籍实在不算个事。接下来的日子，真如县城完全进入了崩溃状态，天塌了，所有的事情都无法回到正轨，去银行取个钱，办着办着人群里有人哭起来，那是拿着老人存折的女人。上街买个菜，讲着价突然卖菜的哭起来——我挣这点钱容易吗？我从死人堆里爬出来的。

漫天飘浮的煤尘仿佛血红色。

十六

全国统一的高考并未因这场灾难后移，真如中学在一片忙乱中进入了考前资料的收集和重补。所有事务看似有条不紊，其间充满匆忙零乱。

东门长安在重新填写的高考登记表上发现了问题。

一是徐月的名字中间出现了可疑的空当，空当间完全可以塞进一个字，也就是说，他可以是徐月，也可以是徐明月，徐圆月，徐无月。二是他母亲的名字变成了覃一一，东门长安找到徐月，说，你填错了名字，你妈的。

徐月抬起头，说老师你骂人。

我没骂。东门长安赶紧解释。

我知道，徐月哧一声笑起来，笑完又蒙上眼，从指缝里漏出一句话——我大舅烟火架死了，我外公就剩下我妈一个人，她要替我大舅尽孝，改叫一一了。

东门长安一听烟火架，哑声了。不是悲伤，也不是纪念谁，是害怕。

真如有习俗，当大事的时候，人不可亵渎神灵万物，打喷嚏、挖鼻孔、放屁之类，通通不能有，而烟火架这么大的事，他却无耻地在二楼的副局长办公室里自慰，他不光是亵渎了神灵，还亵渎了自己。在这之前，他的遗精都是在睡梦中完成的，而不是在如此证据确凿的清醒行为下亲力亲为地完成。暗地里，东门长安将烟火架事件与自己那夜不端的行径联系在了一起，一百多条人命啊。就算他是无神论者，但忘记一百多具变形折叠的尸体也不是件容易的事，偶尔梦里他会看到一双突然睁开的眼睛，淌着血水，等他从惊吓中醒来，全身是汗。

没有精力和勇气再去质疑这表格了，再说，也只是质疑而已。东门长安回到办公室，有气无力地在这张高考登记表上签了字，交到了校办。

年过半百的校长冯行知坐在办公桌前，满头大汗地摇着一把棕叶制成的蒲扇，冯校长穿了件洗得散丝的白衬衣，里面是件破了几个小洞的汗衫——老校长有老校长的气节，衣服旧了不要紧，要干净，露出几个破洞不要紧，不能露出两粒乳头。不管再热，真如中学的男老师是绝对不允许只穿衬衣的，里面必须裹一件汗衫。东门长安特别欣赏冯校长这一点，知识分子要有知识分子的气节，要谦和、知礼，想到这一层东门长安脸红了，汗水也冒了出来。

冯校长接过东门长安手里的表，温和体贴地、洞若神明地跟他开玩笑——看你这些日子蔫蔫的，不景气，是该找个媳妇了。

东门长安吃惊不小，顿觉裆下无物，他慌不择路地逃出校办。

天上有轮太阳，地上没有风，他大汗淋漓。

十七

高考放榜出来的结果令很多人惊诧莫名，豆腐脑子的冯小蔓竟然考上了一本，徐月也考上了二本，拼命三郎徐明月再次榜上无名。

不可能啊。东门长安想不通，从那次荷花池旁的谈话后，徐明月完全恢复到正常状况，次次周考也都保持在一本线水平，全班全校都有目共睹并真心期待着这个卖掉了房子来补习的学生考上大学，他甚至已经开始发动老师们给徐明月筹学费。

考试那几天，每科结束他都守在校园警戒线外的槐树下给孩子们送苦丁茶水，从孩子们接杯子喝茶的动作和声音，他完全能准确地判断出他们的发挥水平和满意程度。徐明月没有在考场上出现胃肠痉挛，也没有出现高烧心悸，每科考出来喝茶时的声音也很平静，咕嘟，咕嘟，咕嘟。

怎么会又落榜了呢？

东门长安很想去打听打听徐明月的分数，可最终他没有去，他怕这分数从他这里漏到徐明月那里，变成剑捅穿了徐明月，万一又是十分，五分，一分之差呢？活不过来了就。

细节，他拼命回忆细节。

徐月语文考出来时眉飞色舞，毫不顾及小马哥形象，他告诉东门长安，他爸给他请的那个省二中的语文老师，帮他把高考作文题目押对了。数学考完出来也很得意，最后三个大题目，省一中退休的吕老师都帮他复习到了。

真的真的，冯小蔓在边上也活蹦乱跳地证实——我知道，我跟他一起补的，我也做对了。

他记得当时其他考生听到徐月和冯小蔓的话，个个如丧考妣，茶也不喝了，看自己的眼神充满哀怨。是的，战场上，能否洞察敌人动向是体现一个将帅作战能力的重要方面，他在真如县城已经是一等一的高手，却顶多蒙对几个方向性的题目，而人家省级高手却是连题都全押准了，招数差远了去了。报纸上说了，全省今年的高考预计是十三个拼一个，也就是说，一分之差足以甩掉很多人。何况是几十分的作文和数学三道大题。

七月的阳光很猛烈，从头顶的槐树叶缝隙间漏下来，如滚烫沸腾的铁水倒在东门长安头上，东门长安痛苦又内疚地看着其他孩子，替他们死的心都有了。

只有徐明月安然坐在槐树下，不说话，不看他，捏着一片槐叶吹曲子——

夜半三更哟，盼天明，寒冬腊月哟，盼春风。

肝肠寸断。

东门长安说你吹个别的行不行？

徐明月抿嘴一笑，可爱地，闭上粉红的眼眶，开始吹——

太阳出来啰喂，喜洋洋啰啰喂。

太阳是出来了，从西边出来的，徐明月没上榜，徐月上了榜。

领过录取通知书以后的一段时间，校园很平静，正值暑假，操场、教室到处都空荡荡的，但东门长安的眼睛却总出现错觉，老是看见徐明月，从这头跑到那头，又从那头跑到这头……

可是徐明月没有出现，东门长安知道，徐明月是出现过的，徐明月也是看过了发榜单的，可是东门长安找不到徐明月，他不知道徐明月在哪里，该怎么办？

是的，怎么办？徐明月以后怎么办？东门长安想，房子都卖了，再补习的话他卖什么？卖血？

站在骄阳似火的操场上，东门长安感觉到了阳光的重量，它压在他肩膀上，看不见，却重似生铁，东门长安接一把白花花的太阳在汗濡濡的掌心，想，有些事看来总得要人来扛，别人不扛，他来扛。

流火般的夏天渐渐过去，九月底，几件大事在真如县城引起了轰动，一是真如县公安局获省表彰，短短两个半月期间，真如县公安局呕心沥血，补办完全县所有户籍，简直就是风一般的速度。二是沙岛闹鬼，女鬼。三是高考补习班班主任东门长安在人人质疑他三十郎当还不谈恋爱是否阳痿之时，快速结了婚，媳妇是苦大仇深的贫农出身，长相不及格，嫁妆也寒酸，让众多希望成为其岳父的科长、局长面子丢尽——不要咱们家姑娘，找个更好的也好，偏找个抬不上席面的。这个东门长安，就算那地方没阳痿，也是精神阳痿。

全县都谈论这几件大事时，只有东门长安知道，什么才是真正的大事。

十八

爬上这久违的灯笼山似乎耗尽了他的一生。

在山下他是少年，上了山他已是老人，步伐艰难。

熟悉的山脊上，依然惊险万状地悬着那栋房子，从小他就觉得这房子像山体中间挤出来的一个疮，现在看，他发现自己和这房子一样，也是一个挤出来不要的疮。

门虚掩着，徐明月胆怯地叫了几声，山风呼呼作响，没人应他，他站在泥砌的檐坎下张望，苍茫的群山间，从他的角度看出去，往上看是山峰，往下看还是山峰，火烈烈的太阳照着黄苍苍的干烧地，山上仅有的几棵泡桐树，叶子被风刮得哗哗响，几丛火棘子在烤得蓬松的土坎上皮干肉瘦地挂着。

左面的房门上着锁，明月牌。

真是有趣，锁的牌子是他的名字，锁着的房子却已经不是他的。

去年他偷偷用四百元卖掉了祖宗的家业，卖的时候，他以为他可以换回来，四百算什么，他以后可以给家里换回四千、四万。

现在看来他错了，命运根本就没打算给他翻身的机会，逗了他十多年，这下说丢就丢了。

久不回山里，无遮无挡的太阳光让他有点眩晕，他手搭凉棚，左右张望，生怕比杀猪匠性子还躁的老子蹿出来砍他两扁担。

一年来他没敢回过家，怕老子打他，或者是怕老子根本打都不打他。

破旧的窗框一推就开了，黑洞洞的屋子跟一年前一模一样，甚至跟十年前哥结婚时一模一样。猪圈里早已没有猪了，不是谁家都买得起猪崽，圈里堆满了棕包和正在编织的棕绳，棕绳拿到镇上去卖，一公斤一毛五，值钱是值钱，但粗糙的棕丝比刀子还伤手，一尺棕绳十层皮。

牛圈里也没有牛，圈里夯了土，大堰泥和黄沙泥，夯土是吃力活，山上没有大堰泥，要到山下去担的。夯平了土的牛圈里左面起了个灶台，右面用高板凳搭了几块板子，是床铺的意思。

徐明月站在那儿，有点糊涂，好半天后反应过来，去年分家的时候，虽然堂屋归了父母，但以他老子那种烧香前三天就不跟他妈一张床上睡的封建和固执，怎么会把床铺搭在堂屋里，当着祖宗的牌位睡觉？那可是天打五雷轰的不敬。

牛圈才是父母真正的家。以前住牛，现在住人。

一个声音在他身后细弱地响起。

崽？

他回过头，看到谭一二，光头的谭一二。

崽？谭一二的身子晃了晃，背上巨大的柴火堆跟着晃。

徐明月怔怔地说，妈，你怎么了？

我怎么怎么了？谭一二反问。

你的头发。徐明月惧怕地指着谭一二的头。

谭一二回过神来，慌里慌张地从裤兜里掏出一张蓝格子麻帕包在头上，不好意思地笑，老了，老了嘛。

你个杂种，你好意思回来，还好意思问。哥哥不知从哪里冒出来，拳头蠢蠢欲动。

我……干吗了？徐明月警惕地退了退。

格你有种，卖了房就跑，妈替你天天挨揍，怄得头发都脱光了。

徐明月沉默了，自小就是这样，他和哥哥做错了事，野猴子一样满山逃，老子揪不着他们，就揪着妈打。

你弟刚回来，你冲他凶个啥子。谭一二也不管又沉又重的柴火还在背上，拉着徐明月到阴凉处，泪眼婆娑，走累没得？

累喽。徐明月委屈地答，妈一宠，撑他站着的那口气就散了，他真是累，爬了那么久，人都爬老了。

哥哥气咻咻地丢了竹筐，蹲在屋檐下开始磨刀，霍霍的声音听得他心惊胆跳。

我就说要回来的嘛。谭一二指着牛圈说，你看看，怕山下的亲戚到时候全部要上来庆贺，看到了笑话，他背了整整一个月的大堰泥，把这屋平得跟娶新媳妇的房子一样瓷实，晴天不起灰，雨天不粘脚，他是嘴巴恶心头善，他其实也是盼你读出个名堂来的，只是你个崽想不仔细——要卖房子也要卖给我们徐家姓，偏卖个外姓人——你说一栋房子敬两个香火，叫他啷个跟先人交代。

霍霍霍。

徐明月理亏地点着头，回身看磨刀的哥哥，夹着腿打了个尿战说，我想屙尿。

说完撒腿往红苕地里跑，哥哥大喝一声，你往哪儿尿呢？

他看着哥哥，这话问得怪，难道往天上尿？

霍霍霍。

那地被你个狗杂……你，卖人了。哥哥粗声粗气地骂。

徐明月才想起红苕地分家时是他的，卖房子时一并给人了，赶紧折回来，转到哥哥房子后面，找到一个新挖的积肥坑，着着实实撒了一大泡。

没尿完谭一二就急急跟过来，喜气洋洋的脸上写着难以抑制的兴奋——给妈看看。

徐明月又不懂了，妈要看什么？他眼下拿出来的东西可不适合当妈的看，当然，十几年前除外，他是妈身上掉下来的肉。

那个念大学的纸，啥子通知书。谭一二笑得眼睛都没了，缺了门牙的嘴嗖嗖漏着气。

霍霍霍。

从山下起就一直压在心头的那座大山终于劈头向徐明月扑来，徐明月定定地看着谭一二，动弹不得。

风穿过山梁，发出摧枯拉朽的巨响，一个旧的世界正在垮塌，一个新的世界却还远在云端，徐明月站在最后一块坍塌的泥土上，望向横在自己与新世界之间那条漆黑如夜的深渊，终于中魔般朝前面缓缓伸出脚来，又迟迟不敢落下，整个人便像一尊被推斜的泥人。

徐明月古怪的姿势和神情吸引了哥哥，他提着磨得明晃晃的刀子朝徐明月走过来。

徐明月舔了舔嘴唇，喃喃问，你……要……做什么？

哥哥晃着刀，说，一年了你才回来，你说我要做什么？

徐明月看着眼前来回晃动的刀子，突然发现这正是去往新世界的桥，它明亮如光，坚固如铁，再没有一个理想能像它这么坚固，什么书籍是人类进步的阶梯，什么书山有路勤为径，什么高考是独木桥。统统滚蛋。

他现在有一座桥。高考复习题上说，中国人口已经突破十一亿大关，但现在这十一亿人都没法跟他抢这座桥。过了这座桥，什么都解决了，希望也罢，绝望也罢，都拿他没有办法。在桥的那一端，没准他可以重新开始，他可以像天之骄子一样走过比县城更大的大学校园，挽一个长发齐腰的女同学的手，用英语对话，互诉衷肠，然后，他们手牵手共同留在某一个城市，也许各自会遇上新的追求者，因为他们是人人羡慕的大学生，但是他会告诉她，他此心不变，她肯定也会说，My dear，我和你永不分离，嗨！多么美好的生活。他会每个月领工资，不用担心没有钱买米买肉，还可以省下钱来给父母用，假以时日，他有能力便把父母和哥嫂接进城里，那时候哥哥和他说话绝对不敢这样粗声粗气，他会用拌了蜜的声音和他商量这样，商量那样，谁要是惹他生气，他一垮脸，必定无人敢吭声，哎呀，真是太那个了，不该这样傲慢，一家人嘛……

他的脸随着遐想展露出变幻多端的神情，他哥举起刀柄想敲醒他，他却伸出手，像抚摩女同学齐腰长发那样将手迎向刀锋。

嘿……你磨得这么快要搞什么？吃痛的徐明月清醒过来，突然发现自己那么惧怕死亡。

杀鸡。哥哥慌乱地捂住他流血的手，愤怒又恐怖地吼起来，你他妈都瘦成张纸了，老子杀鸡给你吃！

徐明月跳起来，那你他妈霍霍地吓我做什么？我以为你要杀我。

要杀你早杀了。哥哥推搡着他冲进堂屋，抬手从香案上抓起一把香灰捂在他的伤口上，说，捏着。

徐明月听不见，傻愣愣地看着香案。

香案上有一块新添的灵位——"慈父大人徐解放之位"。

什么意思咯？

徐明月转过头，看哥哥，哥哥木着脸不说话，走了。徐明月挪着硬邦邦的腿脚出了堂屋找谭一二，谭一二却正往杂木林里奔，从小到大，家里人无论是被猪草刀砍伤，还是被茅草割伤，谭一二都会冲进林子里找蒿芝草，那是止血的灵药，是老天爷送给穷人的仙药。

谭一二刚冲进林子就遇到了隔房大伯从林子里出来，大伯身后有窸窸窣窣慌张远去的声响，欢喜中的谭一二心思不在那些声音上，管他是谁呢，跟她没有关系。她心里翻滚的欢悦全是儿子，事实上先前的整个过程里徐明月根本未提及他高考是否考上的问题，但是在谭一二心里，儿子卖房子去念书的壮举足以让天神地神山神树神保佑抬爱，老天爷是不可能允许他有任何闪失的，今天一早喜鹊叫，一年不见影子的儿子回家来，不就是考上了？

他伯伯，我家月考上了。

是不是哦？隔房大伯不自然地提了提裤子。

真的，月都回来了。

小有点文化的隔房大伯很兴奋，掏出一条来路不明的花手帕擦去满头汗水，钻出林子站在山梁上冲着山沟山坡山林山窝一通乱七八糟的吆喝——徐明月！皇榜高中，状元及第，鸡犬升天——

又问，月考上了，你来林子里做啥子？

找蒿芝。谭一二兴奋得满头大汗，哥俩一兴奋，格磨刀杀鸡割了手。

大伯嘿嘿笑，说割手不要紧，莫割着鸡就好。

谭一二高兴着，顾不上骂大伯，兴冲冲扯了蒿芝草往回走，走一半回过头笑，他伯，帕子不对。

隔房大伯顿时脸红了，赶紧塞进裤兜里说捡的，说完自己也觉得不信，索性认了，又起腰说，我这不算啥，我们月当了大学生，以后到处都有好林子，四处都是花帕子。

谭一二红了脸，呸一口说，作死呢。

傍晚过后，山上山下的人都来了，四五个鸡蛋、一把粉条、七八个糍粑……生机勃勃地占满了灶台，徐明月陷进亲友们兴奋的汪洋大海，泥菩萨一样恐慌地呆坐在人群中间，神情古怪，眼圈灼红，不断用沙哑的声音重复，哈工大，哈工大。

之所以要选哈工大，是因为这个简称有着山里人无法理解的意义。

什么叫哈？什么叫工？什么叫大？山上人叫爷爷叫公，山下人叫爸爸叫大。哈工大的意思，就是比公和大更厉害的学校？

谭一二微笑着退到灶台边生火做宵夜，一碗炒米、一勺油、一大把苦丁茶叶，谭一二手持葫芦瓢，用瓢底用力地压磨着，因为用力，她的脚和裤管踮了起来，露出一股股青筋，但她很开心，遥远的传说一样的日子，现在正敲锣打鼓朝她奔来，挡都挡不住，她踮个脚费个劲有什么，儿子一年来可是拿命在拼。

茶叶和炒米磨成稀糊，透出柴火催烤下浓烈的香，谭一二盛了水缸里的水往热锅里一冲，嗞一声，一股水蒸气冲天而起，接着油茶的香味便铺满了牛圈。

人都冲那香去了。

徐明月保持着皮笑肉不笑的表情，不停用食指和拇指撕扯他干裂脱皮的嘴唇，一丝血从被撕伤的皮下渗出来，徐明月没发现，手指头还在跟自己过不去。谭一二透过白腾腾的蒸汽怜惜地看着她的儿子。

看着看着，谭一二像是看出了什么来，手里的葫芦瓢掉到水缸里，悄无声息地漂荡。

谭一二没有去拾它，只是安静地抹了把汗水，眼睛里的火花熄灭了，剩下一对深黑无底的洞。

喝过油茶人就该散了，人们赞叹或嫉妒地走出牛圈，此时的谭一二完全变了一个人，她挺拔甚至高贵地站在门口，怀里抱了一扎干枯的葵花秆，有条不紊地分发给出门的人，胆小懦弱的她这一辈子做事情从未这样沉静大气过，引得大家都笑，看，儿子一成龙，妈就当王母娘娘了，看这眉眼。

谭一二笑得天高地阔，一颗光头在星空下泛着白煞煞的光。

人们各自点燃手中的葵花秆，意犹未尽地四下散了，从山梁上望去，火把们渐渐化整为零，延伸到无穷黑处，如去往未知世界的灯。

徐明月站在屋檐下，望着黑黢黢的大山、无穷高的夜空，觉得自己就是那火把，无辜又决然地燃烧，必须地燃烧，直到化成灰，但是现在他化成灰也跑不掉了，下一步他该怎么办？

这个问题太无解，他选择了逃避，回头问哥哥，他……是哪时走的？

哪个？

他。徐明月指指堂屋。

先是打妈，打了一个月，突然有一天早晨起来着急上火地找筐，问他干啥子，他说担心你考上大学回来后，他和妈住的牛圈丢你的脸，接着就天天下山背大堰泥，七月半那天傍晚，妈说七月半鬼乱窜，天都黑了，明天再去背，他不信，非说一头牛的活都干完了，就差一犄角，满上。结果莫名其妙地摔下了坡坎下头，两丈多高……整个生产队的人帮着找，找了大半夜才找到，人走得惨，那个……肠子都在外头。

徐明月一阵恶心，刚喝的油茶汤全喷出来。

山上的日子没有钟点也没有钟声，一切与校园相关的情节都隐没在漫天的黄土薄云里，徐明月吃完家里所有鸡蛋后，突然发现母鸡看他的目光充满敌意，同时，母亲已经基本上不看他了，进进出出光着那颗"状元母亲"的头，毛巾也不戴了，全然是不在乎的神情。山下已经有人家开始去集上卖鸡筹学费了，徐明月觉得自己也必须要去"上学"了。

他没有提学费的事。

谭一二也没有问。也许在她眼里，儿子具有奇特的力量，他能在县城里独自熬过一年，那么他肯定有办法空着手去念完他的大学。

下山前，徐明月用棍子在泥地上画了一只雄赳赳的大公鸡，叮嘱谭一二——这是中国。咱们家住在鸡肚皮这里，大学在鸡冠子那里，隔得太远，这里春天樱桃满山的时候，那边的冰还厚得跟墙壁一样，这边出大太阳，那边还穿棉衣。

我懂，谭一二光着头，若无其事地答，远得见不着了。

就、就是这个意思。徐明月干着一张脸悻悻地笑。

不见也行，记得再过几年，一定把新姑娘带回来我看看。

不知道为什么，谭一二已经毫不掩饰她那难看的光头了，每天她都任由它白晃晃对着天光，一脸的无所谓。不过，月呀，你记着，在家千日好，出门事事难，我们徐家是要靠你生根开花的，你哥是两个女，你老子死了眼都睁着，全是为你，所以，千累万苦，你得给你老子好好活着。谭一二说完这话，脚旁浮起一阵风，吹得满院子的泡桐碎叶哗啦啦飞，谭一二的表情在碎叶里板成一块生铁，恶狠狠不容商量。

徐明月觉得半边脑袋发麻，发冷，生痛。

他老子，是的，卖房子时他以为这辈子他和他老子之间已经恩断情绝了，却不曾想到他终归是老子的血肉，老子是他的骨头，他和他切了血肉断了骨头还连着筋，老子死时没闭眼，他便万万死不得。

不能死，又不知何处安身立命，哈工大远在天边，完全不是他的地盘。

回到县城，徐明月捂着痛了好几天的脑袋在学校北坡上呆坐了一下午，晚上有很好的月光，徐明月溜下山，爬上男生宿舍旁的一棵槐树，将手伸进窗户打开天窗的插销，轻车熟路地钻了进去。

真如中学还没有开学，打通铺的宿舍里到处是七零八落的木板，几十张床铺通通都是徐明月的地盘，徐明月躺在空荡荡一片月光里，拿起地上的破报纸裹住半边发凉的脑袋，又掀起一块薄板盖在身上。

夜是长的。

黎明时分，徐明月饿醒过来，又从天窗钻出去，轻飘飘游到菜场。天才麻麻亮，菜场上几家卖包子的正蒸包子，热腾腾的蒸汽馋得徐明月肚子直抽筋，他走上去说，师傅，我帮你打一天下手，给我俩包子行不行？

师傅看徐明月斯斯文文，顿时就明白了，说，落榜了？

徐明月不好意思地笑。

师傅说，不是吹，前两年我这里也留了两个帮忙的高中生，后来都考走了，我的摊子养状元。

徐明月一听状元两个字，眼睛炯炯发直，嘴也歪了，是范进中举前的征兆，师傅不敢再提，急急改口说不差那一两个包子，你要吃就拿。

徐明月固执地说不能白吃咯，我给你打下手，你这里是状元摊。

用不着用不着，俗话说风水轮流转，以前我这摊子养状元，现在怕是不灵了，你看这下水现在朝这边流，不是好兆头。师傅滑口滑嘴骗过徐明月，塞给徐明月俩包子，闪了。

徐明月靠俩包子管过大半日，晚上踱到煤炭公司食堂门口等厨房师傅倒泔水，泔水这个东西喂到猪嘴里才叫泔水，吃到人嘴里顶多就叫剩饭汤。只要还没倒进泔水桶，就是好东西。

煤炭公司的油水太足了，徐明月的肠子居然养不起如此油腻的剩菜剩饭，夜里，徐明月足足跑了八趟厕所，跑得脚腿发软，眼冒金花。第二天早上到菜场半死不活又讨了俩包子，却咽不下，一放到鼻子边就想吐，徐明月悲伤地想，完了，完了，我要死了，然后又快乐地想，死了才好，死了不用担心明天怎么办。前前后后反反复复把死和不死的好各自想了几百遍，最后来到新华书店门口，实在走不动，瘫倒在书店门口发呆。

一道晨光跃出云层，不偏不斜，独独打在他脸上。

哈里路亚。他伸出手，那缕阳光就在他指缝间如圣光般摇晃。

所有的神明，接我走吧。徐明月对着光芒说，我在这里等你。

东山煤矿徐解放徐老板开着县城少见的桑塔纳，在十字街一拐弯超过县长的吉普车，一路喇叭高歌地去往省城火车站。

他，徐解放，要送他的儿子，去——念——大——学。

书店门口，听到喇叭声的徐明月虚弱地转过头来。

从一拿到录取通知书就沉默不语的徐月摇开车窗，他要与熟悉的真如道别，与粗俗的真如道别，与所有旧的时光道别。

一瞬间，两对年轻的目光意外地碰撞在了一起，发出唯有他们彼此能听到的震耳欲聋的声音，像两列火车在飞速行驶中撞到一起，把彼此都震得有点蒙。

徐月慌张地缩回头，他爸心有灵犀地望了望窗外，突然冲司机发火，开快点。

一群追着轿车打闹的小孩失望地停下脚步，四下散去，留下徐明月呆坐在十字街新华书店门口的台阶上，任由炙热的阳光照射在他脸上，一小时，两小时，阳光从他脸上移过，又渐渐爬过他的肩膀、手、腿和脚。

天色是越发地暗了，但徐明月的目光却越来越明亮犀利，他警惕地盯着路过的每个行人的脸，背紧紧靠着墙壁，用奇怪的姿势半蹲在那里，像一只随时准备战斗的斗鸡。

卖糍粑的跛子观察了徐明月整整一天，这英俊斯文的少年看起来那么文弱，没有吃任何东西，也没有喝一滴水，一双眼睛要么半天不转，要么转得溜快，怕是要出事。

跛子的脚是挖煤给砸坏的，死里逃生出来，比常人更懂得活着的意义，跛子推着糍粑车朝徐明月走去，想跟他说说话，人不就那样嘛，寻死寻活的关头，打个岔就过去了。

手推车发出的吱嘎声惊动了徐明月，吓得他紧贴墙壁，指着跛子大叫，你，你，别过来。

十字街上卖魔芋的女老板冒出头来看，白多黑少的眼睛讥讽似的看了跛子一眼。

跛子便生气了，说神经病，鬼叫的，我又不是抢劫犯，再说你个屁娃儿，有么子好抢的咯？骂罢，呸一口痰走了。

徐明月战战兢兢地看着跛子走远。

就是，他有什么好让人抢的？他原本就一无所有，像崔健唱的歌——

我曾经问个不休，

你何时跟我走，

可你却总是笑我，

一无所有，

我要给你我的追求，还有我的……

顿住了。

肚子一阵刺痛，一些细密的汗珠从徐明月额头冒出来，像某些事物所展现的蛛丝马迹，最后汇聚成一个尖锐的感叹号，感叹号的尖顶把徐明月的屁股从台阶上顶起来，徐明月开始朝着县城的出口方向疯狂地奔跑。

徐月为什么不敢看他的眼睛？

徐月为什么不敢看他的眼睛？

……

如果不是一群孩子的出现，也许徐明月能追回什么。

但是，就在他的思维犹如万鸟归巢般正指向一个目标的时候，机关幼儿园放学的孩子们骤然切断了他的路线。

孩子们胸前都穿着白色的围兜，右肩的袖子上用扣针扣了一张红或绿、白或花的小手帕，小小的脸上有板有眼地学着老师的神情，他们无视于徐明月的焦灼，像一队蚂蚁用密不透风的队列将一匹方寸大乱的小马与它的前方隔开，边过马路，边整齐地念着蚁群的魔咒——

太阳刚下山，

路灯亮一串，

一二三四五，

数也数不完。

中了魔咒的徐明月在最后一只蚂蚁穿过他身边时彻底迷失了方向，他急得在原地团团转。

第三章 青铜时代

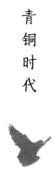

十九

东门长安和暗恋他暗恋得世人皆知的粮站女工人向阳光从学生家里走出来。

一路上向阳光的身体都在可怜地颤抖。

九月的天气，夜风暖人脸，吹得人欲醉，可她实在是控制不了这种颤抖，这状态从半个月前开始一直没停过。

没办法，她实在是担心失去东门长安，已经半个月了，她一直不敢相信自己已经成了东门长安的"对象"。回顾"历史"的漫漫长河，从四年前东门长安第一次到粮站排队买米时她就注意到了他，他站在人群里，不论队伍有多长，他永远很安静地拿着本书在那里看，偶尔抬起头，眼神穿过正在过秤放闸的向阳光，射到无穷远处，让向阳光有种赤身裸体的惊慌。粮站工人本来是个人人羡慕的职业，但是对于女同志来说，身份好只是五十分，还有五十分得看相貌，向阳光尽管在粮站里管称米过秤，但是样子长得太普通，说普通是客气，说难看才是实情——说不上她哪里长得不好，眉毛眼睛嘴巴，分开来看都不错，就是合在一张脸上不成货，组合上出了问题，相比起眼睛来说，脸太大了，相比起头发来说，眉毛太浓了，相比起嘴巴来说，鼻孔太圆了。向阳光为此花了不少功夫，比如拔眉毛，烫头发，可惜越整越乱。这种基础再加上不到一米五的身高，粗壮的身材，向阳光要攀上真如县高考补习班班主任东门长安同志就太难了。

但向阳光不到黄河心不死，东门长安不谈恋爱，她就不谈，她采取了几千年来中国妇女表达忠贞的方式来维护她的梦想——守节，不处对象，拒绝相亲，不提婚嫁。这样的状况很值得大家探索，最后，大家通过仔细的观察发现，只要东门长安出现在粮站里，粮站老姑娘向阳光就会陷入一种可怜的、颠三倒四的、如喝醉酒般的状态。

这信息传到东门长安耳朵里，他呵呵一笑就过去了，半点态不表，哪怕一句感谢。的确，在他心里，眼里，向阳光完全就是个跟他不搭界的人。

哈，八竿子也打不到一船。他说。

至此，向阳光的守节便成了真如县城公开的笑话。

听到东门长安无情的宣言，向阳光觉得自己这辈子完蛋了，搁几百年前她没准还能换个牌坊，现在屁都没有，没人搭理她。

是的，时代的车轮滚滚向前，改革的步伐如巨人奔跑，她算什么？在祖国事业蒸蒸日上的潮流中，她心里没有想着奔向两千年，也没有想着社会主义现代化，光想着一个男人，实在是无耻之极，想着这些，入党宣誓的时候，向阳光痛哭失声，以至于站长感动得号召大家向她学习。

向阳光日复一日地憔悴了。

她没想到的是，正当她决心把自己嫁给猫猫狗狗随便一个人时，东门长安却自己找到粮站里来，直接找她的领导谈了关于处对象的想法。

站长相当意外，但还是坚守职责，认真地问及东门长安有否入党、家庭关系，最后以签字盖章的语气表示——我同意。

起身送客时，站长实在憋不住了，委婉地提示东门长安——小女也正当婚嫁年纪，供销社上班，管电器柜台，你要买双卡录音机单缸洗衣机什么的可以找她，我的意思是说，你可以调整一下思路，就像做因式分解题，几种思路比较下来，你可以选最简洁有效的那个，小向不是最佳方案咯。

东门长安微微思考了一下，说，站长，对不起，我不会做题，我教语文。

第二天，站长在眼睁睁看着好肉落在别人嘴里的纠结心态下，迅速安排了向阳光和东门长安的正式见面。

一个有心一个有意，向阳光和东门长安便严丝合缝地处上了。

但是"处"上后的向阳光发现，东门长安和她在一起总有点心不在焉，这让她有点心虚，身体不时颤抖。

你为么子要跟我处对象？向阳光问东门长安。

东门长安眼睛望着别处，笑，你人好。

向阳光跟着他看过去，只见到屋檐下一角灰色的天。

我哪里好？

哪里都好。

到底哪里好？

哪里都好。

哪里都好是哪里好？

哪里都好就是哪里哪里都好。

这样的绕口令，一天总有七八回。

为了打消她的顾虑，东门长安进进出出总带着她，甚至去学生家里喝谢师酒也带着她，有点偕夫人出席的规模和意思。

但向阳光还是心头发虚。

从学生家里出来，顺着街道直走下去五百米就是十字街，每天东门长安都会在那里和她告别，一个朝上城门方向走，去粮站宿舍，一个往下城门方向走，回真如中学。

晚风轻拂澎湖湾，白浪逐沙滩……音乐声中，向阳光看着路灯远处安静如黎明的十字街，又看看身边的供销社，突然建议东门长安走挑水巷。

挑水巷在真如县供销社后面，中间有一个供销社仓库，偏僻的仓库旁是一大片荒芜的茅草地，是小孩子们捉迷藏和捉蚱蜢的乐园，穿过茅草地再走几十米绕出巷子便是十字街。

东门长安奇怪了，说，好好的直路不走，跑巷子后面绕那么一大圈做什么？

向阳光不说话，只在心里说，东门大官人，我曲线救国呢。

好说歹说，把东门长安引进巷子后，向阳光在茅草地旁突然紧紧抱住东门长安，用灼热的身体纠缠住他，她明白，只要他要了她，她就可以彻底高枕无忧了。就在她主动得近乎于荡妇，自觉得无脸见人却又胁迫勇猛地将舌头塞进东门长安的嘴里时，东门长安却一把推开她，用宣布考试规则一样的语气说，我有个想法。

向阳光尴尬地低下头，语无伦次地说，我喜欢你有想法，我就是喜欢你有想法，你本来就是个有想法的人。

我有个学生，穷，但是特别优秀，我想资助他补习，然后考大学。东门长安温柔地看着她。

好，好。向阳光知道那温柔其实是给他嘴里的那个学生的，但她顾不上了，她把发烫的脸紧紧贴在东门长安的胸口，呢喃，你真是个好人，你是天底下最好的好人。

格你同意了咯？东门长安说。

我同意。向阳光着迷地嗅着东门长安身上抹过的百雀羚的香气，天，原来男人也可以抹香脂，抹香脂的男人是多么的高贵。

向阳光开始解东门长安的扣子，东门长安再次阻止她，狐疑地说，你要做什么？

向阳光觉得自己要爆炸了，她要做什么？月黑杀人夜，风高放火天，今夜月朗星稀，她不能杀人不能放火，还不能在花前月下"你选择了我，我选择了你"吗？

东门长安却慈祥地笑起来，像老师劝解一名胆大妄为的学生似的，温和地说，小向，等结婚再说，再说。

两人从巷子后面钻出来，一个带着佛相，一个像死了老娘。十字街的灯光呈十字形各自延伸到东南西北四个方向，很有点路漫漫其修远兮的意味。街道空荡荡的，只有新华书店门口的台阶上坐着个孤独的少年，头昂着，靠在墙上，两腿扭在一起，生成匪夷所思的曲度。

阴谋未遂的向阳光悻悻地停下脚步，等着东门长安和她举行简单的道别仪式，东门长安却丢下她朝那个人急急走去。

你在这里做什么？东门长安推推那个人。

太阳刚下山。少年答。

我问你话呢。

路灯亮一串。

徐明月！

一二三四五。

东门长安急了，一巴掌打在少年的脸上，说，你醒醒。

少年笑起来，神情如少女娇羞，答，数也数不完。

二十

这便是真如县城一九九二年的九月，这个月，半年前还在省报上现过脸被表彰的省级优秀共产党员、县长文建业因为烟火架事件被免职调离了，但是县长免不免不影响社会主义建设，更不影响改革开放，真如城里到处是顶着爆炸头的年轻人，以至于理发店价格高涨，而城内小抢小盗不断——烫头发、买喇叭裤、玩吉他都是需要成本的……小小的真如县城，杂乱无章的事情在不同的个体间毫无关联地发生，每一个个体对于命运及未来都毫无抵抗之力，即便是留下些眼泪或者忏悔在真如县城的街道上，也依然与吐满路面的唾液一样，斑驳难看，被灰尘掩盖。

而更多的不为人知的阴谋或阳谋，随着徐明月变疯，以及冯小蔓与徐月的离去渐渐冒出头来，如满天的煤尘，很多人能感觉到它存在，但却抓不住它。

最贴近事情内核的人，是东门长安。

那张高考登记表。

还有别的……

每每在街上遇到徐解放，东门长安的目光都会眯成一条线，犀利成箭，徐解放却不怕他，斜叼着一支烟，吊儿郎当的样子。两人这阵势在小小的县城里十分抢眼，且令人生疑，徐解放说，是他承诺给东门长安一笔钱，让他在补习班好好照看徐月，结果事后他觉得儿子能考上大学，主要原因还是儿子醒事了，跟他东门长安没关系，就没给够，所以东门长安一看到他就想咬。

话传到东门长安这里，东门长安目瞪口呆，半天吐一个字，操。

诸多流言过后，真如人能论证的信息只有一个——东门长安降低条件娶了向阳光做老婆的原因，竟然是为了资助徐明月补习，当然，徐明月疯掉以后，补习自然又转成了治病。

总之东门长安有点发神经。

二十一

人生根本不是东门长安想的那么简单。

一直处于振动状态的向阳光在婚后的第二天清晨恢复了正常，身子不颤了，说话的声音也不颤了，她穿着一件红色腈纶运动衣，稍紧的衣服把她饱满的胸脯挤得很晃眼，怎么说呢，东门长安从未见过她的胸脯如此坚挺过，大概是因为此前的向阳光总是带着微躬的姿势，东门长安对眼前这个意外的高度有一种不祥的预感，他坐在床头，陌生又感动地看着这个贸然撞入他生命与生活的女人——是陌生，没办法，他和她本就是两类人，他是精神的，她是物质的。而感动是因为她的身体现在竟然成了他生命的一部分。

向阳光推开窗户，就着窗外的树林和风慢慢梳好头，仔细地将梳子上缠绕的头发用手指抿下，绕成小卷放在墨水瓶盒子里。

干什么？东门长安问。

积起来卖，有收头发的。向阳光认真地说。

东门长安头都大了，说，哪有这么过日子的？你那一头全掉光了也不值几个钱。

日子是攒出来的。向阳光自豪地说，以后柴米油盐的你只管交给我，什么都不用管。

东门长安起身套裤子，刚套上膝盖，被向阳光一把撸下来，然后甩给他一条旧裤子。

新裤子还是有大事的时候穿。向阳光解释。

哈，那你穿着新的。东门长安指指她的外衣。

我就要穿新的，我今天要满大街走一回，那些说我想吃天鹅肉的，我要她们气得啃土。向阳光嘿嘿笑，一双细眼睛晶亮晶亮闪着光，你今天早上不去早自习，陪我去菜市买菜好不好？

东门长安开始头痛，他意识到眼前这个向阳光完全不是恋爱时那个毫无主张的可怜的老姑娘，她不光是有主张，还大得很。

太可怕了。

东门长安发现向阳光和他说话的腔调越来越像领导，这天早上，向阳光一本正经地清了清嗓子，扬起她日益丰满的大圆脸用拨乱反正的语气对东门长安说，我说，东门老师，我们得存点钱，你的两个弟弟，我的三个弟妹，还有你的爸我的爸妈还有以后我们的孩子……要用钱的地方多了去。

然后呢？东门长安愣愣地看着她。

向阳光的阴谋在暗棱棱的瓦沿下匍匐而来——得把每个月粮票里的面票存点下来，我妈牙不好，喜欢吃面糊咯。

再然后呢？东门长安有点警觉了，这不是供谁的妈的问题，而是她要全面掌控他，这个苗头很可怕。

再然后还能有啥子，向阳光骄傲地扭了扭腰，满意地看着镜子里面自己浑圆的屁股——再然后我给你生个儿子，从小我们院里的老太太就说了，我腰细屁股大，是个能生养的，我还鼻子挺，是个生儿子的咯。

你垫这么厚的底，到底要说什么？东门长安盯着向阳光的脸，强压着心头的不悦。

说就说，我觉得我们得存钱过日子，别人疯了，你不能跟着疯。向阳光居高临下地看着坐在床上的东门长安。

东门长安被向阳光这做派惹毛了——她以为他是谁？他愿意娶她就是需要她"合作"，一开头他就告诉过向阳光，日子不是两个人的日子，是三个人的，有个徐明月在里头。如今她这头当上东门老师的妻子，那头就不认账了，她当他东门长安是谁？

东门长安一沉默，两个人的板弦就接不下去了，一时间彼此都有点尴尬。

向阳光等半天不见东门长安说话，板起脸开始收拾床铺，摔枕头拍床沿敲打了好半天，突然，她回过头尖叫，凭什么？

东门长安正洗脸，听她嚷嚷，头都炸了，摔了毛巾一回头挥起食指戳在她脸上。

向阳光反应快得惊人，张嘴就咬东门长安的指头，东门长安若不是收得快，半截指头就进她肚子里了。

向阳光没咬着，也不叫东门老师了，撕破脸骂起来——东门长安我告诉你，拿钱给那疯子治病，你想都别想，家里要用钱的地方那么多。再说，人家都说了，疯子一旦成了疯子，就算治好了也经常会疯回去，就像一次崴了脚，以后一不小心就又会崴。

你以为我凭什么要娶你呢。东门长安冷笑，这事没商量。

你以为我凭什么要嫁你呢。向阳光冷笑，现在我说了算。

一直拗到领工资那天，向阳光突然过来讨好，说她想去替东门长安领工资——听说孙丽很漂亮？我去看看。

东门长安正改卷子，笔头顿了顿，说你什么意思？

我有什么意思？我能有什么意思？你的意思是我会有什么意思？我为什么要有意思？向阳光倚在门框上悠悠地笑。

东门长安懒得和她吵，不耐烦地说去吧去吧去吧，满大街都是漂亮的女同志，你要看，端条板凳到十字街看个够。

向阳光便拿了东门长安的私章，梳洗打扮好半天，款款地去了，毛三武六的性子，难得走出点文艺味来。东门长安隔着窗户看老半天，牙都要酸掉了，亏得她还不紧不慢在操场上扭着。

向阳光领完工资回来，晃了晃钱，然后低下头解开侧畔的裤子扣，把工资塞进裤腰上一个自缝的红布口袋里。

东门长安急着出门上课，没理她。

晚上上了晚自习回来，向阳光倒了盆洗脚水端过来，温声温气地说，你听我的，别管了，一个月才那么点工资，我们真的供不起。

东门长安抬起头狠盯了她一眼，两只脚在盆里沉默愤怒地互相搓拭，搓完问向阳光要抹脚布，向阳光不动，人站在灯泡正下方，脸全罩在阴影里，眼神狰狞了，声音也糙了，完全不是刚才端水时的样子，倒像是诱骗地下党交出组织名单而未遂的特务——等伺候？做你妈的春秋大梦。

东门长安愣了一会儿，反应不过来眼前的情况。你说什么？

我说，做——你——妈——的——春——秋——大——梦。向阳光一字一顿地重复，表明这话不是一时气急，而是深思熟虑。

听了第二遍，东门长安这才明白了，所谓现世报，就是你让人家处对象时软到什么程度，人家结婚"平反"后就会彪悍到什么程度。用物理学原理来说，是弹簧现象，压力有多大，反弹就会有多高。但是后悔已经晚了，东门长安感到自己沦陷了，为了表达反抗和愤怒，他一脚踢翻了洗脚盆，溅得满地是水，向阳光急了，大叫着朝他扑上来，他慌张地腾起右腿抵抗，正好在向阳光衣服的左乳位置印出湿漉漉的一个大脚印，比较抽象，也极富想象。

向阳光怔了怔，接着哇哇大哭，也不穿外衣，顶着风光无限的大脚印跑到校长家里。

校长夫妻正头碰头幸福无比地看着一封来自省城大学的信，听到有人撞进来，齐齐转回头。

向阳光边哭边打量着眼前这间处处铺满洁白的勾针织品、整洁讲究的房子，再看看校长夫妻恩恩爱爱相得益彰的笑容，悲从中来，开口就说——

东门长安他，他，他就是个变态，就是个太监。

二十二

　　一句莫名其妙冒出来的控告，向阳光由此找到了将东门长安牢牢控制在自己手心里的不二法门。

　　这个倔强的女人用古怪的方式捍卫她的主权——东门长安什么都好，性子、文化、品相，就是那个有点差——向阳光这样向全世界宣传，以此保全东门长安不被贼偷，也不被贼惦记。

　　东门长安气得肺胀，我给你磕头。

　　磕头也不行。向阳光理直气壮地说，怎么，你还真想让贼给偷去？不想给人偷，那个行不行有什么关系？你想什么？想孙丽？人家理都不理你，你结个婚，你看到她哭了？上吊了？

　　东门长安气得一把把向阳光按到床上，说谁不行？谁不行？到底谁不行？

　　向阳光两眼冒光，说，你不行。

　　东门长安放下斯文，着实把向阳光收拾了一回，不可否认的是，他在战斗中第一次感受到了激情和快乐，向死而生的快乐。

可是，最终享受战斗胜利果实的不是东门长安，而是向阳光，自那气壮山河的一夜过后，向阳光更加壮志凌云，胸挺得更霸气了，整个人的气势简直就是可上九天揽月、可下五洋捉鳖，站在粮站柜台里，她手持米闸的自豪神情好比那个把拖拉机开到一元人民币上的女拖拉机手。

向阳光再不是那个喝醉酒般迷瞪可怜的小阳光，她长成了参天大树，强悍威武，每一片树叶都在阳光下哗啦啦响。粮食系统搞活动，她永远第一个站出来报名，政治学习讨论，她大段大段声情并茂地汇报心得体会，那个年代的人在展示自我方面还有诸多心理障碍，而向阳光已经冲破了狭隘的樊篱，去往人生新天地。

向阳光在一片争议声中成为了粮站副站长，身为领导以后，向阳光对东门长安的管教更加严格，东门长安去上晚自习时，她必然会提一袋尼龙毛线，端一条独凳，安坐在教室最后面，以监考老师一样严肃的表情打毛衣，但她打毛衣的技术实在不敢恭维，针脚有如乌蒙磅礴走泥丸的豪放，手指呢，又经常因为笨拙与使蛮力，被尼龙毛线勒出血口子来，尼龙毛线的厉害，大多数九十年代的妇女都是经历过的，硬、锋利，一拉一火辣。因此，向阳光经常在教室里发出咝咝的被勒痛的低叫声。

这种声音出现的频率多了，学生们便发现了规律，一般来说这声音都在东门长安走到女学生桌前讲解卷子时出现。

没多久，东门长安崩溃了，在一个惯常用来形容天气与心情不佳的"春寒料峭"的夜晚，东门长安在听到第五声咝咝声时一把揪起向阳光的头发，把她拖出了教室，两人在四个补习班两百多名学生的眼皮底下，从补习班的拐枣树下一直肉搏到槐树林里，然后又壮烈地顺着长满杂草的斜土坎一直滚到下面的操场上继续战斗。

学生们热血沸腾地看着亲爱的老师和可恶的师母扭打在一起，打成彼此骨血的一部分，又挣扎着分离开来。

这场丢人现眼的搏斗本来已经被捂在盖子里头——冯校长要求全校师生不得散播当晚的盛况——东门老师为了学校，为了你们，呕心沥血，遇上这种悍妇，东门老师算是揭竿起义，但凡有良心的就给我闭嘴。

那时候的学生还是非常听校长话的，老师也是。

可惜千张嘴都堵住了，没堵住当事人的嘴，向阳光自己把新闻播报出去了，她说，她发现东门长安这个人特别喜欢给女同学开小灶，这个动向不好，容易出问题，作为一名共产党员，一名领导干部，她是带着发现问题、纠正问题、大义灭亲的复杂感情陪着去上晚自习的，为此她连《楚留香》都没看一集。但是东门长安这个人，怎么说呢，说起来是自己的男人，不说又怕他犯更大的错误，人不就这样吗？小时偷针，长大偷金。当然了，其实据她监督所见，东门长安也没犯什么错误，但是防患于未然还是有必要的。

既然没啥事，东门长安为什么跟她打起来，这点她不说，只是一脸宽和地笑，摇摇手说，不提了，不提了。

这句不提了，后面的意味就很深远了。

在这之前，东门长安在补习班学生面前是很有权威，他说一，学生从不敢说二，这之后，跟他造反的就多了，甚至每当他上课时一走下讲台，不小心在哪个女生桌前停了停，教室里都会响起一片高扬的咝咝声，像煤气泄漏，或者是炸药的引线被点燃。

肉搏战使东门长安失去了补习班班主任的职务。

那时候，东门长安不知道，他人生的沦陷只不过才开始第一步而已。

二十三

徐明月从精神病院出来时白了很多，也胖了很多。病是治好了，但脑子坏了，时不时他脸上的表情依然显示出他深层次的困惑——他是谁？他要往哪里去？

记不起灯笼山，记不起补习班，忘记了他的大学。这在东门长安看来是不幸中的万幸，幸好记不得，要是记得，明天还得疯。

一个大活人出院了，生计是个大问题。

东门长安尽管在真如县城算个名人，但这只是体现在软实力上，所谓软实力就等于是个屁，人家认你才算是，不认你就什么都不是。

东门长安找到好几个学生家长帮忙，想给徐明月找个事做，家长都表示不好办，说找个疯子来做事，怕整出事。

东门长安碰了几次壁，决定一不做二不休，去找徐解放摊牌。

要么我到省教委申请复查档案和户籍，要么给他个活儿干。东门长安单刀直入。

徐解放却根本不把东门长安这把破刀当回事，跷着二郎腿说，东门老师，你威胁我？

我没有威胁你，我是揭发你。

你揭去吧。东门长安，我其实一直在这儿等着你，你久不来，我还有点着急，炸弹不爆，比较可怕，今天你炸了，我就放心了——不过你炸人前得先想想，是谁把你从乡里调到真如中学的？谁让你带高三班的？谁像教亲儿子一样一手一脚把你扶到今天的？

东门长安有点摸不着头脑。这都是他跟冯校长的恩情，跟徐解放什么事都没有。

看你半头挑子半头空的样子，我给你说说过程，你听清楚，别以为世上就我徐解放是坏蛋，独龙掀不起翻天的浪，一个好汉三个帮，一个篱笆三个桩。那个事你怀疑得没错，是我整的，可是除了我，还有冯校长。他家冯小蔓和我儿子是一条藤上的瓜。你以为呢——这个严肃的高考，蚊子都飞不进去，除了搞定户籍，我还要换档案，换档案有那么容易吗？格从小到大的学籍，还有班主任校长签字、学校盖章，没有冯校长我办得了？当然，冯小蔓没换档案，但抄答案了，她的英语，她的数学，都是抄同一个考场我侄儿徐小虎的，徐小虎晓得吧？应届班文科第一。格徐小虎的答案怎么到冯小蔓手里头的晓得吧？监考老师帮忙递的。是哪几个监考老师晓得吧？胡文学、张鸣、史得科、伍相虹……要不是担心三个人都整到一个考场目标太大的话，我还瞧不上徐明月那成绩呢，我们内部问题内部解决……徐解放得意扬扬地说，东门老师，现在我全都告诉你了，要不要告他们随便你，其实我儿子上不上大学无所谓，我有的是钱，够他潇洒一辈子，但冯小蔓不一样，她除了考大学，还有别的出路吗？还有那几个老师，你非要把冯校长一家搞死、把那几个老师搞臭，随便你。你不是要伸张正义吗？你伸吧，踩着一堆人的尸体当英雄，你多伟大咯。

东门长安听得整个人都蒙了，他来见徐解放，不过是想还徐明月个公道，却没想到一根萝卜秧子牵出这么长一串人来。

他可是单枪匹马的，完全没有与团队作战的心理准备。

还有派出所的孙所长，烟火架当晚头被炸飞的那个实习警察你记得吧？孙刚，孙所长儿子。徐月的户籍是孙所长搞定的，你要不要一起告？反正小的死了，老的活着也没意思。徐解放不慌不忙，步步紧逼。

东门长安咽了咽口水，艰难地说，你不要扯那么多人进去，我只想说徐明月和徐月。

我说的也是徐明月和徐月，只不过事情没你想的那么简单而已。东门老师，我们打个比方吧，你手里拿着一把剑，倚天剑、流星蝴蝶剑，随便你，你的剑想要刺死我家徐月，得先把前面的冯小蔓、冯老头、胡老师、孙所长等等刺穿了，才够得着我家徐月。

东门长安有点喘不过气来，徐解放，你们狼狈为奸，也不怕报应？一堆吃着公家饭、披着人皮的牲畜，还好意思在这里一个个给我数指头？

什么叫报应？沙岛上那一百多座坟头里的人做什么伤天害理的事了，死得那么惨？孙刚那么嫩个娃娃，警校还没毕业，人做什么坏事了死得那么惨？徐月他大舅是省级劳模，他做过什么坏事？你告诉我，什么叫报应？徐解放反问。

你没资格问我，要问也是坟里的人，你代表不了他们，你也没资格借他们的死来当你们干坏事的挡箭牌。东门长安答。

行，我不拿他们当挡箭牌，我拿你好不好？徐解放笑起来，你现在才想帮徐明月，你想帮他你早干什么去了？交表时你不是怀疑过吗？但是你晃晃悠悠让那事过了，如果说我是个盗劫者，你就是个疏忽大意的保安。我判死罪，你也活罪难逃。

烟火架死了多少人？死了还就死了，县长给免了又如何？这头县长为死的人丢乌纱，那头死了媳妇的男人已经和别的女人睡在了一张床上——逝者如斯夫，斯夫斯夫就过了，东门老师，人生苦短，你我各奔东西咯，大家都在热火朝天地搞建设，你在这里揪着个酸屁不放，你干什么呢？生活上有困难你说一声咯，有我一毛，就有你五分。你不也接过我的钱吗？怎么，用完了？

谁稀罕你的臭钱。东门长安脸红了，他早就想还钱给徐解放的，可是书桌里那个装钱的饼干盒不见了，问向阳光，向阳光一脸无辜地说，卖了，破铁盒子都生锈了。东门长安当时就半边身子吓瘫了，到现在一提到钱都还透心凉，看到收破烂的就想扑上去撕人的衣服掏人的包。

他没钱还徐解放。

东门老师你是个诚实人，我知道，你不要钱，你要公道，但是你事前不防范，事后来揭发，对徐月和冯小蔓来说也是不公平的，当时你把门把紧了，大不了我们不干，你现在才来揭发，两个孩子一辈子就全让你毁了。

什么我毁了他们？什么又叫我事前不防范？东门长安急了，明明是你们在犯罪。

徐解放笑起来，说，我提醒你一下，不要你们我们的，这事你也有份。从你追问徐月，他妈为什么改叫"覃一一"时，你其实心里已经有底了，但是——你那时候不打破砂锅，现在来找底，你找得着吗？我还在想呢，我不过是先准备在那里预先布个局，能用就用不能用就算了，我儿子不愁念不上大学，可是你发现了怀疑了又由着这事过去了，我觉得是天意，天意当然要顺应的。

东门长安哑口无言。面对无耻、无畏的徐解放，他已经毫无招架之力，他惊异于一个煤老板超乎常人的口才，明明自己是白的，他是黑的，从他嘴里嚼出来，东门长安倒变成了黑的。

原来徐月的口才来自于伟大的遗传。

矿上灰大，东门老师你不食人间烟火，经不起这些脏东西，回去吧。徐解放酸溜溜地说着，打开办公室的门。

东门长安手酸脚软走出徐解放的办公室，这是一栋简陋的二层砖混小楼，窗上地下已经看不见原来的颜色，一抹黑。楼的左侧是森黑的矿洞，一队队矿工正从矿洞里出来，步伐零乱，像一只只被矿洞深处的怪物抽干了血肉的黑松鼠，东倒西歪、行尸走肉。一个瘦小的矿工耷拉着眼皮，无意识地朝东门长安看过来，一抹窄窄的眼白如黑夜中的闪电，刺进东门长安的眼，东门长安忍不住扭头躲开，转眼间却看到对面山坡上两棵黑成炭干的光树干中间挂着一幅"安全生产，人人有责"的纸标语，标语早被大风刮破，一半的白底翻转过来搭在标语上头，变成"女王土厂，人人月贝"。

东门长安困惑地看了半天，突然神经质地笑起来，紧接着他被自己的笑声吓住了，看看四周愕然的矿工，他有逃跑的冲动。

快速走出矿区，东门长安心底不断嘀咕——卑鄙是卑鄙者的通行证，高尚是高尚者的墓志铭。

而关于他自己的墓志铭，顶多不过是四个字——"而已而已"。

只能这样了，他还能做什么？

无论是跟向阳光吵架要钱，还是跟徐解放这种不要脸的家伙理论——两头他都不见得能占上风，事实是，完全处于下风。

山上到处都是矿洞，走了很久，东门长安依旧在一堆堆高耸入云的煤山之间艰难穿行，墨蓝色的中山服早成了黑色。

有车在他身后按喇叭，他赶紧退到一堆煤矸石旁，坑洼不平的矿路上到处布满了雨水和煤水，有的水坑里漂浮着一层红黄色的硫化铁或是黄铁矿液？他的理科很糟。

回头看，一辆吉普车正飞驶而来，乘风破浪，卷起千堆雪，开到他面前，嘎一声停住。

徐解放的脑袋从里面冒出来——东门老师，我矿里真不敢用徐明月，他是个疯子，我怕出事，其实你可以找冯校长，学校安排个勤杂工什么的。

这样徐明月和冯校长就两清了。徐解放又说，反正上大学也是为了找工作。

他们两清了，那我和你呢？东门长安问。

喊，我和你？除了那沓钱，还有你那条蛋都包不住的破裤子之外，我和你之间狗屁关系都没有。徐解放嘿嘿笑，如果哪天你在学校混不下去，你来我公司当个办公室主任啥的，那样的话，我们之间倒还真可以顺便发生点关系，像薛宝钗她哥跟那谁？嘻嘻，别说，你还真有点粉皮白脸的。

东门长安弯腰捡起一块煤矸石，徐解放见状一踩油门跑了，煤矸石砸在车屁股上，把绿色的车漆砸出个浅白的坑。

我操你妈。东门长安冲着漫天的灰尘破口大骂，徐解放，我日你祖宗八辈，你祖宗八辈九辈十辈都是粉皮。

天已经全暗了，东门长安沮丧地穿过操场和槐林，来到长排房前。

真如中学的家属房。

东门长安的家是长排房第一间，紧靠着槐林。

屋里的灯一如往常地熄着，这是向阳光的一贯做派，只要他不在家，向阳光晚上必定会到长排房别的老师家里蹭灯火，打打毛衣聊聊天看看电视，一晚上下来，夏天节约茶水、电费，冬天还省煤钱。

东门长安经常骂向阳光没皮脸，向阳光不生气，有板有眼地反击，你这个人看人的眼光总是太狭隘，根本就不是节不节约的问题，关键是我通过跟她们在一起学习，思想和语言都有所进步。我喜欢听葛老师讲话，水平高，天生的演讲家，讲起排比句来像母猪下崽崽，一个接一个的，哎呦，那阵势。

东门长安气闷，直想撞墙。

你表扬我嘛。向阳光半天不见东门长安对她的这段话表示赞同，忍不住提示他。

表扬你？你能不丢人现眼吗？我给你磕头。

你看你，我俩永远不对路，你没发现我现在也会用通感比喻吗。向阳光兴奋地比画，排比句、母猪下崽崽。

东门长安深吸了一口气，说，以后这种通感比喻，你别拿到外头讲，要讲先戴个戏脸壳把脸遮了，不要让人知道你是谁。

向阳光昂着头哈哈大笑，调子起得很高。

自结婚以后向阳光就这样了，她的语调很快从低声细气转变成高声大气，生活对她而言似乎十分如意，她总是处于兴奋的状态中，不由自主地提高着她的声调。

望着黑洞洞的门窗，东门长安站在林子边挪不动脚步，他陷在夜幕里，觉得自己要死了，死的感觉本身并不让他害怕，死算什么，人都要死的，关键是他发现自己一无是处，曾经激发他生活激情的那些事，急着要改的作业、要谈话的学生、要修订的卷子、要备的课，全都淡了，散了。他帮不了徐明月，他连自己也自身难保，都陷没了。

欲渡黄河冰塞川，将登太行雪满山。路呢？所有的路，不见了。

一阵高跟鞋的嗒嗒声轻快地从教学楼那头传过来，不用猜也知道是孙丽，在真如县城能像孙丽这样把高跟鞋走出弹钢琴的味道的女人不多，亲爱的姑娘，你对人总是那么好，那么甜，好了甜了，却又开心地向大家表明你对未来的态度——你只是经过这里，最终要离开，去考研，考博，总之真如县城不过是你起飞前助跑的地方。亲爱的姑娘，你生生割伤了人的心，你不要人活。

我结婚了，你没心没肺地笑，我伤心着，你在那里手舞足蹈。你要练习英语，你要离开真如，你要走就早点走吧，你不要在这里割我的心。

高跟鞋声音越来越近，东门长安退进林子，他想她，但他不想让她见到他。

林子里的碎石头差点把东门长安绊倒了，他踉跄好几步才站定，动静把路过林子的孙丽吓了一跳，紧张地叫，谁？

唔……我。东门长安闷声闷气地答。

孙丽哦了一声，小声冲着林子说，吓我一跳，还以为有鬼呢。

东门长安藏在暗处，尴尬地搓着手，想，是有鬼，在心里。

你出来呀。孙丽看不到他，眼睛望偏了方向，身子侧到另一面，对着树问，你在哪儿呢？

东门长安朝她招了招手，但孙丽还是固执地朝向侧面，这状态跟他与她的生活状态很相似，一个在暗处，一个在明处，一个望着东，一个望着西。想到这里东门长安放下手，失望地嘟囔，我清静一会儿，你走吧。

孙丽便真走了。

东门长安好不失望，追着孙丽的背影补了句，别说我在这里。

什么？

别……别跟她说我在这里。东门长安别扭地说。

她？孙丽回过神来，倒回来倚在一棵树上，叹息，她略，还别说，我总是想不起你有个老婆，你这个人，千挑万选的，怎么选一个……我不是说她不好，是你们两个站在一起，怎么也不像两口子略。

夜色的黑暗和孙丽的仗义多多少少给了东门长安点胆量，他结结巴巴地说，什么配……不配的，除，除却了巫山，其他的……都不是云，挑谁是谁。

孙丽顺着他的声音摸索着走进林子，说，吵架了？

东门长安眼见着一团白茫茫的雾离自己越来越近，整个太阳穴都要跳爆起来。直想落荒而逃，可孙丽已经踩着一地碎叶子窸窸窣窣摸过来，说你也不扶我一下，要摔了。说着两手摇摇晃晃伸过来，伸到东门长安鼻子下，东门长安闻到一股香气，一直置身暗处的他对光线已经完全适应了，他能看清楚孙丽的手，它很白，手指很细，从指根斜收到指尖，真正就像一段葱白，让人浮想联翩。

你这个人，既然自己都觉得不配，急着跟人结婚干子略，你其实也应该考研，离开这个地方，你看看这里的人，没有信仰，也没有理想，除了钱，什么都不在乎。孙丽边说，边往前挪了两步。

东门长安吓得暗中往后退了两步，说我也想，可是我的英语不行。

怎么就不行呢？学呀。

不行就是不行。

什么叫不行就是不行？孙丽好奇地问，顺着声音一把摸到东门长安，长吐一口气，手拍东门长安的肩膀说，隐士呀。又问，怎么不行？

我有舌绊。东门长安缩了缩身子，颤声道，我说不好英语，发音不好就不敢读，不敢读就背不住单词，我是震动性记忆。

有吗？孙丽温柔地说，你朗读课文的声音好好听的。

那是现在，我小时候学语文可费力了，我念一扇窗，两扇窗，从来都是一担当，两担当。

天气很凉，但孙丽温热的身体像一个发电厂，烤得东门长安全身冒汗，他不得不试着调侃一下，以放松自己。

孙丽果真笑起来，细微的气流兔毛似的拂在东门长安脸上，东门长安整张脸都麻了。

还……还有，我那时候念拼音，"z、c、s、zh、ch、sh"六个音在我嘴里永远是"叽叽叽，叽叽叽"，我唱"小汽车呀真漂亮，真呀真漂亮，嘀嘀嘀嘀嘀嘀嘀，喇叭响，我是公社小司机，我是小司机，我为国家运输忙、运输忙"，唱出来就是"小叽叽呀灯泡亮，灯呀灯泡亮，叽叽叽叽叽叽叽叽，喇叭响，我是公社小鸡鸡，我是小鸡鸡，我为国家问树忙，问树忙"。

孙丽憋着不敢大声笑，吃吃吃晃得全身发抖，整个人直不起腰来，好半天忍住了，问，你舌绊长哪儿呢？

舌头根，左边。东门长安答。

我摸摸。孙丽的声音更轻柔了，手缓缓伸过来。

上帝、佛祖、安拉、菩萨……东门长安的心剧烈地跳动起来，整个人杵成一截焦炭。

让我摸摸嘛。孙丽的声音变了，变得暧昧，撒娇，也不管东门长安答不答应，伸出手指轻轻地放在东门长安嘴唇上。

张开。孙丽耳语。

东门长安觉得自己真的要死了，他机械地微张开嘴，喉咙不停地咽口水。

细嫩温暖又柔软的食指像条危险又亲密的小蛇，沿着他的舌头慢慢潜入，最后暧昧地轻压在他舌面上。他想说，不是这里，是舌头下面。却说不出话。

格傻子。孙丽委屈地说，嘴唇凑在他耳朵边，痒得不得了。

到了这坎上，东门长安陡然明白过来，以前孙丽那些看似无意的动作，其实是给他的暗示，他这头猪，笨猪，死猪，瘟猪。他想冲出林子去上吊、去吃药、去跳崖、去撞车……他一把抱紧孙丽，绝望又悲伤地咒骂，为什么？为什么是现在？

孙丽缩回食指，在黑暗中大胆地把软乎乎的嘴唇压过来，换了另外一条危险又亲密的小蛇钻进东门长安嘴里。

一瞬间天昏地暗。

这才是爱情，这才是水乳交融的爱情。东门长安热泪盈眶，他再次觉得自己要死了，少年时代的憧憬，青年时代的梦想，成年以后的所有理想，唯这一吻，宁愿死去。有风来，树林子里响起沙沙沙的声音，像在笑他。他顾不上了，滚烫的手伸进孙丽的胸，那饱满珍贵如金子的身体啊，他一辈子都到不了的故乡。

一个声音传来，低沉、轻微，如同来自地狱深处——

不要脸。那个声音下头压着火。

东门长安吓得魂飞魄散，转过身四处张望，林子里模糊一片，树像人，人像树，浑然分不清。

孙丽听出了是谁的声音，整个人完全石化掉。

只顾着偷嘴，不知道背后有狼，还不赶紧滚。是向阳光，愤怒焦急地骂，小毛带着冯校长们正来呢。

这时，远远的，几道手电筒光在长排房那头一阵乱晃，又迅速熄灭，如若不是向阳光的提醒，他和孙丽断然不会想到这顿起顿灭的手电光里会包藏着蓄谋的报复，更不会注意到黑暗中，一阵脚步声正如蛇行林间一般，轻细而迅速地纷至沓来。

孙丽蒙了，软软吊在东门长安胳膊上，全身都在抖。

怎么办？孙丽快哭起来，声音都变调了。

翻后窗去我家。向阳光推了孙丽一把，猫进去、别开灯，把你他妈的那骚衣服扣好。

孙丽哭泣着，慌乱地钻出林子，消失在长排房的背面。

东门长安傻不愣登地站在原地，看着孙丽消失的方向发呆。向阳光一巴掌打在他脸上说，看看看看，勾你的魂呀看。又命令他，抱我。

东门长安捂着脸，不动。

狗男女，向阳光骂完，一把抓起东门长安的手，环到自己腰上，命令道，抱我，我看他们捉什么，两口子亲热还犯法了？我叫他们捉。说完，向阳光嘿嘿冷笑起来，东门长安听着这粗糙的笑声，一颗心碎成了十八瓣，他并不感激向阳光，只觉得自己太可悲，他的灵魂已经随孙丽去了，身体却必须守在这里，任由这个强悍的女人亲吻搓揉，任由这个强奸了自己幸福的女人来拯救自己。

东门长安一把推开她，气喘吁吁地说，我不要你当菩萨，你走吧。

你当然不要，你破罐子破摔咯，人孙丽要。向阳光转身看着就快到林子边的人影，作势要走——你他妈不要我当菩萨，老娘就去屋里给你把菩萨带出来。

东门长安大惊失色，一把抓住向阳光，向阳光回过头来就是一耳光，东门长安顾不上痛，用嘴堵住向阳光的嘴巴，向阳光毫不示弱，张嘴一咬，痛得东门长安直打哆嗦，挣了几下，挣不开。

六七束手电筒光白晃晃地照到林子里来，东门长安给晃得睁不开眼，向阳光尖叫了一声，也掏出手电筒朝对方射过去，白晃晃的手电筒光下，面色惨白的东门长安看到了面色惨白的小毛。小毛一脸惊诧，看看他，又看看向阳光，再看看冯校长。然后突然像是鬼上身，大叫，不对，人呢？人呢？然后打着手电在林子里左蹿右钻，天上地下乱照。

冯校长如释重负地吐了口气，似笑非笑地看了东门长安一眼。

向阳光丢开东门长安，追到小毛背后一脚踹在他屁股上，小毛没提防，摔了个狗吃屎。

找找找，找你婆。向阳光狠狠骂。

小毛缓缓爬起来，盯着向阳光看了半天，说，贱货。

向阳光挺了挺胸脯，低声对小毛说，老娘再贱也不干捉奸抓贼的事，老娘不像有些人，吃不上白米粑，就抓泥往粑上撒。你他妈这种人，找个媳妇半边奶，生个儿子没屁眼。

骂人功夫小毛差向阳光太远，何况告密不光明，告了又没捉着，小毛只好悻悻退到冯校长身边，说，冯校长，真的……

滚。冯校长突然冒粗口，为人师表，你表的个卵。

就是，两口子找个地方亲热，值得你们这样兴师动众的。向阳光尖酸刻薄地指着一群大失所望的人说，是不是你们家里的大娃小娃都是天生地养，石头缝里自己钻出来的？要不就是野汉子替你们下的种。

东门长安心说够了祖宗，再演就砸了。拉着向阳光的手，窘迫地逃出槐树林。

回屋后，向阳光没和东门长安吵，也不开灯，齐齐站在黑暗里，孙丽呆坐在角落里，三个人静静相对，只有呼吸声。

许久。

东门长安看到，向阳光的眼睛里喷出两把火，一直灼烧着孙丽。月光那么凄凉，半照进窗，孙丽单薄的肩一直在火苗中颤抖，看得他的心都要碎了。但他不敢动，心如死灰。

滚。向阳光瓮声瓮气地说，从哪里爬进来的，从哪里爬出去。

孙丽抽泣着站起身，东门长安忍不住了，扑上去拦住她，他怎么忍心让心爱的姑娘那么狼狈地爬窗？

走门。他温柔地说。

向阳光呸一声，说，想得美，窗。

门。他坚持，让她走门。

行，你发誓。向阳光冷冷道。

我发誓。东门长安仔细地看着孙丽，他想这是最后的一望了吧，这辈子。

孙丽泪流满面。

向阳光走来，扯开孙丽，说，门就门，滚吧。

一阵安静的风忧伤无声地吹进来，又旋而消散。那道美丽的白影，从此梦境一样消失在东门长安的视线里。

天亮了，东门长安躺在床上，一动不动。向阳光坐起身，指着东门长安的鼻子，你再说一遍，你发誓。

我发誓。东门长安声音沙哑，答。

再的话。向阳光突然哭起来。

再的话。东门长安机械地重复。

那天以后，东门长安整个人迅速往老里去了，上课走神，下课没劲，看东西也没有焦点，眼神空得瘆人。

用不着发誓，他跟孙丽在学校里碰面的机会渐渐少了，冯校长有他的安排，他俩也有他俩的安排，世间的人和事都这样子，你想不见自然就会有见不到的办法，再拥挤的人群，也有隐匿而行的空间和角度。

避不开的时候，孙丽和他彼此都客气冷淡，两个明明那么想和成泥融成水的人，突然沉默地选择了相同的处理方式。撕成片，烧成灰，埋在土里，再也不提。

东门长安明白，这辈子，总会有许多人，你以为他们会活在你生命里一辈子，其实不是，他们只是过客，来得热闹，去得无声，去了就去了，再没有痕迹。就像他十一岁那年，母亲离开人世时，他哭得晕死过去，想要随母亲走，背着人找上吊的绳子，却被一场突来的肚子痛打断，匆匆忙忙跑去蹲茅坑，从茅坑里出来，绳子刚拿到手上，又被伯伯抢过去递给抬棺的师傅说，到处找绳呢，在这里。

孙丽考研离开真如中学那天，他恰好参加教育局组织的骨干教师培训，回来才知道，孙丽已经走了。

数月后他收到一封挂号信，上面说，那晚，要谢谢冯校长，是他让冯师母给她报的信。

东门长安看懂了，看完烧掉，也不回信，他知道孙丽不会再给他来信，事到这里，算是曲终人散，不外乎是对他者的一个交代，试等了数月，果然如此。

二十四

东门长安的生活从此尘埃落定——注定不幸福，注定向阳光一辈子会跟他过不去。过不去还得过，除了吵架，其他方面向阳光做得无可挑剔，一周七天，买菜从不重复，上床吵架，下床照样把东门长安的衣服洗得一干二净，夏天将蓝黑墨水用水兑了，把东门长安泛黄的白衬衣漂得跟新的一样，冬天打毛线裤也不见她量，东门长安穿上了，裆部该收的地方收该敞的地方敞，外面罩一条灯芯绒长裤，笔笔挺挺的，不像那些男老师，一到冬天穿上毛线裤裆那里鼓囊囊一团，像塞了个尿包。

小阳春时节，向阳光喜欢买很多疙瘩菜做腌菜，先是切片搓盐，然后用大竹筛晾晒，长长一排家属房前摆满了大大小小的竹筛，煞是壮观。腌菜还没做好，一只只竹筛里的半成品已经名花有主了，送校长家的，送教导主任家的，等等，向阳光送这些东西不挑人不带狗眼，谁要就给谁。这方面很不符合她一毛不拔的吝啬性格。

事实上在贵州，像向阳光这种小户人家的姑娘大都有操持家务的特长，也有乐于助人的心肠，向阳光也不例外，虽然在其他方面吝啬，厨艺活上却很大方——在这一点上，东门长安不得不承认向阳光的确也有值得称道的一面。向阳光做的腌菜、泡菜、酸酢肉、甜酒、水豆豉和酱辣椒味道都不错，好到什么程度？好到自从真如中学有了向阳光后，一花开过百花杀，再没有几个家庭主妇敢在她眼皮底下拿腔着调地晒菜片、宰辣椒、磨酸酢面。

五月，东门长安坐在白花花的阳光下看《三少爷的剑》，书的反光晃得他有点晕。

白花花的竹筛，白花花的阳光，白花花的疙瘩菜帮子，一片白花花的世界白里，被向阳光叫来打下手的学校保安徐明月正认真挥着拂尘驱逐蚊蝇，看着那飘飘荡荡的拂尘丝缕，看着因怀孕而更加肥胖的向阳光缓慢而小心的神情，还有认真翻晒的徐明月满脸细密密的汗水，东门长安觉得一辈子能这样过也凑合——只要向阳光不找徐明月更多麻烦就好。

小阳春的太阳总是令人犯困的，阳光下，东门长安闭上眼，神思恍惚地怀念记忆里那两片花瓣一样柔软的嘴唇和小蛇般的舌头。

歌声从操场对面谁家楼顶上抛来，砸中他的额头，他泪眼婆娑。

回不来了，所有的。

冬至的时候，四处传播东门长安是太监的向阳光生下了八斤重的儿子东门家平，她在暖和的炉火前敞开着她粉白的胸脯给儿子喂奶，自豪得仿佛儿子是她一个人生的。跟他东门长安一点关系都没有。

东门家平一天天长大，会走路，会说话了，总有人不怀好意地逗他，说，几岁了？

三岁。

你爸是什么？

太监。东门家平奶声奶声地回答。

人再逗他，说家平，你千万不能叫我爸爸哦，你要是叫我爸爸，我会肚子痛的，痛得很厉害。

他不信，叫，爸爸。

人就哎呦哎呦地叫起来，一脸痛苦地说你这个小坏蛋。

东门家平瞪大眼，觉得十分有趣，围着人蹦蹦跳跳地叫，爸爸爸爸。向阳光听到了跑上前来两扫帚打跑哇哇叫痛的男人，冲着那跑得屁滚尿流的背影骂，我是你妈，我是你祖宗。

吃亏吃到六岁前后，东门家平多少懂得了太监的含义，偷眼看他的爸，似乎真就是个太监，你看他那么无精打采，那么无所事事，那么失魂落魄。

委屈的孩子每天傍晚都在县城里游荡，希望能找到一个足以让他的可怜人生扳本的一个男人，这个男人头顶天脚立地，尿可以撒上房顶上，是他真正的老子。

转了一大圈，东门家平发现远在天边近在眼前，真如中学的王生容副校长不就是他的爸爸吗？一样的大盘子脸，一样的粗眉毛，一样的厚嘴唇。

他忘记了他妈就这长相。东门家平太想与太监划清界限了，所以自作主张跑到长排房那头王生容家里，说，你是我爸爸。

王生容的媳妇手里的锅铲顿时从手里落到地上。

王生容吓得眉毛也差点跟着掉到地上。

东门家平老练地说，你不要装肚子痛，我知道，你就是我爸爸。

那天晚上真如中学里此起彼伏都是吵闹声，长平房那头是王生容媳妇誓将离婚进行到底的尖叫号啼声，这头是东门家平被东门长安打得满屋子乱钻的惊恐哭叫声，向阳光呢，向阳光除了棍子要打到东门家平屁股上时站出来阻拦一下之外，基本上一直在笑。

吃吃吃，向阳光站在门边上，呸一口痰，乐得东倒西歪，边看着墙壁上东门家平满月时的照片边笑，王生容，王生容，你莫说，还真是像。

东门家平一听他妈这样说，顿时觉得自己有理了，边哭边大叫，你凭什么打我，王生容才是我爸，你是太监。

东门长安一把揪住东门家平，甩手就是一耳光。

东门家平小小的身子差点给打得飞出去，向阳光没料到温温吞吞的东门长安还真下狠手，慌不迭抢上前去扶住东门家平，东门长安，你个杂种，你再动我儿子试试？

东门长安看着向阳光，气喘吁吁，迟疑许久最终败下阵来，当了母亲的向阳光体形硕大无比，像一头骄傲而勇猛的母狮，瘦削的东门长安不是她的下饭菜。

事情的严重性是几天后才显现的。

东门家平上课老听不清老师说话，半学期考试的成绩也不对路。

东门长安那一耳光打坏了儿子的耳膜，东门家平的听力严重受损。

从此东门家平基本上就再没把东门长安当自己的爸爸了，在他眼里，东门长安不光是太监，还是不共戴天的仇人。

东门家平也不再找爸爸了，依靠微弱的听力念完了高中，考了个专科学校。

录取书来时，东门长安差点吐血。

东门家平报的是特殊教育专科学校。

那么多学校你不报！我给你填的那张表呢？

你说什么？我耳朵聋，听不见。面对着东门长安的咆哮，东门家平从容地修剪着繁茂的月季花枝，平静地回答。

东门长安颓然退回里屋，把自己关在里面。

吃中饭他没出来。

吃晚饭他没出来。

晚饭过后起大风，沙石和纸屑漫天飞舞，长排房背后所有人家的煤棚都被掀翻了盖子，石棉瓦摔得哐哐响，槐林里的槐树刮断了十多棵，整个真如中学如临大敌，四处是尖叫声。

东门长安还是没有出来。

夜晚九时，一团团乌云从真如中学的北坡滚滚卷来，雷声在天际线远处闷而恐怖地蔓延，天地间黑得伸手不见五指。雨哗哗落下，密得让人透不过气，感觉下的不是雨，是江河。

暴雨下了整整四个小时，凌晨时分，长排房一侧的地基毫无预兆地出现了裂缝，无声缓慢地下沉，跟着墙壁也出现了裂缝，一条，两条，一寸宽，两寸宽，冯师母半夜听到厨房的杯子响，起身拿手电筒一照，正看到家里的茶几像被人拽着般往黑乎乎的地缝里钻，冯师母吓得魂都散了，冲出屋就大叫，出事了，快跑啊，房子要垮了。

二十几户人家都惊醒过来，冲出屋子，到处都是手电筒的光束，男人们忙着冲进冲出搬家什，女人们忙着撑伞抱孩子，闪电中可以看到，土坡下的操场已变成了河泊。

年少却镇定的东门家平为向阳光打着手电筒，看着母亲向阳光在暴雨中拼命地来回抢搬东西。

东门长安却依然稳稳坐在里屋，一动不动。

格狗日的，你！向阳光浑身湿透，站在暴雨中喘息不停，饱满的胸脯起起伏伏，大喊，出不来？

冯校长这才知道东门长安还在房子里，急得上火，招呼人上前，快快快，拉出来，要塌了。

格狗日的，他要死，没人推他去死，你们谁也不能去，谁敢去我操他祖宗。向阳光抹一把脸，挡在中间，瞪圆了眼大骂。

又一道闪电袭来，几棵槐树瞬间悄无声息地消失在众人眼前，顺着堡坎滑落下去，冯校长急了，站在三四尺宽的裂缝这边大叫，东门长安，你他妈给我出来。

格杂种。向阳光再抹一把雨水，东门家平站在她旁边，小小的脸硬得像石头。

轰然一阵沉闷惊恐的响声，长排房像一块巨大的巧克力软塌塌地矮下去。

黑天黑地间，一个人影从惊惧的人群中冲出来，跨过裂缝，冲进房子。

是向阳光。

她最终拼命救出了东门长安，自己却被倒下的大衣柜砸断了胳膊。

东门长安不谢她，木讷地站在暴雨中，一副魂离肉身的模样。

这对冤家。冯校长叹息。

第四章　守护者

二十五

　　缓行的时光如结痂的伤口，渐渐恢复了它原本的肌肤和纹理，如若不是冯小蔓的车祸，东门长安已经忘记了三少爷，也忘记了什么三少爷的剑。

　　冯小蔓在从市供电局调到省供电局去上班的路上车祸身亡，整个班车上近三十个人，站在过道里的都没事，偏偏她死了，原因是人家都醒着，她睡着了，冯小蔓有失眠症，多年处于睡眠不足状态的姑娘恰好有在颠簸的车上睡觉的习惯，大学四年间她便经常跑去坐公交车，从头睡到尾，再倒车从终点睡回来。

　　睡着的她被巨大的冲击惯性往前一抛，脖子瞬间断裂，没有痛苦，甚至还在睡梦中，安然而去。谁晓得她当时有没有做梦？如花似玉的年龄，让人眼红的单位和同龄人嫉妒的未来，说没就没了。

　　早知如此，何必当初。冯校长木然抚摩着黑色的棺木，面如死灰。

　　这话对在场的众多人来说只是一个白发人的悲叹，但对当记账师的东门长安来听来却是百味杂陈。

是的，早知如此，何必当初。可是，世间事永不能重来。

这几年，东门长安默默地看着徐明月乐颠颠地来往于菜场和食堂之间，快活地将一车车煤卸进煤棚，把一车车白菜萝卜运回食堂，东门长安总会生起一股冲动，想告诉他你是落难的王子，你应该在知识的殿堂里自由遨游，而不是在这里做苦力。

但他没有力气去说，也没有力气去替徐明月抢夺什么，他连自己的儿子都抢不回来，他还能抢得了什么呢？

当年潇洒的青年才俊东门长安神形渐变，年与时驰地显出底子里的虚弱来，人活着其实就是一口气，所谓一口气上不来，不知于何处安身立命，东门长安气提不起来，讲课的味道就像厨师炒菜少了辣椒和味精，不那么讨人爱了。

大家都把东门长安的重大改变归咎于向阳光。

天天在粮站的女人最厉害，世上最好的粮食是什么？是大米，米里有精气，天养地孕，这股精气被女人吸在肚子里，女人就成了精，成精的女人，不把东门长安吸空才怪。

向阳光照例以她惯常的高八度哈哈大笑，呸一口道，我倒想呢，可惜那个太监，吸个屁。

东门长安的课越上越差了，他已经从一名优秀的毕业班班主任变成了普通的语文老师，他在学校最大的用武之地是当记账师，谁家娶媳嫁女死爹葬母，办酒席收礼金统统由他记账，那一手漂亮的柳体变成各家永久珍藏的墨宝，存在三抽柜里，等谁家有事时，再拿出来核对来往账目，以防送多了吃亏，或者是送少了失了礼数，当然，这个时候大家查找到名目后，都会叹一句，你看看人家东门老师的字。

听着冯校长一遍遍万念俱灰地念叨"何必当初"，东门长安胡乱把记账本、钱和计算器往怀里一塞，把冯校长推进了长排房后面的煤棚。

不要乱说话。东门长安关上门警告冯校长。

你都知道。冯校长整个人都颓废了，呆若木鸡地呢喃。

我不知道。东门长安气恼又利索地否认。十多年了，他从未就此事与冯校长有过任何沟通，十多年前他只是试探性地跟冯校长说了句，是不是把徐明月留在学校打零工，反正也差人。冯校长立马就答应了，那一分钟，他们都低着头，你没看我，我没看你，之后的十多年里也如此，基本上不做目光的交流。

你知道。

我不知道。

就算你假装不知道，人在做，天在看。冯校长冷笑。

冯校长，不怪你，全都是徐解放那个杂种的主意。东门长安言不由衷地劝。

不是，主意其实一直在我心里，只是被徐解放看穿了。

对，他是个强盗。东门长安说。

差不多，五十步笑百步，我和他是共犯。看过狼和狈没有？一起成奸。

冯校长，我明白，是他利诱你误导你。东门长安激动地说，他利用了你对小蔓的爱。

是爱，也是妄，心若无妄，何来诱和导？东门，你知道吗？十多年来我一看到你就害怕，我真的特别害怕，我怕看你的眼睛，怕听你说话，甚至开会时见到你动动身子都以为你是要开口揭发我，我整天提心吊胆，一听到电话铃响就心慌，一听说有局领导到学校就紧张，我恨不得把你杀了灭口，可是东门，你是好人啊，我呢，我也不是个坏人，可我就是怕你。我讨好你，好的班全给你带，可你不带了，优秀党员优秀班主任全评给你，特级教师也给你，你却不要了，这些年你从不给我一个好脸色，你知道吗？你每拒绝一次我都会吓得半死，我的头发一半是自己悔白的，一半是被你吓白的。

东门长安沉默了许久，说，其实你不用怕我，我也有份。

冯校长呆滞的眼珠转了转，惊讶地看着他，煤棚里的光线很暗，但他的眼珠却像两堆柴火。

那年，我看出了登记表有问题，但我忽略了。

什么意思？冯校长眼里寒光一闪亮，什么意思？

我……东门长安低下头，烟火架发生前，我在教育局副局长办公室里那个，就是，那个，自己在那里……然后……一百多人就在我眼皮底下死了。

扯远了，你撸老二跟表有屁关系，疑惑使冯校长变得粗鲁，你回来，说表。

当时我觉得表有问题，就问了徐月，徐月却提到他烟火架事件里死去的大舅，就那一秒半秒一时半刻的，我整个人就蠢迷了，没心思问下去。

你蠢迷了？你就为个撸老二蠢迷了？老天爷，你当时哪怕在我面前表示一点点质疑，我都没那么大的胆子干那么大的事，你晓得我胆子小，我一直很害怕，风吹草动也会吓得我尿裤子。

是是是，是我害你，都是我的错。东门长安狼狈地答，所以你别乱想了，以后莫害怕，我也不会揭发你，我发誓我永远不提当年的事情。

外面有脚步由远而近，随着吱呀一声，煤棚的门开了，一股冷风夹着雨水卷进来，东门长安和冯校长提防不及，两张愕然的脸顿时曝光在一双白如昼光的眼睛下，像一对强盗，突然暴露在聚光灯前。

咦，你们怎么在这里？徐明月站在迷蒙的雨雾里兴冲冲地打招呼，一手提着装煤的黄皮桶，一手挥舞着小铁铲。

冯校长惊慌失措地看着徐明月，好半天才恢复镇定，战战兢兢地走出煤棚，勾着腰走出老远，突然回过身，咳了咳，说，小徐，公安局招联防队员，你想去吗？

徐明月喜出望外，一脸璀璨地笑起来。

比起十多年前，徐明月长得越发好看了，以高中时天天咸菜下饭的日子为标准来看，勤杂工徐明月的生活早已小康，他的皮肤从黝黑转为白皙，个头蹿到了一米八，他从一个农民的儿子变成了一个以校为家、耳濡目染的斯文人，尽管他是个食堂打杂工，但他腼腆的、毫无戒备之心的单纯的笑容依然让人觉得干净且惊艳。

三个人淋着雨，前前后后从家属楼后面绕回前院，回到沉沉缓缓的哀乐声怀抱，东门长安偷眼看坐在角落里的冯校长。

冯校长的眼睛眯得很细，像受了光线的刺激，东门长安知道，那是一道闸，不关紧些，泪水和真相将会破坝而出，淹没的岂止是他一人？

二十六

有些秘密必须永远掩藏起来。

因为真相如今对徐明月来说已经不重要了，徐明月正以感恩的心情欢乐又简单地活着，他不记得自己是谁，不知道他的母亲在他下山"去念大学"的第二天上吊自杀了，他更不知道他的生命里有一个重要的人物，叫徐月。

徐明月，二十八岁。

派出所要求所有的联防队员报户口，东门长安把徐明月的户口办到了自己名下。从此，他和徐明月成了亲人，一个户口本上的亲亲的人。

关系？

侄子。

那我的爸呢？妈呢？徐明月问东门长安，他感觉全世界的人他只有跟东门长安最亲，像兄弟，像父子，像糖果米面。他一边问，一边躺在操场上，歪嘴去啃一棵新鲜的草芽。

没了。

怎么没了？

五九年饿饭，都死了。

徐明月哦了一声，坐起来又躺下，拿草痒东门长安的脸——五九年饿死了，我七四年生的，东门老师，你骗我。

煤矿垮了。你爸你妈，压在里头了。

也不对，女人不下矿。徐明月越发疑惑了。

东门长安躁烦了，扯一把杂草塞进徐明月嘴里——死了就是死了，别问那么多，徐明月，你记住我今天跟你讲的话，不管以前有过什么，以后遇到什么，你永远记住这句话——向前看，一定要向前看，我们活着不是为了回顾过去，也不是为了回避今天，而是为了展望未来。

徐明月脸上浮起无比自责的表情，点点头说东门老师，我明白了，一定是我前面有什么做得不好，你不说。你放心，我以后会好好的。

对，你以前是个很坏很坏的孩子，你再问以前，我就不要你了。东门长安一字一顿地警告徐明月。

第五章　我如此爱你

二十七

拾荒女人活着时，经常指着沙岛上的坟头给小哑巴讲故事，她抱着小哑巴坐在窝棚里，讲水鬼、吊死鬼、路失鬼找替死鬼的故事，或者是在月亮很亮的夜里，在奶白色的月光下，牵着小哑巴坐在某座长满茅草的坟堆前，对着一丝不挂的夜空告诉小哑巴，坟堆里的那个人、很漂亮的女人，在烟火架爆炸的那个晚上，被踩爆了一粒眼珠，还有半边脑袋给踩不见了，只有一缕头发在好大一摊血水上，水草一样飘荡。

那时候她还不老，充其量是一个中年妇女，当小哑巴吓得直往她怀里钻的时候，她会很快乐地呵呵笑，尽量把胸挺起来，去迎接小哑巴那颗生机蓬勃的小脑袋，这小脑袋温暖、硬实，抵在她贫穷孤独的胸前，是如皇帝的恩赐。女人一辈子没有男人，在她眼里，小哑巴就是她的儿子、父亲、丈夫，是她的命。

她不能让小哑巴离开她，所以她把拾荒得到的所有好东西都给了小哑巴，半盒牛奶，半袋被人扔在路边、经了一夜露水的饼干，一根掉在地上的棒棒糖。外人看起来是慈爱，只有她知道那是乞讨，向一个比她更弱更小的小哑巴乞讨活下去的欢愉和意义。

小哑巴冷，没有棉裤穿。

小哑巴想吃羊肉粉。

那天傍晚女人一直惦记着这两件事，而这两件事都指向另外一件事——民政局门卫室里面的干货真多，多得堆满了半角墙。门卫的说了，只要女人肯去，那堆干货是她的，以后的干货也会是她的。

人都活到这个份上有什么好保全的？女人纠结很久以后做出了这个决定，然后怀着出嫁或做妓一样复杂又决然的心情洗了头发和身子，孟河的水温很低，冷得她全身的血都凝固了，但她的心却跳得越发厉害，水流穿行过她的乳房和大腿，像小哑巴细嫩的手和嘴在抚摸和吮吸——当小哑巴还小时，她喜欢把他抱在怀里睡，睡梦中，小哑巴的小手总会在她乳房上来回擦拭，有时候嘴巴凑上来，一下、两下，吮得她难以自持。女人年轻的时候被一个同样年轻的拾荒人扑倒在沙岛上过，他的手摸遍了女人的全身，就在他以为天堂离他只有一步之遥时，女人用一块石头结束了年轻人的性命，送他下了地狱。

那夜之后真如县城便传出沙岛闹鬼的事。

鬼不鬼的，女人最清楚，世上没有鬼，鬼在人心里，她是个杀人犯。

晚上，她点燃白烛，战战兢兢、披头散发地穿行在坟茔之间，诉说多年看护他们、逢年过节给他们送钱财送房子的功劳。

有事没事，你们帮我照看他一下。她说，他死得冤。

他连我那个地方都没挨着。她又说。

回到窝棚，还是睡不着，她又爬起来，冲着她认为是领袖人物的那个坟头磕头，求他——别让他来找我，我怕。接着又威胁他——我下来了，没人给你们烧香烧纸，你们就成孤魂野鬼了。

男人的尸体埋在沙岛尽头的那株泡桐树下，之后接连七八个春天，那株泡桐树开的花简直炸翻了天，一朵一朵、一簇一簇，春风吹过孟河，吹得半个河面都是紫色的。

她不止一次想，那块石头应该敲破自己的头，她怎么那么蠢呢？摸个身子要个身子又如何，都是叫花子，合在一起也好有个伴。

每年清明打点好那一百多座坟头后，她也给他烧香烧纸，念叨她哪天捡到了一双男式皮鞋，哪天捡到了半瓶酒。

我替你都喝了。她打着酒嗝，面无表情地说。

从什么时候开始她不害怕了，她把土里埋的那个人当成她的男人，生前她不让他成她的男人，死后她让他做她的男人。

现在，她要为她的另一个男人——小男人小儿子小宝贝小哑巴要一条棉裤去，或者是两碗羊肉粉。再者，也为自己要点什么去，想到这一层，女人诡秘地笑出声来，嗨，谁占谁便宜呢？

女人踩着碎月光穿过半个真如县城，夜深人静，一只猫从她脚旁蹿过，吓了她一跳。猫是通三界的妖精，可上天堂可入地狱，在人间可以收人的魂，在地狱可以穿厉鬼的心，这会子猫冒出来，不会有好事。

邮政局门口的路灯在墙壁上投下个长长的影子，没有半点女人的模样，背那么驼、腰那么硬、屁股那么瘦，胸也不翘，女人看，觉得老头真是个怪物，这样子个形状，她自己都难兴起半点雅兴。

如此女人倒有点感激老头来。她对着影子修正修正了一下，此时女人已经不觉得自己是妓了，倒像是新媳妇，等着回家跟男人焐被窝。

夜市上有人注意到急匆匆的女人，他们看到她像个中了魔的巫婆，微笑着，眼珠在暗处闪灭如鬼火，她迅速地从楼与楼的暗影间穿过，像要去赴一场怪诞的盛宴……

在民政局前毫不打眼的小房子里，这场被胁迫的盛宴没有开头，没有起承折转，一切直奔主题。

然而当老头在一阵力不从心的吼叫声中狼狈又愤恨地抓掐她的背时，她才发现这个貌似胃口甚大的食客居然早已被时光的刀子切除了胃肠，失去了咀嚼的能力。

这真是一个笑话。

女人忍不住要笑，她支起半个身子，一道光刺在她脸上，那是墙上一面碎裂的镜子反射过来的灯光，她偏了偏头，镜子里出现了两条腿，惨白的日光灯下，那两条腿上青筋纵横，松弛的皮肤像濒临枯死的树皮。

一阵死一般的沉寂过后，老头颓然站起身，女人看了眼自己手臂上的伤，吐了口唾液胡乱涂上，然后扯床单裹了身子，恶声恶气地说，以后你的干货全部是我的。

一回归一回。老头凶巴巴回应。

这回你都没回成，你拿什么来"一回"？女人反驳。

你管。

管不管的，你说了不算，女人说，你不给我，我就说你是个腌瓜。

喊。并没尝到好处的老头冷笑起来，说，谁信你？白鹭下嘴吃鱼还挑个死活，像你这种捡破烂的？人信你？莫不是你想男人想疯了。

就是，白鹭下嘴还挑个死活呢，不然怎说人有时候还不如禽兽呢。女人发现嘴笨舌粗的自己突然变得伶牙俐齿。她指了指男人的裤裆，问，恁大块皮，怎烫坏的？

烟火架。老头答毕，突然呆若木鸡。他明白他上当了。

女人嘿嘿笑起来，笑声很难听，如铁勺刮过不平整的砂锅底。我能知道你这块疤，就能让人相信我说的你是腌瓜。

女人背了满满一筐干货一路憨笑着赶回沙岛。

回到窝棚，她着实呆坐了半晌，最后才淌出两行泪，回想了半天刚经历的情景，原本有点念想，谁知道呢。

这澡白洗的。

第二天，女人用干货换的钱给小哑巴买了棉裤，吃了羊肉粉，傍晚，女人发现自己有点发烧，昨晚的水的确凉了些，门卫室里也很冷。

女人懒得管，叫花子的命贱，捡破烂的命硬。挺挺就过去了。

扛了几天女人发现不是平时那情况，每吸一口气，她胸口都会痛得像有人在里面磨砂，脑袋昏沉疼痛，仿佛有人在里面凿石头。看天，天红彤彤一片，像在落黄沙。看孟河水，孟河水红彤彤一片，像在淌胭脂。

女人强撑着走到废品收购点，给肥老刘打招呼，唉，我要死了咯。

又扬起红彤彤的被秋风吹皱的脸，舔舔干裂的嘴唇，问肥老刘，屋里有人没？

肥老刘回头看看自己的办公室，世上没有比它更牛逼的办公室了，用旧木板和塑料纸隔着，却有着很响亮的名字，名字是走南闯北收狗皮的滚子起的——"纳米科技废品回收办公室"。

女人又问，里头有人没？

肥老刘看着女人，两道目光打成一个大问号。

女人挥手拍掉那个大问号，咳嗽着朝屋里走去。

等等等等。肥老刘忙不迭一把揪过女人，说，发什么神经？

女人咳嗽着，说，我要死了，求你帮我照看小哑巴。

肥老刘说阿弥陀佛，全世界都堵车，天上堵飞机，地上堵管道，你就是投生现在也得排号，说死就死，美得你。

真的。女人认真地说，那啥子……之后呢，你照看一下小哑巴咯，莫让人欺负他。

肥老刘上下打量着女人，女人是他的"老客户"，每天都来卖破烂，天长日久，有点小情分，但厚不到办那事上头去，何况，他再打量了一番女人，没兴致。

肥老刘停下脚步，犹豫再三，高尚宽厚地表白，格老许，我可不是趁火打劫的人。

女人把头缩进衣服里，背着风猛烈地咳嗽了好一阵，梗着脖子说，我叫许春花。

许春花，我不是趁火打劫的人咯。肥老刘说。

我，那啥，都没有过。女人有些羞涩地笑起来，眼睛巴巴望着纳米办公室。

肥老刘有些吃惊也有些同情，他挠挠头，为避免尴尬，甩开嗓子冲着漫天乱风斜雨高唱——

路见不平一声吼啊，该出手时就出手啊，风风火火闯九州啊。

肥老刘唱着唱着，风风火火地跑开了。

女人站在废品堆里好半天等不来肥老刘，好歹明白过来什么，挪着步往回走。秋风伴着细雨，纱一样罩满真如县城，煤尘扬起的灰被雨幕代替，世界从一种灰暗陷入另一种灰暗，前一种灰暗里还有一丝温度，后一种灰暗则把温度都埋葬了，女人裹紧身子，把竹筐顶在头上往前走，走着走着她抬头看了看天，透过竹篾缝，天像个盖子，正朝她压下来。

回到沙岛，女人问小哑巴，要是你一个人在沙岛，你怕不？

小哑巴摇头，他从小在坟堆里长大，怕什么？何况他们都有名字，长黄鹅草的黄毛、开白花的白毛，还有花同志、小打扮、臭美、万人迷……小哑巴拉着女人，在雨中奔跑，边跑边比画，他揪揪这座坟上的草又扯扯那座坟上的野地瓜藤，草和藤都被雨浸润得水汪汪的，绿得如此鲜活，小哑巴咬一口，无以言表他的快乐，只有捶胸顿足。

我起的名字好不好？他跳跃着比画。

好。女人的身体在风雨中瑟瑟发抖，她嘶哑着嗓子，笑声如风雨中的暮钟。这是她在人世间最后的笑声，她真想把它笑得好听一些，但不能够。

小哑巴不常提女人，只是一次又一次反复地想象着女人跟他讲的故事，想象着那十几米高的烟火架是如何的壮观，而壮观的烟火架绽放的烟花又是如何震撼，如何漂亮惊艳。

开在——天上的花。

小哑巴一次次比画给鸟看，小脸写满迷茫和憧憬，并表示重复地点点头，无比肃穆地摊开手——开在天上的花。

鸟跟着抬起头，无限神往地看天。天空，云们正被夏季的西南风嗖嗖刮离，飞絮般倒退至天边，犹如时空的倒退与穿梭。

你……想不想她？鸟喃喃地问小哑巴。

小哑巴沉默了，低下头不回答，他想，他也不想，她就在岛上，没什么好想的，但是她不在，小哑巴觉得夜很长。

你命真好，所有的孩子都有自己的妈妈，小鸟也有自己的妈妈，我不知道我是谁的孩子，我的妈妈是谁。鸟困惑地说。

小哑巴激动了，虎虎站起身来，挺挺胸口，顺手塞了个易拉罐在衣服里——我就是你的妈妈。

鸟顿时笑起来，说，旺仔小馒头。说罢扑过去要摸小哑巴，小哑巴吓得拔腿就跑，跑到岛尽头后，无处可去，索性一个鱼跃跳到孟河里。

鸟看着小哑巴在水里像鱼儿一样自在地游弋，替小哑巴鼓掌。小哑巴打手势让鸟下水，鸟认真地答，不能，我是鸟，我怎么能下水呢？下水我会死咯。

二十八

当副县长的那个男人依然每天来游泳，自从被他发现后，小哑巴就不躲他了，坐在草地上看他游泳，看他屁股上一对大酒窝，泡在水里，深深的。

这些日子鸟来得少，也不知道做什么去了，小哑巴很无聊。

大酒窝问小哑巴，你是谁家的孩子？

小哑巴眨巴眨巴眼，不回答。女人教过小哑巴，只有装作听不到人说话的样子，才能看到更多好玩的事情，听到更多好笑的事情。也只有装作听不到人说话的样子，才有可能活得更久。

为什么？小哑巴不解。

女人说，因为他们心里有鬼。你只有对他们又聋又哑，鬼才对你又聋又哑，鬼看不到你，才不害你。

小孩，你听不见吗？大酒窝大声问。

小哑巴想着女人的话，老奸巨猾地眨巴眼。

但小哑巴实在想找个人玩，大酒窝游完泳后，小哑巴邀请他去窝棚里玩。

大酒窝跟着他穿过芦苇丛，到窝棚跟前不肯走了，皱起眉头，转身笑着拜拜了。

小哑巴很伤心，原来不是谁都愿意到他的王宫做客，只有鸟才愿意到窝棚里和他一起玩，还给他洗头，洗衣服，洗小鸡鸡。

第二天大酒窝来时带了两根油条，放在河滩边上，香气引得小哑巴直流口水，他示意小哑巴，吃。

给你买的。大酒窝一边脱衣服下水一边告诉小哑巴。

小哑巴已经狼吞虎咽地吃上了。

从那天早上开始，大酒窝总会带点东西给小哑巴，小哑巴也不白吃，他在河滩边挖一个沙坑，筛了最细的白色河沙做炕，每天埋一两颗洋芋在里面，扯来枯枝碎草生火点燃，等大酒窝游完上岸，洋芋就熟了，皮焦肉黄香得不行。

清晨的沙岛变得忙碌起来，一个在水里忙，一个在岸上忙。

数伏了，天亮得越来越早，两头爬到沙岛时，天已经快亮透了，这天，小哑巴发现车上多了一个女人。

女人穿了条大红裙子，捂条大红纱巾在岸上来回走，像棵朝天椒在河岸上晃悠，她边走边惶恐地看着荒草丛生的沙岛四周，哆哆嗦嗦地不停念叨，阿弥陀佛。不一会儿，河风吹得她头发乱飘，她直催河里的人，快点上来。

大酒窝在水里扑腾着，说，叫我小马哥我就上来。

小马哥。女人快哭了，快上来嘛，我怕，这里到处鬼祟祟的。

小哑巴想，这婆娘不光胆子小，眼水还差，明明是匹高头大马，怎么成了小马，要说小马，他才是。

大酒窝一上岸，小哑巴便从草丛里钻出来，举着烤好的洋芋冲着大酒窝笑。小哑巴的出现把女人吓得半死，妈的一声瘫倒在河滩头。

大酒窝笑，说，小哑巴这么小一个人住在沙岛上都不怕，你一个大人，怕成这样。

说着当着女人和小哑巴的面，赤条条光着身子拿衣服。

女人站起来，惊魂未定地斜了小哑巴一眼，提醒大酒窝，有人呢，注意点你。

没关系。大酒窝说，他又聋又哑。

女人胆子渐渐放开，开始撒娇，撇着嘴说早认得了你不告诉我。

你说找我要谈什么？大酒窝问。

还能谈什么？徐明月呗。你说到底怎么办嘛，他最近老缠着我，我都快疯来。

他缠你什么？大酒窝甩甩湿头发，问。

还不是那些问题来，什么他是谁来，徐月是谁来，徐明月又是谁来。

小哑巴听着女人一句一个哆哆的"来"，差点笑起来——这女人真真搞笑来。

你怎么跟他说的？

我说，徐明月就是徐明月，徐月就是徐月，各不相干。接着他又问他是谁，我说你不是说你是一只鸟吗？你就是一只鸟来。

听到鸟，小哑巴一愣，剥洋芋的动作便轻了。

然后他怎么说？大酒窝转过身子，一屁股坐到车头上擦脚。

他说，他知道他是只鸟来，但是街上总有人看到他叫他徐明月，他问我，他是不是一只叫徐明月的鸟。他还问我，真如中学那个门卫老头——长得像根筷子的人，是不是他的爸来，因为筷子看他的样子，像看自己的儿子，还给他在门卫室旁搭了个鸟窝。我就知道，东门长安留在真如要出事来。

那能怎么办？那些年我爸几次给他办调动，还是市重点中学，他都不去。他说他就要守着徐明月。

实在不行……女人的眼神迟疑地朝大酒窝望过去。

大酒窝一脚穿着袜子，一脚悬着，半天不动，最后，大酒窝问，你想怎样？

都这份上了，能怎样，我觉得，其实有的人死了并不比活着差，也许死对他来说是件幸福的事情来。

人都疯了，事不能做绝。大酒窝生气起来，开始胡乱地往脚上套袜子。

喂，搞错没有？我无所谓来。女人也生气了，说，大不了说我勾三搭四来，你呢？鸡飞蛋打，所有的美梦最后变成一个零光蛋。

大酒窝像给使了定身法，半天不动，面色从红润转成铁青。

小哑巴站起来，试探着把洋芋递给大酒窝，大酒窝却不接，目光森冷地看着小哑巴，突然大吼一声，搞死你！

小哑巴纹丝不动，甚至眼睛都没有眨一下。

你干吗？小哑巴没吓着，女人给吓了一跳，骂起来，你也疯了？

我试他一下。大酒窝微笑着从小哑巴手里接过热腾腾的洋芋，边剥皮边说，你知道徐明月疯了以后平时和谁在一起吗？

女人嘟起嘴，说，你知道的，我心里只有你来，我管他在哪儿呢，我们早离了。

他平时就跟这小哑巴在一起。大酒窝吃一口烧熟的洋芋，阴冷地看了小哑巴一眼，笑，又冲女人说，谁知道他和小哑巴说些什么。

女人害怕地四处张望，他就在这里？跟小哑巴一起？那你还敢到这里来洗澡！

大酒窝哼了一声，笑，他不是疯了嘛，认不得我的。

女人拍拍胸口，说你这个人，就是拧，哪里危险你往哪里钻。说着说着又嘻嘻笑起来，一个疯子一个聋子，一个说不清，一个听不见。他们之间能"说"什么来？

以防万一，我担心这哑巴，万一他听得见呢？还好，没事。大酒窝嘴里说着，脸上笑眯眯地，吃一口洋芋，朝小哑巴竖大拇指。

竖你妈的脑壳。小哑巴也笑着，心里对死去的女人说，喂，我看到他心里的鬼了。

孟河里一朵河浪轻微翻了个身，像是女人在问，鬼看到你没有？

小哑巴在心里说，放心吧，我躲得好好的，鬼看不到我。

那朵河浪便得意地转了个弯，迤逦地流远了。

最近东门长安都在做些什么？大酒窝问。

他还能做什么，喝酒来，越来越烂酒来，向阳光越来越不给他面子，开口闭口都叫太监。

孙子都有了还太监。大酒窝叹息道，东门老师真是命不好，千挑万挑挑了个悍妇。

向阳光老说儿子东门家平是野种，她借的。女人说到这里仿佛觉得很好笑，自个儿把腰给笑弯了去，咯咯咯半天后，时尚地说，哎呦，真是对奇葩来。

　　小哑巴想，你才是奇葩，原来你就是老鲍，合着你们一对奸夫淫妇在这里算计鸟呢。

　　一缕曙光穿过云层，将河东的一块荒田映得光芒万丈，露水在雾纱和阳光里跳舞，小哑巴突然站起身来，两手张开，像鸟的翅膀，迎着向东的滩头飞奔，冷冽的风穿透他单薄的衣衫，有声音在空气中一波波传来，我……是……鸟，我……是……鸟。

　　小哑巴想起了鸟身上、鼻子上、脸上、额头上那些伤，想起鸟每每兴奋地朝他跑来，仿佛他就是他的命，然后大声告诉他，他今天又飞了一次。

　　亲人，你是我的亲人。风灌满小哑巴的胸腔，饱满而感伤，小哑巴在心里说。

二十九

他固执地跟着老鲍。

他有很多问题要解决，奇怪了，这个星球上的好多人他都不想念，偏偏就想念老鲍，她的眉，她的笑，她外八字走路的样子。

别问了别问了，那些都是你上辈子的事来，你上辈子是个警察，你上辈子叫徐明月，行了来？老鲍不耐烦地回答他。

我上辈子？上辈子我们就在一起了？他兴奋无比地尖叫起来，我就记得我们躺在一张……

老鲍痛苦地发出嗷嗷的叫声，母狼似的扑上来，拿起沙发上的抱枕封住他的嘴。

他被捂得呼吸困难，但他怕老鲍又撵他走，只好乖乖不动。

好半天，他眼前开始冒亮圈圈，莫不是外星球的接收信号？他正激动，抱枕突然被老鲍扔开，一股冷香的新鲜空气猛扑进他鼻腔，呛得他声嘶力竭地咳嗽。

咳完，他发现老鲍满脸是泪地看着他。

怎么了？他吓坏了，谁伤害她了？

鸟，你现在是一只鸟。老鲍大哭起来，晃动他的肩膀，不，翅膀。

鸟我求求你，你不要问那些问题，我求求你放过我好不好？这样对你对我都比较好，我不想下地狱，我也不想天天躲着你来，我想过我想要的生活，我想和我爱的男人在一起，你是鸟，你飞吧，飞得越远越好，你别缠着我来。

再来找我我会疯的，你知道我疯狂起来会做疯狂的事情，我求求你，你走吧。

看着老鲍哭成一团，鸟的心都要碎了，他是如此在乎她，他爱她，尽管一只鸟是不能爱人类的，但他还是爱她。

我求求你，你消失吧，不要再出现在我面前。老鲍哭得直抽。

我消失我消失，我马上就消失。鸟惶然愧疚地站起身来，飞快跑到门口，说，你看，我不见了。

跑下几节台阶，他又折回来，站在门口宣布，我——真的——不见了。

门哐的一声关上，气流在他鼻尖处震荡。

走下楼，鸟有点饿，正思考着吃什么好，一块热腾腾的葱花饼递到他面前。他咽了咽口水，迟疑地推辞，我是不是……该吃虫子？

给饼的阿婆脸长得也像一块饼，仿佛哪里见过，饼婆笑着说，孩子，吃吧，没事，你是一只比较特殊的鸟，你可以和人吃一样的东西咯。

他如释重负地笑起来，说，所以哈。

吃完饼，他又后悔起来，说，所以呢我总是飞不起来，我还不是一只真正的鸟。

哪里，你是世界上最善良的鸟。饼婆温柔地对他说，以后不要到楼上去，那个女的是坏人。

老鲍？鸟不由自主地学着小哑巴的样子手舞足蹈起来，腼腆地笑——她不是坏人，她是我上辈子的老婆。

饼婆的脸阴下来，朝身后围上来的其他邻居望了望，问他，你是不是想起些什么了？什么上辈子这辈子？

老鲍告诉我说，她是我上辈子的老婆，我上辈子……鸟想了想，笃定地答，我上辈子是个警察。

围着鸟的人们顿时面色大变，彼此张望，目光中交换着无数零碎信息，看来像是同情怜悯或者"鸟你大祸临头了"之类。鸟想，难道知道上辈子的事情会给我带来巨大灾难吗？正要问，人们却迅速地四散开去。

鸟一头雾水地拍拍屁股，又拍拍头，就算我上辈子是警察，你们散什么散，你们又不是坏人。

坏人是谁？

坏人应该是那个红头发的发廊妹。

那天他正躲在楼顶上哭（他为什么要哭？好像是因为老鲍，老鲍要跟他离婚，老鲍说，她爱上了别人），所长一个电话把他召回所里。

走进所里，他习惯性地看了一下表，九点三十七分。

从那个时候一直到半夜三点，他一直待在所里，做笔录——之前都是他把别人关在所里搞笔录，那晚是他被同事们留下做笔录。

同事们没甩他耳光，说话也很客气，但是他们看着他的目光却充满好奇，好像他是一只脱光了毛的鸟，全身裸露在大庭广众之下（原来他在上辈子就已经有了做鸟的预感）。

副所长不断地重复着同一个问题，不断地指着坐在对面屋里那个衣服比尿布大不了几寸的红头发的发廊妹问——你个衰人，你到底贪了人家几个次？

他表现得十分狂躁，操起板凳要敲副所长的脑壳。副所长吓得戾货一样蹿出屋，又起腰骂他，徐明月，老子跟你说，你有几个次就老老实实说几个次，你他妈做了不给钱，还砸老子，格你狂，信不信我做了你咯，省得明天记者来歌颂我们派出所出了个采花大盗，格你个疯子，出你妈的洋相出到派出所里来。

红发妹跟着在对面屋里快活地尖叫——打倒贪污腐败分子！你他妈净做事不给钱，你他妈仗着你是警察，你他妈不是人，老娘卖个身子你都要吃拿卡要。

他想冲出去打红头发，没能成，被四五条肥的瘦的胳膊挡住了，他只能隔着一堆肘子肉骂，你再胡说，不等他做我，我先做了你。

红发妹哆着个破嗓子叽叽喳喳地叫，哎呦我好怕怕，大痣哥。

然后红发妹往上提了提吊带，又托了一把胸脯，转过头熟门熟路地对做笔录的实习警察马刺说，记下来，他那个东西上有一大颗红色的肉痣，红得很爽。好几个次他都跟我说，那是张啥玲说的红玫瑰，是爱情。

他惊呆了，这话，是他和老鲍恩爱的时候说过的，为什么会从这个红头发嘴里冒出来？

马刺缓缓噘起嘴，左边噘到右，又右边噘到左，笔在本子上一直悬着，好半天，突然气急败坏地站起来，摔了笔，拿起本子劈头盖脸朝红发妹一顿猛拍，边拍边恶狠狠地骂，爽你们婆，我叫你胡说！

他在人墙这面目瞪口呆地看着马刺，看着看着眼前就花了，趁大家的胳膊被他眼泪泡软时，他冲破人墙，跑到对面屋里，一把推开马刺，操起桌子上的"老板"牌墨水瓶哐哐哐砸在红发妹脑壳上，一时间，红的黑的液体肆意飞溅……

再接下来是什么？

……是看守所，然后是山，灰蒙蒙一片的山。他从监狱里出来，从山上走到山下，走了整整一个下午。

空气中充斥着煤尘刚强野性的味道，一辆辆后八轮的拉煤车从山体中间那些黑色的大嘴里逃出来，争先恐后，好像刚从看守所里放出来的不是他，而是它们，山路颠簸，每掉下一两块煤渣，车后便有一大群提篮子背筐的黑孩子小鸟般飞扑过去，欢呼雀跃。

他却开心不起来，他在分析一些问题——事情是从红头发和副所长说的"几个次"开始的，而看守所的人又说关他和"几个次"没关系，谁让他打伤人了呢。

看，概念被他们偷换了。还有其他的什么好像也被偷换了，直到走进县城，鸟还是没捋清楚，他困惑地坐到一棵长着黄叶子的树下继续思考，天空很低，有一群麻雀飞过，鸟啾啾地呼唤着它的同类，但它们没有跟他打招呼的意思，扑棱棱展翅飞走了，顺着翅膀补过天空的针脚寻找，他又想起了一个东西，那是个叫电影的东西，他看过，《盗梦空间》，一个人钻进另一个人的梦里，设计好三层梦境，然后他们从一层梦境跌进另一层，直至最后一层梦境……

鸟想，那我是在哪一层？我是在别人的梦里，还是别人在我的梦里？上辈子是否就是梦的上一层？

是否的是，是否的否……

鸟像念天书一样独自嘀咕着，开始爬树，是否的是，是否的否？

一阵风像低空飞行的UFO一样拂过草地，草们在他眼皮底下，紧张得瑟瑟发抖，他哈哈大笑，指着草们一声大叫——看前面，黑洞洞，定是那贼巢穴，待俺赶上去，杀他个干干净净。

叫声把隔壁树下两个下棋的老头吓得不轻，一个气得大骂，你个疯子，下来，摔死你。

一个轻言细语地哄他，咦，你爬上去做什么？下来，下来。

我到了下一层了，我要回到上一层去。鸟答着，继续往上爬。

给老子下来，莫摔了。轻言细语的那个老头也急了，凶起来。

嘘！鸟示意老头安静，不要把我吵醒了，我要回去。

Yes，这就回去了，come on，梦境继续——

他从看守所出来了，概念被他们偷换了，到底还有什么被他们偷换了？是老鲍？对，是老鲍。

漂亮得像只孔雀的老鲍很骄傲，她是他的老婆，但这个老婆对他的性格、体重、爱好甚至于某些方面的能耐都常常公然加以褒贬。她总是表现出对他的极端唾弃，并以此为乐，但他依然爱她，就算她天天守在电脑边上淘她的宝天她的猫（上辈子就有淘宝和天猫了吗？）从不做饭，他也不生气，她嫌他做饭晚了，冲他发火，他看着她凶巴巴的脸，觉得越看越喜欢，这次他被关进看守所，好久没回去给她做饭，她会不会生气？

刚才一路上有好几辆煤车都表示要捎带他，他偏偏不坐，他要利用走路的时间好好捋一捋——红头发是从哪里冒出来的？他是谁？为什么一个完全不认识的红头发会跑到派出所来说什么他欠她嫖娼的钱？他要从哪里开头，才能让老鲍相信他没有跟红头发的女人搞在一起过？

种种问题盘桓在他脑海里，汇聚成一股巨大的旋涡，旋涡表面堆满了危险和阴谋的泡沫，泡沫深处有一双眼睛，森森注视着他，这双眼他见过，却想不起在哪里。

好容易回到家门口，楼下卖葱花煎饼的饼婆拦住他（啊，原来饼婆上辈子也是饼婆，老熟人哪），问，你到这里来做什么？

他说我回家呀。

饼婆说这早不是你家了。

他笑起来，说，婆，这不是我家是谁家？

你不是和鲍丽娜离了嘛。

他不信，他怎么会和老鲍离婚呢？就算死神拿着砍刀来割他的头，他也绝不会离开老鲍。

你离了，三个月前就离了。你进看守所前。饼婆提醒他。

他笑饼婆，你老了，糊涂了。

想到要见老鲍，他快活地往楼上跑，五层楼他一口气就跑上去了，从走廊的花盆下找到备用钥匙，轻手轻脚打开门。

客厅里没人，只有电视在和空气说话，老鲍不在。他失望地吐了口气，拿袖子擦汗，却看到白色的袖子被他的汗抹得黑不溜秋，他正盘算着先洗个澡再给老鲍做晚饭，一阵轻笑声从卫生间里传来。

老鲍在洗澡？他兴奋地坏笑着，蹑手蹑脚推开卫生间的门。

门里，乳白色的浴缸里漂浮着乳白色的泡沫，老鲍和一个男人正躺在浴缸里，说笑打闹。他有点失神地看着眼前的一幕，头脑里响起巨大的风声，像是巨大的龙卷风经过东非大裂谷。

男人回过头，意外地发现了他，先是一惊，然后突然缓慢地笑起来，目光变成两把剑，直刺他的眼，他忍不住拿手去挡，没挡住，他的瞳孔感觉到了寒凉的剑锋，接着，一阵金属碰撞的声音从他的耳膜深处由内而外地穿透出来，又直刺他的太阳穴。

他晃了晃，没发出任何声音，倒在了地上。

之后他发现自己变成了一只鸟。

不是你醒来变成了一只鸟。老鲍不断强调这个问题——你一直就是只鸟。在你当鸟的这辈子里，我不是你老婆，也没有浴缸和男人，你也没被发廊妹诬陷过。

可是我明明记得有这些事，我还记得你上网，上天猫。上辈子不可能有电脑，也不可能有发廊，更不可能有天猫，这到底是怎么回事？

也许……老鲍开始用手指尖绞她胸前那缕板栗色的头发，她想了很久，捧起他的脸，用梦呓般的声音温柔地说，乖，是不是可以这样解释？我们的灵魂在不同的时空以不同的形态存在，常见的时空是不重叠的、有延续性的，比如前世、今生和来世，而有时候某些灵魂的时空会发生重叠——就像你，你有着人的身子，说着和人一样的语言，但你的灵魂却是一只鸟的灵魂。

他沉浸在老鲍催眠般的美妙声音里，幸福得昏昏欲睡，他努力睁大眼，眼前老鲍苦苦思索的表情如此可爱迷人，微皱的眉头，迷离的眼神……他曾经以她前夫的形态存在在她的生命里过，他真幸福。

我想，我不是鸟就好了。他呢喃，我想做你的老公。

那是上辈子的事情了。老鲍笑得很迷人，现在你是鸟。

他顺从却琐碎地反问，那个浴缸里的男人……为什么我一看到他的眼睛脑子就哐哐哐撞车一样炸开？我明明是喜欢他的，你看，他很环保，他和你共用一个浴缸……

浴缸浴缸，一天到晚就知道浴缸，不提浴缸你会死啊？老鲍的耐性彻底消失了，她狂躁地站起来，满屋子砸东西，脸上写满崩溃二字。

他惹祸了？他吓得直伸舌头，从沙发上缩到地上，飞快爬出老鲍的家，抱头鼠窜于大街之上。

大雨如注，墨一样从天上洒下来，真如县城变成一个空寂又灰暗的星球，没有太阳，没有云朵，没有光，好可怕，雨水淋湿衣服，再淋湿皮肤，把他变成了水。

一个并不熟悉的老头在后面大声喊，徐明月，伞。

我不是徐明月！我不是徐明月。你不要叫我徐明月，老鲍听到了要生气的。他伸开双臂，边逃边叫，我是鸟，我要洗澡，我要和全世界一起洗澡。

第六章　等你很久了

三十

暮色从记忆中的那个角度一点点包围过来，真如中学的操场呈现出半阴半阳的景致，太阳的余晖与坚硬的水泥世界相碰撞，整个世界折中成一片尚有依稀黄金影子的青铜色，接着，操场四周的楼房阴影则渐次长高，直至吞没整个操场，黑暗登台。

徐月站在北坡，自黑暗中从上而下寻找当年真如中学的影子，除了操场和初中部的教学楼还在，高中部和补习班的大平房早没了，不久的将来，这一切都会消失，一座新的真如中学会出现在县城南大门边上。

真如中学，他要把关于这座学校的旧的记忆连根拔起，寸草不留。

关于记忆，在徐月看来，胆大包天的老子徐解放似乎已经忘记了二十多年前他精彩导演的那出人间悲剧，他就是那种典型的"走别人的路，让别人无路可走"的冷血动物，说他没心没肺也好，说他铁石心肠也好，他都无所谓，只要达到他的目的就行，达不到他也不在乎，拍拍屁股就走了，他没有信仰，悲悯和反思这类词语在他的字典里空空如也。他不想上天堂，也不怕去地狱。他的性情便是众多真如人性情的写照。

回到真如任职后，徐月在喝酒上从不节制，他喜欢喝醉后去刺激徐解放，老徐，你说你这个人到底有没有灵魂？你怎么就能装得一点事都没有呢？

徐解放一脸无耻样，说，我没装，儿子，灵魂在我这里就是个屁。我跟你说，不要瞻前顾后，要活在当下，活在当下。

徐解放的重复有他的意思，儿子一米八几的个头，看上去人高马大，牛逼哄哄，其实心底里虚着劲，怕。他得给儿子打预防针——怕什么？怎么活都是一辈子，兵来将挡，水来土掩，大不了身败名裂，一家人搬到省城住。在省城，门面，房子，车子，小老婆，他一个不缺，儿子要是想找个小老婆，他可以帮着给参谋。看看现在这儿媳妇，十来年了肚子都没动静，当个屁副董事长，整天满世界飞，也不想想，女人再能干再漂亮，不下蛋，终究是只中看不中用的老母鸡。他徐家万贯家财，总不能捐到福利院去。总之，除了这只不下蛋的母鸡，他徐家的日子正过得风生水起，老徐有钱，小徐有权，在真如当常务了，响当当的人物，衣襟角扫着个人比刀子快。换成古代，他不是皇帝的爹也是丞相的爹，这荣耀，简直就是椰风——挡不住啊。

自从徐月回到真如县城任职后，徐解放就再也不愿意待在家里看电视了，他让保姆把吃饭时间从往常的六点调到五点半，这样他就能准时六点赶到人民广场。

别人去广场是为了跳舞，他是去看电视——人民广场的电子大屏幕每天六点准时播放《真如新闻》，身为县政府要员的儿子徐月经常在上面露脸，眉目清朗，气宇轩昂，口才一流，听说跟儿子的专职记者是真如电视台的二把刀，一把刀管书记和县长，二把刀管他和人大主任、政协主席，二把刀的摄像剪辑水平很高，只要徐月站在工地手一指、臂一挥，镜头随之出现的必然是如火如荼的施工场景，很感人，而且只要徐月"出外景"，二把刀自然知道从低处往高处摄像，一副"金戈铁马，气吞万里如虎"的气概。

三十年前看父敬子，三十年后看子敬父，儿子如今这风光，他徐解放死后下地狱也值了。

每次屏幕上一出现徐月，广场上就有人起哄，格徐黑子，你儿子的光辉形象出来了。看不出来，老子长得不怎么样，生个县长挺顺眼，我看是野生的。

徐解放稳稳当当站在那里，风雨不动，吸一口烟说，老孙，蛋痛了？

说什么呢。

你他妈尽扯鸡巴蛋，不痛才怪嘛。徐解放嘻嘻笑。

老孙天生是他下酒的好佐料，今天败下去，明天又冲上来。这天看徐县长大人冒着大雨视察矿井，为人民服务，老孙又凑上来，两眼珠子瞎子一样往天上翻——格球子吹牛，为人民服务？屁，为人民币服务。

徐解放这回根本不鸟他，真如县城里这种人多得像煤渣，格老孙二十年前穷得是个光屁股，现在还穷得个光屁股，跟他计较没档次。

老孙翻着白眼等半天不见徐解放放马过来，再一找，徐解放已经晃悠悠唱着比翼双飞在人间啦啊，走了。

老孙吐出一口浓痰，扯扯胯裆，很蛋痛地摇晃着一条瘸腿追上去，说徐解放你老鬼不要嘚瑟，当年不是老子运气差煤矿出了事，放你一马天高地阔，轮得到你今天这做派？

徐解放斜眼看老孙一眼，说，谢你的天高地阔，要不，哪天你死前面，我替你写讣告。

你死我前面。老孙气得牙齿要咬到眼睛上。

行行行，我死你前面，徐解放嘻嘻笑，我早死（找屎），你迟死（吃屎）。

你才吃屎。

哈，你这个人，早死你不干，吃屎也不干，作妖啊。

你才作妖，你他妈一辈子都在作妖。老孙简直要跳起来。

徐解放逗过老孙，一颗老心肝蹦蹦跳跳快活着回家，一路哼山歌，几十年没唱过了，几十年光阴里，那个跟他对唱的姑娘嫁到云南去以后，他都怄得不会唱山歌了，现在哼出来，倒是像一直挂在嘴边，顺风顺水就来了。

然而像老孙这样的人县城里没有几个，所以除了有老孙参加的演出外，徐解放大多数时间也只能孤独地坐在家里咀嚼。

咀嚼的内容无外乎他曾经对东门长安说的那句，逝者如斯夫。

当初与他同台演出的人早散了，有的死了，活着的心照不宣地选择了悄然离开真如，就像他没事翻看的武侠小说，一群暗夜下的劫匪，在天明之前训练有素地各自消失，无影无踪，江湖从此又多了一个悬案——这年头悬案还少吗？凡是破不了的死人案，都是自杀，格球公安局发现碎尸案了也会条件反射、无限遗憾地宣布，首先排除自杀嫌疑。

我操。

你们走就走，老子徐解放不走，凭什么要走？撑死胆大的饿死胆小的，老子不欠谁，就算欠那个叫徐明月的年轻人，但老子为国家贡献了一个优秀的人才，那个神经质的徐明月能行吗？

不行。

从投资的角度来看，他为社会实现了利益最大化。他对国家对人民是有贡献的。

强盗自有强盗的逻辑，他就是强盗，怎么了？

奈何徐月是个猪脑子，在石泉县干得好好的，非要回真如县来。他明白徐月那点小心思，这孩子，怕了二十来年，怕伤了，正巴望着被戳穿，早死早超生。

从这个角度讲，儿子和他一样有着野狼的血性，喜欢毁灭。

毁灭好，他妈的，不破不立。

他吐一口烟，静静坐在暗夜里等待，这样的状况已经持续了二十多年，从那年高考以后，他就习惯了在一个人的夜晚这样坐着等。无论是毁灭还是新生，没什么他扛不过来的，小时候穷得吃沙棘籽，那玩意儿吃多了拉不出屎，得用手指抠，抠得流血，一上厕所就痛得杀猪一样叫唤。还有五九年缺粮，饿得走不动，只能爬，爬到野地里找树根、找虫子，爬着爬着，有的人就不动了，死了，没声没息，活着的从死了的人身边慢慢爬过去，不忘掰开死人的手，看有什么可往嘴里塞的……这些罪他都受过了，他还怕什么蛋？

<h1 style="text-align:center">三十一</h1>

徐解放想错了，徐月回真如县城的真正目的并不在于毁灭，而是来拆弹。青出于蓝胜于蓝，当年他是在乱中求，今天的徐月是在险中求，就凭这境界和胆识，他这个当爹的差得远了去。

东门长安一日不离开真如，徐月明白，自己这人生就一日不得安宁。你想想，只要手握关键证据的警察还惦记着你这个贼，那你逃到天涯海角也没用，身为当年东门长安的门生，徐月太清楚东门长安的个性了，东门长安就是头犟驴，认准一条道，一辈子走到黑，想想吧，他之所以愿意在真如当几十年的蔫孙子，顶着太监的美名丢人现眼，就是为了守着徐明月，单凭这份隐忍和担当，东门长安就绝不是个省油的灯。

他东门长安简直就是神。

懂棋的人都知道，一盘棋决定生死的根本不在最后将军那一步，在将军这个摧枯拉朽的结局到来之前很久，棋局就在某一个看似不起眼的地方埋下了祸根，所以下棋是要排兵布阵的，东门长安这颗关键的棋子他徐月搞不定，就一辈子别想安生做人，这些年他一直不要孩子，就是怕突然有一天天崩地裂。

东门长安这条老谋深算的蛇，半睁半闭着眼，看着是冬眠的样子，保不准什么时候毒牙一咬，要人命。徐月搞不懂东门长安到底"谋"什么，他老子这些年没少跟东门长安交涉过。调工作，不去。给钱，不要。送茅台，生生摔地上冲得一屋子的香，回头还喝他五元一斤的土酒。他老子甚至想过用美人计，要不是徐月阻止，他还真干了，这老家伙，就没他不敢干的。

徐月劝他老子省点劲。他说，东门长安这把剑，不到我出现在他面前，他是绝不拔出来的。你莫说一个美女，一打美女都不管用。

他老子呛他，那你还回来？

我就回来。徐月冷笑，我倒要试试，是他的剑快，还是我的剑快。

你手里有屁剑。他老子狐疑且否定。

口蜜腹剑。徐月不疾不缓地答，对付这种人，我有办法。

他老子听到这里住声了，他生的儿子他清楚，儿子心里有八万个肚肠。

跟肚肠没关系，徐月否定了这一点，很多事表面上好像是谁的谋略或阴谋，然而回过头看，这些事往往是环境或其他原因造成的，关于罪，徐月一直很想和东门长安做一次深层次的探讨——事物分必然和偶然，而任何一个偶然的背后，都是由必然推动的，换句话说，罪的背后是有原罪存在的，徐月认为原罪并不在他身上——让他和他老子在思想上和行动上犯下如此弥天大错的、把他们父子引向罪恶的极端并背负起长久的内疚与惶恐的，是这个令人憎恶的真如县城。

回头看看当年，什么状况？

格浮躁，格无知，格蒙昧。

火电厂和矿山、货车司机和吧女、卖黄片的杂皮和卖皮草的老板们、小酒摊和矿工把整个县城搞得乱七八糟，不像个样子，你明明白光正午地走在大街上，天地却显出黄昏的迷眼，那个暗啊，铺天盖地的迷糊。黑麻麻的尘灰里，大街小巷都成了黑白胶片，手里握着一大把钱的矿主、司机、杂货店老板，走在街上一个个都像打了鸡血，说话高半调，走路打着飘，连摆烟摊的花眼老太招呼生意时的声音都尖得像小姑娘。

走私过来的，好烟，就这两包了。花眼老太神秘地压低声音，憋出尖利的腔调，好花不常开，好景不常在，今天一过，明天不回来。

真如人过日子的状态正好就是这种"今天一过，明天不回来"的状态，歇斯底里的暴富后面是深切的不安和惶恐——这惶恐和前些年不一样，不是担心拿什么过日子，而是不知道怎么才能安顿好日子，有钱了，可是钱要怎么才用得出去？

是个蛋就逗苍蝇，何况蛋还漏了缝。眼见着真如人捧着钱急得团团转，开赌场开歌舞厅开镭射厅的老板都来了，多得像是发大水，真如人看见他们，两眼对两眼，精光闪亮——正如傍街的遇上了皮条客，都觉合心应景得很。

徐月高中晚自习回家时，大街小巷传出来的都是邓丽君的歌，"你说过两天来看我，一等就是一年多"。哀怨的歌声只是个掩护，在它背后，黑乎乎的角落和某一扇门里，不是哼哼唧唧，就是嘻嘻哈哈。徐月心惊胆战地从那些声音旁疾步而过，全身的血液都在暗夜里沸腾，提醒他，他是一个热血青年，所谓"天戴其苍，地履其黄；纵有千古，横有八荒；前途似海，来日方长"。格千万不跟这些不着四六的坏玩意儿扯在一起。他只需要再拼上一股劲就可以离开这个地方，这是个烂泥扶不上墙的破地方，谁耗在真如，谁就得把骨头、理想和人生沤烂在这里头。

徐月认清这个事态的时候，高考的大水已经冲到庙门口了，他终于开始害怕和绝望起来——东门长安说得没错，数学会拖他的后腿，前途纵然似海，可怕的是真如的来日方长。

怎么办？

徐解放却不当回事，不怕，儿子，咱们有钱，大不了补习一年。

徐月摇头，他一天都不想在真如多待，每天看着纸在醉、金在迷，看着人在疯夜在狂，徐月知道自己不能再沤在这里了，再沤自己就也陷里头了，十几岁的少年，半夜睡着睡着裤裆里就搭凉棚，要坏就是几秒钟的事，扛不住了。

烟火架事故后，徐月更怕真如了，天天都在做噩梦。暗夜里，徐解放看到恐惧的儿子眼里长出两排牙，像困兽。

是的，烟火架，想着烈火熊熊的教育局和公安局，徐解放仿佛感到熊熊的火光正映在他脸上，烤得他全身发烫，突然地，徐解放的脑子里像有外星人塞进来一个信号，那信号一闪，世界的大门顿时就朝徐月打开来。

徐解放夜访冯校长，单刀直入地谈了他的计划。

冯校长愕然地盯着徐解放，一股夜风吹进来掀得桌上的作业本哗啦啦响，把他吓得从凳子上跳起来，手忙脚乱地关上窗和门，一张脸紧张得都板结了——徐老板，你这是哪里冒出来的主意？

徐解放稳稳当当地喝口茶，说，校长，我格土包子开窗子说亮话吧，我想了想，我也不能只顾自家人，不管你们家小蔓，我都想好了，你想办法安排好监考老师和考场，我侄儿的答案既给徐月也给小蔓。

我……冯校长像中了风，半边脸都瘫了。

整个晚上，那个可怜的、胆小的冯校长的屁股一直就钉在一把补过脚的藤椅上，木木地，像一块久旱地，不停地抱着大茶缸呼噜呼噜喝茶，喝得全身都在冒水。

一个人，干不了。冯校长喝到最后，面色发白，颤声细气地吐出六个字。

你说多少人就多少人，钱我来，人你找。

怕是……不行，违法的。

法？这年月，有钱就有法，无钱就无法。有钱能使鬼推磨。徐解放慢腾腾地伸出两根手指，人你来挑，钱我出，一人这个数。

两千？冯校长惊讶地问，这么多？

徐解放噗地笑起来，摇摇头，说，两万。

两万？冯校长眼镜背后的一双眼珠子顿时瞪得比牛眼还大。

两万。

两万是什么概念？两万够他不吃不喝干二十年。

这是坐着火箭奔小康，眨眼就万元户了啊。冯校长突然发起高烧，耳朵根都烧红了，话都说不顺畅了。

那……那个，全部在一个考场事情不好办，而且，三个考生……答案雷同，要出事。

那你说怎么办？

想……想一想。

别想了。徐解放说，我还有一个办法，小蔓的事我侄子负责答案，我儿子的事你帮忙做做文章。

什么文章。

李代桃僵的文章。徐解放文绉绉地答，我们双管齐下，要不搞答案，要不换人。你们学校那个徐明月，就是考上了大学也念不起，白浪费了名额，他要是考上了，就换我们家徐月去，至于中间的环节，我们再想办法，反正一把火把好多东西都烧没了。那头呢，你家小蔓一个人抄答案，应该查不出什么大问题。

要造的假太多了，而且，东门那里不好搞。

有钱就能搞。

不一定。

我试试？

先试……莫提事，不行……我再想办法。冯校长说完这话，满头大汗，整个人已经瘫在了椅子上。

徐月听他老子眉飞色舞说完宏伟计划，和冯校长一样，吓得连续两晚发烧，烧得耳鸣，一天二十四小时耳边尽是呜呜呜的警车声音，这声音徐月太熟悉了，每年县里枪毙犯人和公审大会时，解放车都会拉着犯人游大街，前面公安押车的吉普车就是这样呜呜呜叫，满大街都是回声。

不入虎穴，焉得虎子。徐解放给儿子吃退烧药，这些年不同往常，胆子要大一点。你老子这个矿，先是非法，开着开着还不是就成了合法。以前是有钱能使鬼推磨，现在有钱能使磨推鬼，你早一天进大学就早一天解脱，徐解放又说，我也看清形势了，这个泥滚凼，把狼困成狗，不是你待的地。

徐月心动了，他知道自己天生是一匹好狼，因为他有锋利的牙齿和敏锐的嗅觉，他更清楚，这个正处于蒸腾期的时代需要什么样的人，可时代的火车一向是苛刻的，一天天决然轰然地前行，从不管你有没有票，有没有挤上它，只管抛下一大堆可怜人在站台，这些人错过了这列车，或许就永远再没法跟上前列的脚步，错过了就是错过了。

真不敢，那你就只能当狗，待在真如，管矿、查矿、下矿……然后找个麻袋装满钱，去天安门买华表——我的意思是说，你找再多钱，也就跟你老子一样，除了愁钱怎么花，脑子里什么也没有。

沉默了好几天后徐月决定妥协。

没办法，人在掠夺地的血肉，地在掠夺人的德操，大家已经习惯了不要脸，脸都不要了，道德算什么？

离开真如的第十六个春天，蓬勃热烈的玉兰花把石泉县委大院家属楼小区围得紧紧实实，晚上，徐月加完班走到楼下，一簇簇香把徐月困在夜色里，动弹不得。

没有任何理由，徐月突然怀念真如。

如果真如春天的夜晚，也有玉兰这样宁静迷漫地盛开，该有多好。如果他在真如，他会一抓环境整治、二抓教育卫生、三抓全民素质。真如不缺钱，真如缺的是人，缺一个巴心巴肝为真如洗去煤尘、让多年习惯了当痞子的真如老老实实穿上新衣服去上学的人。

学校现在是什么样子了？那个人人敬佩最后却变得一无是处的东门长安，现在又是什么样子？徐月记得，这个人在真如中学的老师队伍里曾经是那么的鹤立鸡群，他朗读《从百草园到三味书屋》的神情是那么迷人，其实，徐月之所以喜欢上语文，完全就是因为东门长安。

第二天，徐月出差去天津，飞机在往北，徐月的心思却向南，真如两个字像个魔咒，缠缚着他全身。

邻座的老头子有点腻巴，听秘书叫了声徐县长后，一双眼就牢牢盯在徐月身上不动，盯得徐月全身发毛，只得客气地冲他笑了一下，这一笑等于是扭开了老头的闸阀，老头滔滔不绝地拉住徐月谈"领导干部当下需要注意的几个重要问题"。

你们政府必须要注意这些问题。

比如，社会变革和社会发展到现在，你们要注意什么？老头的两手激动地在空气里一通乱捞——德国社会学家马克斯·韦伯的《新教伦理与资本主义精神》看过没有？当然没有，你们当官的都不看这个，你们看《厚黑学》，看《官场现形记》，看《酒场的艺术》，看《曾国藩》，呵呵，你们都急功近利去了，就像你们搞政绩工程……学习很重要啊年轻人。关于这个老马，这个老马厉害，老马认为，工业经济的兴起会让人们从信仰神学与自然不可见的魅与不可掌握的力量变到信仰实际价值和利益上来，他把这个过程叫祛魅。然后呢？说到这里老头顿下来，眼珠子又鼓鼓地盯着徐月，像导师在考徒弟。

徐月不自在地往座位里缩了缩，尴尬地摊开手笑笑，不搭腔。

他不想跟这个陌生的老头子纠缠，他意识到这个老头是个不得志的学者或专家，学者专家和行政官员一向是合不来的，好比狗见羊，不咬上两绊口斗上两犄角彼此都不舒服，说到底是玩学问的看着有权的人眼红，有权的看着有学问的又嫌烦。各自肚子里都有些鸡肠子，弯弯拐拐的，只能意会，不能言传。

老头见徐月一副千里之外的冷淡，很洋派地耸耸肩，说你们这些官员哪，吃饭应酬高谈阔论，开会讲话一套一套，其实肚子里还是很差营养的。

老头这话故意透着挑衅，偏偏遇上个徐月，根本不搭腔，表情平静，一如机舱外的景色，天高云淡。

机窗外的云层像一块块翡翠，洁白的云怎么跟翡翠扯上关系，徐月说不清楚，他就觉得那云像凝结在天空里的翡翠，让他想起冯小蔓，当年，在冯小蔓去省供电局上班前一夜，也就是她出车祸前的一夜，她主动跟他上了床，他们疯狂又决然地做爱，像两个溺水的人，彼此把对方抱得紧而又紧，那一夜，冯小蔓光洁冰凉的身子裸露在月光下，整个人就像一块翡翠做的玉人儿。

如果冯小蔓还活着，他至少还有个人说说心里话，冯小蔓一走，把他在这人世间唯一能够倾诉和忏悔的通道关闭了，就好像升往天堂的门已经关闭，他只能下地狱。

不像话！老头突然又开口说话，把徐月吓一跳——

实在是不像话！人们只顾着追求GDP，以损伤环境和未来为代价，我们还有道德吗？没有。我们还有信仰吗？没有。我们还有廉耻吗？没有。我们甚至没有纯洁完美的子宫、精子和卵子。

徐月正喝茶水，噗一口喷出来，裤裆湿了一大片。

徐月抖着裤子无奈地提醒老头——老人家，您轻点，就算全世界的精子都坏掉了，你也没必要把飞机上的人都吵醒。   .

老头不理会，叹息，可怕的时代，你、我、他，没有灵魂、没有心肝。

徐月这才仔细地打量老头。

老头的目光是焦灼的，其实时代跟他啥关系都没有，精子和子宫跟他这岁数也不搭界了，看他急得火烧眉毛，徐月觉得自己该安慰安慰他，毕竟这世界活到六七十岁了还能激情飞扬的人不多了。

那你说能怎么办呢？我们魂也没了，肝也没了。徐月笑。

找回来！老头看着徐月，你不是县长吗？这是你们政府的事，把那些让我们敬畏的东西找回来，把蓝天、白云、碧水、绿色蔬菜和没有注水的猪肉，统统都找回来。

把蓝天、白云、碧水、绿色蔬菜和没有注水的猪肉，统统都找回来。

直到下飞机，徐月脑子里都是一团团翡翠状的云朵，老头的话在云朵里浪头般翻涌。

晚上徐月着实兴奋了大半夜，不是受了教育，而是老学究的话给他多年承受的内疚和痛苦轰然炸开了一个决堤口———一切都是那个祛魅的时代造成的，如果他的行为是罪过的话，那么原罪就是整个时代的急功近利。比如GDP之原罪于污染的河流，比如贪婪之原罪于苏丹红。

蜗牛之所以站出来宣布，三聚氰胺问题跟他没关系，是因为他不在那个系统里。而在之内的，但凡是牛，谁敢保证自己的奶没问题？吃的是什么还搞不清，敢给挤出来的下定义么？环境决定人，什么样的土壤长什么样的苗。

徐月想，如此一来，一切都是真如的错了，当年那个戾气强奸理性、铜臭绑架良知的县城，能养出什么好鸟来？

徐月痛恨真如，这县城是只带病毒的母鸡，把他变成一枚有病毒的蛋。

就像牛顿万有引力定律是苹果与牛顿之间一次意外的碰撞一样，这次飞行经历与徐月的思想也产生了意外的碰撞，萌生出比牛顿万有引力定律更让人惊诧的念头。

他要回真如。

徐解放只差从电话那头钻过来撕他的嘴。

格老子费尽千辛万苦把你整出去，你要回来？你回来整个球啊你？你看看这破地方，有一块干净的土没有，有一方干净的空气没有？你他妈给我滚，有多远滚多远。

徐月镇静地说，老徐，我只是告知你一声，不是征求你意见。

自从拿到大学通知书后，徐月跟他老子说话的语气就没顺耳过。

徐解放早习惯了儿子的横，毫不退缩却又毫无作为地说，我看你翅膀硬了，信不信老子揍你。

徐月哼一声说，我还不知道揍谁呢，当年谁整那些事？我还堵着呢。

徐解放哑声片刻，气闷地问，那你还回来找堵？你是心疼你老子孤苦伶仃一个人没人陪伴？还是担心你老子的遗产让小女子哄走？

留着你那些钱疯去吧，我不稀罕，我回来当医生。徐月哼哼笑，真如有病，你也有病，还不轻。

你他妈的才有病，神经病。徐解放在那边大呸一口，说，格先人，格祖宗，人家养儿子是银行，我养儿子是条狼，迟早要咬我一口，上辈子欠的。

徐月放下电话，笑得腰酸。

他老子就是这么个人，真实得不能再真实，如果不是那件事，他会是他最亲最爱最敬佩的人。

说当医生只对了一半，徐月回真如还有一个目标，他是冲东门长安这颗炸弹回来的。

他要当拆弹专家。

抛开个人恩怨，徐月很敬佩东门长安，一度他也渴望自己做这样的人，一个坚守道德和道义的正直的人，在磨难中成熟，比最伟大的人更伟大，你看他藏匿在凡世中，像一尊神，掩盖在一副平凡人甚至乞丐的皮脸里，唯有自己知道，完美的精神在磨难中暗自熠熠闪光。

他的灵魂一直高贵，坚守的东西与常人不可同日而语。

不过，调回真如没少费徐月的心思，别看真如几十年如一日的脏乱差，治安管理全省倒数第一，禁毒工作全省倒数第一，文明卫生工作全省倒数第一，但财政税收全省排前十，要去真如不是容易事，这个天天睡懒觉都能睡出市政府下达数两倍GDP的县城，是不少干部想要去湿湿脚拾捡点便宜的好地方。

希望农民在金色的田野里徜徉。
希望孩子在碧绿的河水里嬉戏。
希望小鸟在树林里唱歌。
希望钢琴伴着朗诵唤醒真如的每一个早晨。

在真如县领导干部大会上，徐月的自我介绍有点石破天惊，在僵化刻板的场合，敢说这么诗意的话，不是疯子，就是二百五，台下一大片干部笑得东倒西歪，其实他们的笑并不足以让他们倒歪成那个样子，他们的夸张里有一句潜台词，那就是你显摆个啥，你他妈和我们是一窝生的货色。

这就是真如，除了财富，它不敬畏知识，不敬畏自然，不敬畏真诚和高贵。徐月看着台下一张张变形的笑脸，毫不畏惧地保持着镇定的微笑，是不是一窝生的货，现在定论还为时过早，他徐月向来就不怕事，你们做出这副嘴脸，无非是给我下马威，可惜你们没有马可以下威，你们连个狗都不敢骑，而我徐某人也不是一群鼠目寸光的人就能吓唬到的。

金色的田野，碧绿的河水，小鸟与钢琴，他带着它们来打仗，他要用它们改变这座四处都是霾的县城，这霾不仅仅是PM2.5，这霾是更多的说不清道不明的东西，是煤矿、财富、骄奢和自大交错繁衍产下的怪物，它脑子简单肚子大，贪婪无比。

看天，看地，看什么都是那么脏，这城市需要清洗，很多纯洁的清澈的东西需要维持、培养和生长。

他就是培养基。

走出会场，明显憋了很久的县长终于笑起来，县长笑的声音有点像被挠了胳肢窝，呵呵呵，他憋了憋，又漏出来，呵呵呵，看不出徐县还是个难得的诗人，我们又新添了新生力量。

徐月看了一眼旁边表情深不可测的女县委书记李苗，倨傲地说，县长，我不是来当诗人的，我更愿意是一个歌者。

哦？说说看。县长有点不舒服，他的地盘，出了个刺头。

诗人写自己的诗，歌者歌他者的事。越是精神匮乏的地方越有可能出大篇章，难说有一天，真如会有传奇，所以，我愿意当歌者。

县长抬头看了一眼灰头土脸的天，一阵风刮过，卷来一扑灰，害得县长打了个喷嚏，鼻涕喷了一脸，他有点尴尬也有点生气，说，妈的。

一直安静地看着政府院子那棵银杏树的女县委书记突然说，不错。

县长笑，我说脏话你还表扬我？

女县委书记指着秋天的银杏树，说，金色。接着说，徐县，等着看你金色的田野和碧绿的河水。

呵呵呵，县长冷笑，冲锋号吹了，可惜理想是头想上树的老母猪。

女县委书记横了县长一眼。县长又开心地笑起来，这整的，我纠正一下，老公猪，老公猪。

接着收了笑，转过头很严肃地对徐月说，徐县长，我们还是别说猪了，我们整点实际的——这样，上面要求关停非法小煤窑，你这诗一写，我的灵感也出来了，你就主抓这个事，天要蓝水要绿，窑就得停，这工作压力不一般，你怕不怕？

我不怕。徐月笑，转头看了一眼女县委书记。

他不怕县长给他这个大麻烦，他就是要挑战麻烦，不麻烦不足以显出他的能耐，更不能让东门长安那个犟汉子服气。

女县委书记显然是个话少主意多的人，女人一旦既有主张又懂得保持安静，而且还是个主事的，不招人注意简直不可能，阳光斜打在她脸上，如同会发光的女神，她优雅地歪了歪头，不看徐月，却一针见血——稍安毋躁。

徐月没想到小巧玲珑的女县委书记说出一句话来有破石穿云

的力道，这力道是他一个男人都难以修炼到的水平。他有点尴尬，只得甩出一个小马哥式的笑容，邪恶而迷人。这种笑容在过去的数年里是他百战不殆的有力武器，没有女人不服。现在甩出来，不是他不懂规矩，规矩对他而言算个屁，他十八岁时连高考方式都敢质疑，还有什么不敢的？

女县委书记没看见他的笑容，她已经上车了，风吹过她的头发，那是一头盘得很精致的头发，黑亮的发丝在风中丝毫不乱。

这个女人的确非同一般。

稍安毋躁。徐月想，不错，总有一天，你会知道，我徐某人也非同一般。

三十二

县长的灵感没错，俗话说酸汤点豆腐，一物降一物，还真是哪一把钥匙开哪一把锁——要炸平真如县四十七座非法小煤窑，对其他副县长来说，不拼掉半条命也要累得吐半盆血。但它们对徐月来说基本不是事。他老子是真如的第一批黑煤窑老板，这四十七座黑窑老板走出来个个都得叫老徐祖师爷，祖师爷二十几年前的胆子就大得敢吞天吞日，黑道白道通吃，在真如没他搞不定的事。饭席一摆，人往那里一坐，四十七个徒孙不敢吭声。

赚钱嘛，没个足。他说。

嗯，是。

该丢就丢。

没人应他，格狗日的，说着容易，不是割自己身上的肉。

现在出事拿钱摆平，人年轻时阳气重，冤魂上不了身，等老了阳气淡了，鬼来找、魂来吓，小命一呜呼，挣再多钱都没福气使。老徐缓缓说着，自己给自己倒了一杯，嘿嘿笑——何况你们现在有点劲头，都用在大姑娘身上了。

好歹是个事业。有人哼哼。

煤是黑的，赚的钱也是黑的，抓紧洗白，换个名声。老徐又说，像我，正经承包，正经挖矿，不招人惦记，大不了以前赚一缸，现在赚半缸。

还是没人应。

再往下说就没意思了。老徐说，共产党当初打得只剩下三万人过湘江，都还能打回去赶走蒋介石统一全中国，你们四十七个杂拌，真斗起狠来我就不信你们还能在这里喘气？

这话说到点子上了。他儿子徐月现在憋足了劲非点旺这把火，当老板的说情他摔老板的电话，当领导的说情他要条——你批个条我就不关。

领导傻啊？

领导不傻，他也不傻，凭什么你赚钱，拿我的乌纱帽开玩笑？

我回真如县城就是为了漂漂亮亮干几票，不让我干，回来当个屁县长。老徐对外人转述儿子这句话时，觉得很过瘾，当初把儿子整进大学真是做对了，龙生龙凤生凤，老鼠的儿子只会打洞，他徐解放的儿子就应该这样气冲牛斗。

四十几阵炮响后，徐月的名声也打响了，省里某著名文化娱乐网站评他为年度十大牛人。徐月听到这消息后立即打电话给他老子，本是报喜，结果他老子嘿嘿笑，说，三十万。

啥意思？

三十万赞助，比打广告强。他老子恶心他。

徐月把手机摔在墙壁上，手机反弹过来，差点砸着他的脸，他冲着墙壁不知道骂谁，格狗日的。

徐月的最后一炮是冲他老子放的——要么规范化生产，要么关停。

徐解放气得满屋子跳脚，说，搞清楚，你老子这矿是正规的。

手续正规但生产不规范，要么整改，要么关停。徐月说，没得商量。

喊，你是我爹。徐解放说，一茶几东西全掀到地上。

徐月耸耸肩膀，说，再买。

真是条狼。徐解放叹气，开始搓胸口。

搓也不顶事，徐月说，爸，你要养大的就是一匹狼，要是条狗，你犯得着费那么大的心思？再说，你心脏功能那么好，还能给我找小妈，你搓什么搓？

徐解放尴尬地放下手说，老子这么大岁数了还不兴真的胸口痛？也是，幸好是匹狼——本来想着是龙的，真是龙，老子还能活到现在？早让你整死了。

徐解放投降前提了个交换条件，他要个孙子。

徐月说不怪我，我见空就种地。

徐解放说我估计你前脚种，你媳妇后脚就薅断苗子，不然呢？

徐月说回头我打她。

徐解放看了徐月半天，气急败坏地说，你他妈真不懂还是假不懂？找个看中眼的，种一地。

徐月就喜欢看他老子生气，生气说明老头子还没老。媳妇纳丽亚从意大利飞回来那晚，徐月认认真真看过日历，算着要出来，让纳丽亚吃了药才开始做事。

丽亚睡在床上，怏怏的，情绪不高，只要事前吃过药，她的情绪就高不起来，气球还没吹胀就先戳了一针，这情绪没法高。

徐月说，你专心点。

丽亚看着房顶说，我专心着呢。

徐月说，你总得喘喘气叫一叫吧？

丽亚说，哎呀，哎呀。然后开始笑。

徐月从她身上下来，说，你存心吧你。

丽亚拉过被子盖在身上说，老徐，我觉得，还是生一个好。再过两年，我就生不了了。

徐月说，纳董事长，就你这个态度，你想生我都不想种了。

丽亚笑，说，徐县长，我够给你面子了，老娘在外头，替我提包的人都比给你打杂的人多，你叫吃药就吃药，这药是绝情丹。

徐月思忖着，自己跟这女人两个人都是相当的聪明理智，从不干无意义的事，比如吵架，十多年从不吵，是不是要吵一吵才有情调呢？想着，他把纳丽亚重新压在身子下，说，纳董事长，我现在是前年在英格兰还是土耳其给你提包的某位年轻绅士，一别数月，思念万千，今天我漂洋过海来到中国，用你们中国话说，你就从了吧，让我当回爷。

徐月本来恶心纳丽亚，想惹她吵架，没想着纳丽亚不光没生气，反倒色迷眼花地喘起来。

徐月就有点窝火了，格婆娘，莫非还真惦记着打野食？

然后觉得自己有点亏——除了之前惊鸿而过的冯小蔓，他可是为纳董事长守身如玉的。看来这年头，人不能太老实，像他这种男人，只要愿意张嘴，主动送到嘴里来的多的是，偏守着个纳董事长，还说不准让老外占了便宜。

纳丽亚少有地沉醉着，边呻吟边说——I want to give you a son。

徐月冷笑。

Son？要son有什么用？当老子的为了儿子，杀人越货强抢暗盗什么都敢干，他不蹈那覆辙。再说，万一生出个英格兰卷毛来，算谁的？

不管徐月怎么说，徐解放的矿最终没整改，整改就说明他全输给儿子了，他直接把矿山转人了，这一转，徐解放在儿子面前保住了一点点颜面，可是把徐总给转没了，真如便只剩下个既不服老又不服输的老混混。

爷俩为了关矿的争执传到外面，没有那么风和日丽，传到外面的场景是吵得昏天黑地，说为了规范煤矿行业生产，徐月拿他老子开刀，气得他老子天天跟他干架，打了半个多月，都急出心脏病了，最终还是没犟得过大义灭亲的徐月。

牛人就是这样被捧出来的，要么六亲不认，要么天下为公。英雄也是，不是大义灭亲，就是癌症晚期。徐月身体健康，没有患绝症上电视捞情感票的机会，也只有大义灭亲了。

拿他老子开刀以后，徐月没花赞助费就顺利捞到了常务副县长的位置，整天这里忙那里飞，真如没了他似乎真还不转嘞。

三十三

形势不是很好，县长的心情也不好，一根烟抽完了没吭声，再点一根，笑，徐月，你这架势是急着抢我板凳呢。

徐月泡着他的茶，慢悠悠地说，老板，我不抢你板凳你莫非还想坐一辈子？

县长当县长已经七年了，徐月这话点到他失意处，胃里胸口酸不拉叽紧绷绷不是滋味。县长抽完烟，签完徐月递上来的材料。

老板，其实我干得再多，都是给你干的，出了事，才是我的。徐月说。

县长笑，说，我要是有你这样年轻，我也能像你今天这样，岁月啊。

徐月心头想，格牛皮，你吹嘛，你像我今天这样的时候还没醒事呢，你还岁月，岁月都让你给浪费了，真如也让你给浪费了。

徐月给县长签的材料，是改建图书馆和文化馆的可研性报告。县长对两馆根本不感冒——岂止县长不感冒，凡是跟钱跟热闹没关系的事，真如人都不感冒。

地可以划，钱你去跑，跑到了就建，跑不到以后再说。县长签完字，狐疑地盯着徐月的衬衣，说，口红印？

徐月低头看看，满不在乎地说，好像是。

县长摇头。

徐月咀嚼着县长复杂的表情，东奔西跑，真从上面搞下来三千万。徐月一向对自己要项目的能力深感满意，他老子思想猥琐，但种子好，徐月的身板和样貌，走到哪里都是焦点，高、富、帅，样样不缺，人又风趣自信，在省厅，女同志都喜欢给他帮忙，有些事没怎么费劲就成了。

真如县前图书馆位于菜市场肉市和活禽市场中间的一个夹角

里，两层小楼，上下不足一千平方米，一到夏天，那个味道，熏跑的岂止是颜如玉和黄金屋，连想抢美女和珠宝的江洋大盗也熏没影了。

新图书馆建在县城如意柄上。风水好，风向也好，上风口，借鉴了长安街旁那只中国最大的鸟蛋风格，环形玻璃通透式长廊，说是建筑，在小小的县城来说，算是艺术。着实把真如人兴奋了一阵子。

北京有个蛋，我们真如也有个蛋，主要是地太小，不然的话……呵呵。徐月听了，全身痒痒的，像春天的柳絮飘到耳朵里。落成典礼的时候，徐月安排了十二门花炮，请女县委书记点的火，真如人嘴里说不出好听话，说是——徐月出钱，让女书记打了几炮。

徐月听了不生气，他岂止不生气，他高兴着呢。

女县委书记听不到这些下三滥的调调，还发短信表扬徐月。

不错。

徐月看了好几次，舍不得删，说不清的滋味，既把它很当回事，又很恨这两个字，这两个字表明了彼此的高差——书记在上，他在下。

无论从哪个方面说，男人都不喜欢在女人下面。

五月的天气是最怡人的，风柔软，阳光也是，难得的东南风像一块抹布，把真如的天空抹得很干净，一年中二三十天的蓝天，五月要占去三分之一。

徐月就着蓝天碧空借给的气势，在真如中学对面的移动公司老总办公室整整观察了东门长安一上午。

老头比当年瘦多了，如果说当年的东门老师是一棵绿油油的竹子的话，现在就是一根干巴巴的筷子。

真如几十万人，图书馆只为一个人而建。徐月看着对面门卫室里呆望着天的东门长安，百感交集——东门老师，我来了。

三十四

东门长安知道徐月来了，从徐月炸煤窑开始，东门长安就知道徐月放的每一炮都是冲他来的，真如几十万人，只有他知道徐月的炮眼里塞着玉石俱焚的狠和绝地逢生的盼。

他不理他。

这世上有一种人，唯一能打败他的方式就是蔑视他。

几本书摆在桌子上，是一个长相和做派都很有小生相的年轻人送来的，眉眼里有多年前围着白围巾穿过真如中学的那个青年的样子，跟谁学谁，倒是一点没错。

他不急着翻。

宁可食无肉、居无竹，不可手无书，几十年，他这习惯已经被向阳光硬生生扳折了——一如他的工资和人生，均被勇猛的向阳光倒腾得皮枯肉瘦。

关于向阳光，真如人都觉得东门长安娶错了人，否则不会摊上这么破败不堪的后半生，徐月也觉得很遗憾，他不明白东门长安那么一个脑子清明的人，怎么会在婚事上做出如此极端的、错误的抉择。

只有东门长安知道，能促成自己在破席子上立地成佛的，正是向阳光，如果不是向阳光把他的人生糟蹋得一塌糊涂的话，他也不会如此无所顾忌地坚持保护一个人。

只有一无所有的人，才不会担心有所失去。

将军依然盔甲梦，令旗却已易他人，东门长安不到五十岁就已经胡子拉碴，一脸冯唐易老李广难封的颓废。

这中间徐解放屡次出现过，像神一样，天宽地阔地劝东门长安——格离婚嘛，格走人嘛，格调到市里去嘛，还教高中毕业班，而今迈步从头越。

东门长安的脸跟真如的天气一样，灰，暗，黄昏前的情态。

别，这辈子我就跟你们耗上了，娶向阳光是因为徐明月，既然开了头，我就得死在这条道上，想我走？回头你们继续祸害他？

你脑壳装的是屎？徐明月现在什么都记不得了，我害他做什么？

你不害他？我问你，一九九四年，你煤矿里招来的一个矿工，为什么莫名其妙死在矿井里？

扯鸡巴淡，啥子矿工？啥子莫名其妙死在矿井里。

他姓徐，他叫徐太阳。东门长安说。

徐解放顿时面若死灰。好半天，说，我矿上哪年不死几个人，我记不得什么太阳不太阳了。

你要遭报应的。东门长安说。

哼，你这个人，说你是救世主，你怎么就不能早着点？是，死了个徐太阳，死前你干什么去了？你是去堵过瓦斯还是加过矿桩？强盗走了你砍墙壁，强盗在时你躲哪里去了？好笑。徐解放又调换到无赖模式。

东门长安无语。是的，他的力量太微小，他坚守的东西其实早就没了，徐明月的哥哥，唯一惦记着失踪弟弟的人，跑到县里找弟弟的人，欢天喜地被徐解放安排到矿上当班组长，三个月后死在矿井里，肉都臭了，人们才发现最偏僻的井道里居然有矿桩压死了一个人。

再说了，他又不知道录取通知书被拿走的事，他一直当他是没考上。你说我害他，我害他我还会和冯校长一起帮他进派出所当警察？我盼着他拿着枪来抓我哪？

那是他没醒泛过来，哪天他突然醒泛过来，你头一个弄死他——你挖煤挖久了，心都黑透了。

徐解放说，现在和以前不同了，现在是法治社会，杀人偿命，我没那么傻，我求你了，菩萨、佛祖、大爷、先人，你走吧，你看你都混成什么样子了，是人看了都心痛。

我不走。东门长安四平八稳地说，我整个人都掉粪坑里了，我还走个草纸。

三十五

镜子里那个老头，胡子像蓬草。

不爱刮胡子。

这个罪状将退到办公室二线的东门长安再次退到三线，收发室——好听而已，其实就是个门卫室，自从地球被电脑变成一个村以后，真如中学门口的收发室再没有当年的风光，全世界都在伊妹儿，邮政局门口的邮筒上布满了白色的鸟屎，没人写信，就没人等着收信，学生们不用讨好卖乖地求着说，老师求求你帮我再查一下，我的信应该早就到了。

这世上没有人再等信，只有一个人在等，等日月，或者是风。

年复一年，他平心静气地坐在门卫室门口，天高云淡的时候，他就坐在这里看云，一朵云在风里缓缓从南飘到北，他就缓缓地从南望到北，偶尔有散淡的雨水从天上洒下来，令他想起遥远的青年时代，某一天，他在这相似的雨中走出老家的木屋，走进真如中学，那天他见到了一个面容和蔼的长者，他第一次发现，原来一个人可以笑成那个样子，仿佛你是他世界唯一的好。

冲着那好，他豁出去了很长一段岁月，这岁月的长，长过他所见过的所有昨天以及不可知的明天和后天，他在墙上挂了一幅——海阔任他跃，天高任他飞。

现在想来，这两平方米的空间，翻个跟头都不够，那十个字实在是有点好笑。

陌生的年轻人又送书来了，孩子看起来是个话多的，但被管束着，嘴巴咬得紧，从不多说，放下书就走，东门长安也不问，看过天后，等校园安静下来，他便倚在阳光光线里看书。

他想通了，就算这一本本书是糖衣炮弹，他也不怕，他可以把糖衣吃进去，把炮弹吐出来。

徐月的车从对面驶过来了，那家伙正摇下车窗笑过来，他深呼吸后，吐出一口痰。

哈，多有意思。

看着东门长安无声的笑容，徐月缓缓关上车窗。他不急。

书记说得对，稍安毋躁，他决定不鸟他的痰，这场战斗才开始，有什么好急的，试分析一下——东门老头若是那么容易被折服的话，也不至于把他自己的生活搞糟到这地步。

走马是常规，飞象也是常规，他真正的棋子在第三枚。

真如中学的整体搬迁。

你不出鞘，我逼你出鞘。

傍晚，雾茫茫的雨把办公楼笼罩在一片灰白里，像一个没有醒过来的梦，电话在他最忙的时候响起，他看一眼来电显示的号码，开心地笑起来，甚至对正挨批的秘书笑，出去。

秘书以闪电般的速度消失。他喜欢秘书怕他。

你怕了？电话那边问。

我怕？我有什么好怕的？他禁不住愉快地笑出声来，边笑边说，你什么意思？

你以为是小孩子做数学题，用橡皮擦就可以擦掉错误的答案？搬走一个真如中学，那些发生在真如中学的事情就不见了？

老师，你是教语文的，不该跟我说数学题。你应该跟我说语文。他靠在黑皮座椅上，很舒适。

口才再好，可惜心和你老子一样黑。

东门老师，我知道你在说什么，我请求你客观一点好不好？那时候我还小啊。雨果说过，最高贵的复仇是宽容。你能不能原谅一个当年无知莽撞的少年？你看，现在他做得很好，一直很用心当官，不贪污不腐败，他之所以回真如这个危险的地方来，就是要做给你看，他在求你宽恕。你知道，他和你一样倔，你有的理想，他也有。

东门长安迟疑了很久，答，徐明月也有理想。

终于提到徐明月了，徐月在心里说，我逼你谈你不谈，现在总算可以谈了。

我们谈谈。徐月沉静地说，彼此给个机会，二十年，我想你也憋坏了。

好，谈。谈之前，你先学学，真如两个字，什么意思。

真如两个字什么意思？徐月愣了愣，随手在电脑上查找：

"真如——真如即非真如，假名真如，真如无我，无我一切皆真如。"

徐月看不懂。

三十六

风从四面八方吹来，看着山脚或奔跑或行走的少年，徐月想起了大学校园的樱花，每年春天，都有一对对情侣在树下合影，仿佛花可以开一辈子，爱情也是。

徐月没有在樱花树下照过相，大学对他来说，是一个人的大学。

大学整整四年，我不敢交朋友，我怕肚子里的那些秘密会自己冒出来，钻进朋友的耳朵，变成他日毁灭我的利器。

这世界上最不可靠的就是人心。

我拼命给远在上海的冯小蔓写信。我和她不是恋人，也不是兄妹，但我们之间有一种心照不宣的交流，你懂的，它超越任何表达，像无线电波。

我爸来学校，说徐明月疯了，我听完也疯了，要回真如，要坦白，我爸一拳把我抡晕过去，把我跟宾馆的桌子腿绑在一起，然后让冯小蔓跟我通话。

冯小蔓在那头哭得人都要抽过去了，她说那样的话她爸会自杀的，她也会。

我求你。冯小蔓说，你要我做什么都可以。

我半边脸贴在地板上，一只耳朵被冯小蔓的哭声刺得发麻，到现在我还经常耳鸣，好像耳朵里住了个冯小蔓，不停地说，我求你。

······

有一天，我收到冯小蔓的信，她说她老梦见警车，手铐和看热闹的人群，她不敢睡觉，整夜睁着眼睛。

我立即买火车票去找冯小蔓，那天下大暴雨，学校医务室一楼全进了水，窗外的芭蕉叶都让雨给打碎了，空荡荡的输液室里就只有冯小蔓一个人，她躺在那里，只剩下一堆干瘦的骨头，抖得很厉害，直说，冷。我把鞋子脱下来放在窗台上，躺到床上紧紧抱着冯小蔓，那时候窗外的天黑得像夜晚，雷和闪电交织着，从房顶上流下的雨水简直就像有个人在上面往下泼，冷风从门外刮进来，冻得我直哆嗦，我抱着冯小蔓，觉得世界的末日到了，雨水不像是从天上下来的，而是从我们的身体里冒出来的，我们的身体像一口井，井里冒出的水正一寸寸把我们俩淹没······

我哭着对冯小蔓说，以后，我就只有你了。冯小蔓却说不行。

我问她为什么，她说，我们在一起就是彼此的镜子，天天照着镜子，想着过去，永远别想活过来，永远是盗劫犯。

小蔓说得对，我和她都是盗劫犯。我盗劫了徐明月的身份，而冯小蔓盗劫了别人的答案。像众多联手作案的犯罪分子一样，我们要想不暴露，或者说要想更安全一些，最好的办法就是各奔东西。

暴雨下了整整一下午，晚上温度更低，冷得不像在人间，我和她想说的话都说了，只有傻坐着，我看输液瓶里的药水，一滴，两滴，我记得那天最多我数了四百多滴，一晃记不实了，又重数。

输液室墙壁上有很多用指甲划下的字迹和图案。

君生我未生，我生君已老，恨不生同时，日日与君好。

衣带渐宽终不悔，为伊消得人憔悴。

我长成一棵树，开在你必经的路旁……

冯小蔓边看边念，念着念着突然说，她念高中时就想过，等考上了大学，要好好谈场恋爱，和男朋友一起去图书馆，看球赛，跳舞，她还说，也许她会像这些在墙上写字的人一样，失恋、生病、住院，或者是怀孕、流产，她不怕。可是现在她就在大学里，却不敢恋爱，她怕有一天走着走着突然有警察冲到她面前，怕警车跑到学校来把她带走……

她正说着，不知道从哪里冒出来个面无表情的老护士，幽灵一样出现在门口，我们俩吓得半死，头发都硬了。

老护士见我俩傻在那儿，教训冯小蔓，说书不好好念，整天情情爱爱死去活来。我们这才松口气，老护士并没有听到什么，她只是想当然地把我们当作恋人，以为冯小蔓失恋害病。

可当时我又特别失望，她要是听到了多好，我真的很想从头来过，想时光倒流。但回不去，当我接过那张徐明月的录取通知书时我就知道晚了。烟火架烧毁了那么多印迹，那场特殊的灾难被我那个胆大包天的爸爸利用到极致，我明明是徐月，却顶着徐明月的名字去了大学，我的新户籍本上有两个名字，徐明月，徐月。

为什么当年高考榜单上公告的不是徐明月的名字，而是你的名字？

招办主任就是冯小蔓的小叔，高考放榜书是他写的，他毛笔字写得好，多一个明，少一个明，只有他知道。放榜书从来不过夜，白天贴，晚上就给那些没考上的学生撕了，找谁问去。

那徐明月的录取通知书呢？

按程序送到了学校，学校拿到后又转给每班的班主任。

我没有拿到徐明月的录取通知书。

当然不能让你拿到，也不可能让徐明月知道。通知书在冯校长手里，他直接给了我爸。

你和徐明月的照片是怎么换的？

像偷信封上的邮票，用水弄湿，细心一点就可以揭下来。

接着呢？你怎么又变回徐月的？

进大学没多久学校统计身份证，要求所有没有身份证的学生都要补办身份证，我爸动了些关系，在办证时把我的名字改回了徐月，我学籍档案里的那些叫徐明月的记录后来也慢慢处理掉了，那时候什么都是手写，还允许涂改，又没有电脑存档，总之稀里糊涂就过了，很多具体的事情我也不清楚，我只知道我上学时是徐明月，中途变回了徐月。我爸这个人看着糙，做事其实比头发丝都细。

是啊。你天生好命，有个神通广大的爹，还有烟火架、徐明月，都是为你而出现的。

东门老师，我们可不可以违心一次——既然老天注定要给我这个机会，你就忘掉那些事情好不好？我发誓我会好好工作，为真如做贡献。

你为真如做贡献？东门长安笑起来，你凭什么？我问你，什么叫真如？

真如非真如，无我皆真如。徐月硬着头皮背着电脑上记下来的解释。

懂了没？东门长安鄙视地看着他。

没有。徐月老实地答。

有你这样的人在，有垢真如永远变不了无垢真如，只有像你这样的人消失，才可谓真如。可笑，徐月，你以为你是谁？

老师，我真不想和你说那些高深莫测的没用的东西，我也不打算立地成佛，我只想你给我个机会，让我做点事，只是做点事，行了不？不说什么贡献，太高大上，我知道你觉得我配不上——错了，我本就是配不上，我知道你要说这个。

给你机会？谁给徐明月机会了？他的人生被你毁掉，然后你来装正人君子，来做贡献？来做点事？你凭什么？

凭我事实上做得挺漂亮。凭我可以帮徐明月——听说他在派出所干得很踏实，我可以给他一个未来，也许是他念了大学也得不到的未来，副所长，所长，局长，行不行？

不行。

为什么?

你偷了他整整一生。东门长安伸出手，在徐月胸前缓缓地戳了两下——

一日做贼，终生是贼。

三十七

二〇一三年国庆节，真如县城的丽达大世界门口人山人海，曾经经历过的血的教训随着时光的流逝已渐渐淡去，真如县城又跌入那种自大、狂妄的状态，煤还在真如县城的地里、山里源源不断地冒出来，财富取之不尽用之不竭，钱不是个事，怎样用钱才是个事。男人吃得越来越像催肥饲料喂的槽头猪，脖子背后的肉堆得一天比一天肥厚。女人整容整得个个像高老庄的闺女。那块矗立在原体育馆旧址前的纪念警示碑，在形势一片大好的欢呼声中彻底失去了它的存在价值，汉白玉柱子上一百多个名字被天长日久的煤尘覆盖，最终变成一团模糊不清的记忆。

这天，真如县唯一的、号称全省之最的城市综合体丽达大世界开业，因为所有商品都打五折，所以，庆典活动还没开始人们便已经蜂拥而至，仿佛不是打折，而是白抢。图书馆开馆时也搞过新书促销，三折，没人。

徐月焦虑地站在丽达四楼，望着楼下人山人海的场景，只有摇头的份。

如果他是县长，他会在这里建一个湿地或湖泊公园，而不是什么购物大世界。

公安局的安保方案低估了全县人民的购物热情，看着黑压压的人潮，经历过当年烟火架事件的老公安们有点头皮发麻，脑神经绷得很紧，处理起现场来态度便有些粗暴，胆小的不说话，左顾右看，各自给自己先找准退路。

所有公安的行动和思路都不在正点上。

事故的起因是女县委书记。

书记是典型的"发型控"，一根头发丝没弄好都绝不出门。早上九点半，按丽达大世界巨型LED屏上打出的时间表应该是正式启动开业庆典的时间点，然而女县委书记没有按时出现。据知情人透露，女县委书记还在做头发，这引起了群众的强烈不满——当然，事后经查证，此信息纯属谣言，女县委书记早在七点半就做好了头发，迟到的原因是在办公室处理重要事务，一名曾是她大学同学的开发商正在与她商议怎样把一个粗糙的、暴发户式的真如创造成一个知性的、美丽的、具有优雅气质的真如，"就像您一样，永远富有魅力"。不知是开发商对真如设计的愿景吸引了女县委书记，还是那句"就像您一样"吸引了女县委书记，总之女县委书记为这事迟到了。

也有自诩为火眼金睛的人说，当天女县委书记赶到丽达时头发有点乱，情况有点复杂，引起人无数遐想。关于这些谣言，女县委书记事后没有机会澄清，省里将丽达大世界发生的踩踏事件作为典型在全省通报，女县委书记来不及实现真如县城的愿景，便黯然走向她人生的冷宫。

书记在真如县城期间从未得到过真如人的尊重。

真如人不喜欢女人，因为煤矿与女人是相克的。自古以来，女人不能下矿，不吉利。煤矿和女人相克就是财神爷和女人相克。省市领导眼睛瞎球了，居然派个女的来管真如，真他妈的撞鬼。因此，真如人茶余饭后谈论起女县委书记时无一不带着毁损的做派，毁损其能力不算，还毁损其人格，女县委书记洁白、玫红或雪青色的套裙，一丝不苟的头发，暗红色的唇彩全是真如人在酒桌上的调料，色——真如人认为，全是色。

这是一个除了财富没有任何信仰的县城，这一点真如人看不清，徐月看得清，女县委书记更看得明白，只是女书记把自己的力量想得太强大了——女人都这样，当不得官，一旦当了官，就以为全天下都在她掌握中，怎么死的都不知道。的确，败北之后女书记才明白，真如县城这种积存多年的无知、狂妄与金钱结合在一起，力量有多么强大。然而落败后的女书记依然每天把自己打扮得精精致致才出门上班，永远沉静的表情，仿佛对即将离开真如的命运一无所知，而前些日子发生在真如的所有事是前生经过，今生早已喝过孟婆汤，什么也不记得。

荒诞的是，事已至此真如人才渐渐回过味来，有点替女书记惋惜，觉得她这个人其实不错，发型和套裙也无比新潮，充满文化，她要是走了，这灰天暗地的一个县城肯定会缺点什么。

想来想去，还是色，只是此色非彼色。

丽达大世界前面有个小型的喷泉广场，水池的四周摆满了商家临时搭建的展示台，池上方一半搭成了庆典台，一半敞着喷水，沿着水池的大理石台一圈站满了模特，跟电视上的车模一样，模特们身上没有衣服，只有几块布，站得靠前的真如人不用往前挤鼻尖都能挨到光腿模特的小腿肚，再往上看，圆的肚脐白的大腿浑圆的胸……那阵仗，血压高的人得有人扶着。

二十八个模特手里都拿着纪念品，只等着领导讲话完毕、花炮鸣放后抛向人群。但女书记老不到，模特的脸笑得就有点僵，腿站得也有点软，十月初已经有秋风了，在清晨的真如县城里寒薄地掠过，模特的腿和胸都起了细小的鸡皮疙瘩，眼神望过空无车来的大街，幽怨可人，让众多真如男儿热血沸腾，恨不得要衣给衣，要人给人。真如城的女人们则惦记着模特手上的东西。

九点四十五分，女县委书记还没到，人群突然开始骚动起来，有人扯着嗓门大骂着往前挤搡，有人在抢模特手里的纪念品时趁机摸了把模特的胸，低估了真如县人勇气和匪气的模特吓得尖叫，紧抱住身体，然而她的动作激发了更多人的野心，就像狩猎场，猎物的颤抖和恐惧才是真正挑起猎手兴趣的原因所在，更多居心叵测的手和身体挤向中心，以浑水摸鱼之态肆意妄为，模特们在慌乱中四处躲避，却无路可退，纷纷跌进水池，哭叫声乱成一团，这样的声音在巨大的喧闹声中有如情色的勾引，人群更加兴奋地往前涌动，生怕错过了抢到纪念品或摸到模特的机会，那样的场景，就像一团越裹越大的蚁球，正无知无畏壮烈地滚动着涌向湖泊，最前面的人已经扑倒在水池里了，后面的还在源源不断涌上来。

徐月和大世界的董事长正在商场里做最后的安检，听到喧闹声跑出来一看，广场前的空飘、易拉宝、氢气球和玫瑰花墙已经被数千人踩得一塌糊涂，广场变成了一口沸腾的大油锅。浓妆艳抹的女司仪们在门口吓得两手乱晃，眼睛发直。

徐月急红了眼，冲上去扑进油锅。可是一进去徐月就发现自己迷失了，四周全是肉，不知是该去救人，还是等人来救自己。他喊破了嗓子也没人理会，肉们也迷失了，晕头转向，也不知从哪里找突破口，一味地往前挤。徐月在越来越紧的肉团与越来越升腾的热浪中感到喉咙发紧，挣扎间感觉脚下软乎乎的，像是踩在棉花上，还没回过神，小腿被一双手紧紧箍住，再一看，脚下垫着个小姑娘，满脸是血，嘴里还咕噜咕噜往外冒，徐月吓得魂都飞了，想把脚从她肚子上抬起来，却无法动弹，想弯腰去拉，又弯不下去。

这时，旁边一个穿着警服的男人侧身提了徐月一把，把徐月的身子凭空往上抬了几公分，那个两眼已经翻白的小姑娘居然在一瞬间以难以置信的速度与体力腾身爬起来，紧紧抱住警察的腰，血水糊在警察的身上，小手如狂风中的草权抖个不停。

警察把小姑娘护在怀里，拼命撑开手肘抵住肉墙，为小姑娘辟出一丝喘气的间隙，徐月见了也拼命撑开手肘，两人齐齐把小姑娘护着，绝望地在人群中挪移。

这期间，徐月看了眼警察，警察的皮肤很白皙，大大的眼睛，深而粉红的眼眶，密实的汗水正从他额头淌下，混乱中，他的眼睛里偏偏有种安静的力量，在这巨大的灾难里有如风暴的核心，寂静安详。

刹那间徐月有被蛊惑的感觉，他差点就喊出了警察的名字。

徐明月。

之后的细节，徐月记不太清了，他只感到了比这踩踏和拥挤更大的恐惧，徐明月就在他身边，他们腿贴着腿，肩贴着肩，像一个逃窜多年的小偷正与追捕他的警察一样无法分离逃避，而肌肉之间的紧贴让徐月生出一种奇异的感觉，感觉徐明月已经发现了自己，正用巫术把他的灵魂和身体与自己的对换。徐月吓坏了，咆哮着挣扎，像身陷囹圄的野狼，最后终于逃出人群，等到秘书朝他跑来像喊魂一样大叫徐县长徐县长时，他才发现，他、徐明月、小姑娘还依然神经质地紧紧贴在一起，像连体婴儿。

徐县长。徐明月抱着小姑娘，感激地看了他一眼，眼神透着对人无边无际毫不设防的好。

徐月像被火烫着似的，往后跳开一步，惶然地应了一声，满头汗水。

秘书马后炮地讨好卖乖，巴巴来搀扶他。他甩掉秘书的手破口大骂，我操你妈，死哪里去了？

秘书吓得脖子直往里缩，解释说我在替你接电话，书记和县长问你在现场没，我说在，你正誓……死保护人民群众生命安全。

保你妈个头。徐月骂，你他妈就是个逃兵。

秘书脸上还长着青春痘，模样周正但眼神带光，一看就属于还没被生活打磨好的愤青，只可吃补药不可吃泻药，尤其经不得骂，一骂火头上来了，也不管眼前是县长还是爷，梗起脖子就回了一句，我一米六二，扔到里头去泡都不冒一个，能起什么作用？

没用你就躲起来？我都没躲，你躲。

秘书发起狠劲来，横着鼻头上的红疙瘩气咻咻地呛徐月，你当然不躲，你是副县长，我要是副县长我也不躲。

徐月肺都要气炸了，一脚踢过去，把秘书痛得背都弓成了虾状。秘书捂着肚子说我他妈不干了，然后哭丧起个脸，把徐月的包高举过头顶，想摔没摔，最后还是轻手轻脚放在了地上。

徐月指着他说你有种，回过头慢慢再来收拾你，滚。

秘书赶紧滚，没跑出几步，徐月又叫，回来。

秘书扭回头，还是满脸哭样，身子却一副毅然奔向新世界的架势，继续向前保持前进之态。徐月抢起地上的包朝他砸过去，吼，救护车，他指指小姑娘，救护车。

秘书是真豁出去了，推推眼镜不要命地奚落他，救护车、救护车，你现在骂完了才想起救护车，我早打了，你只会凶我，你看这一团乱你还有工夫凶我。

徐月回头一望，水池里全是人腿人手人脑袋，在飞溅的水花里胡乱挥舞，像上演碎尸鬼片，徐月从喉咙里吐出句我操，拖起两条棉花一样软的腿又朝人群扑过去。

　　事后统计，丽达大世界踩踏事件中，两名模特溺水死亡，六十七名群众轻伤，九名重伤，徐月和徐明月救出的那个小姑娘脾脏破裂，经过抢救，脾摘了，人活了。徐月去看了小姑娘，小姑娘在病床上躺着睡觉，安静柔弱的睡态跟当时满脸鲜血弹地而起的爆发判若两人。

　　生命真是值得尊敬。

　　小姑娘的妈迎面扑上来，徐月想，抱就抱吧，宽宏大量地让小姑娘的妈鼻涕眼泪糊了一身，搞得摄影记者鲍丽娜在旁边直笑，徐月白她一眼，觉得记者同志缺乏同情心。

　　徐月问小姑娘以后会不会有生命危险，医生说你救下来的谁敢马虎，手术是请省专家做的，后续治疗方案也是专家定的，没问题，您只管等着她长大，出嫁那天备好了红包发磕头钱给人家就是。

　　徐月说，这个主意不错，不过要发红包得让那个警官同志发，救她的是他不是我。

　　病房里所有人笑起来，说领导抠门。明里是批评，暗里是赞扬，学雷锋不图名利，把功劳让给他人。

　　徐月觉得老天爷真的很眷顾他，总在很多关键的时候给他一块又一块跳板，让他有机会不断地向着更高、向着更远、向着什么什么的进发。

　　小姑娘住院那段时间真如县城秋雨绵绵，雨水带着倾盆瓢泼的架势，把街道两旁灰头土脸的香椿树叶洗得油亮，一连串早餐店、便利店、钟表店额头上的棚布也终于露出花花绿绿的纹路来，窗台、人行道、草坪、行人的鼻孔，各自有了各自的模样。

雨中，一团团白色的云雾深思熟虑地悬在县城半空，有点催人反省的意思，此时，烟火架踩踏事件才重新在人们的记忆中浮起，那些曾经在烟火架踩踏事件中失去亲人的真如人纷纷到纪念碑前寻找故人的名字，渴望故人的护佑，并真诚地表示自己的脑袋是猪脑袋。

这场事件最大的反叛人是徐月的秘书，说撂担子就撂担子，辞职回家开网店去了，宣称要当自己的爷，两年打翻身仗，从屌丝翻身当矮富帅。一米六二，没办法，不然就高富帅。

踩踏事件最大的受益人则是小哑巴，很多人想起了沙岛和岛上的坟。女人以往收取"工作经费"时都带着小哑巴，雇主们没有不认得这个眼珠子乱转的小鬼的。

小哑巴，这个急慌慌地说，给你二十块钱，替我烧点纸钱。

小哑巴，那个缓沉沉地说，这些水果你记得带我供在坟上。说罢，雇主做了个作揖的动作。

小哑巴装得如梦初醒，啊吧啊吧指着沙岛的方向，不停作揖。心里却想，鬼们，你一半我一半，等你闻过味道后，你的一半还是我的一半。

秘书忙着开店，小哑巴忙着烧纸，县委书记忙着开会，先是自我检讨，然后要求全县干部职工三省。

一省我们应该怎样正确引导健康的文化娱乐活动，怎样满足人民群众日益增长的物质文化需求。

二省我们应该建设一个怎么样的真如。

三省除了钱，今天的真如人还能给后人留下什么？该给后人留下什么？

蛮夷、粗陋、肆意，用巨大的环境代价换取短期的财富。每个人走在路上，鼻孔里喷出来的是匪气，吸进去的是粉尘。看看我们经济这条腿有多粗，再看看文明这条腿有多残。女书记痛心疾首地说完，又伤感地加了一句，我知道，如今我吼得再凶也未必有人听，三省的自我剖析材料，写不写你们自己看着办。不过，我想告诉你们在座的很多人——真如是你们的真如，不是我的真如。

这话是赌气了，再强悍的女人到了强弩之末也是脆弱的。何况真如人现在把所有的罪过都归咎在她头上——如果她准时到达丽达大世界，就不会有这样的悲剧发生。全城上下找不到比她更合适更肥美的替罪羔羊。

徐月坐在会场里，静静看着台上那个微昂着下巴的女人，突然想亲吻她，以下犯上地亲吻她。秘书的辞职对他刺激很大，不是生气而是兴奋，他突然觉得自己内心里也潜藏着跟小秘书一样的冲动，秘书的行为给他炸开了一个火山口，让他蠢蠢欲动。

再不疯狂就老了，他很想疯狂。

这世上很多人是孤独的，于热闹处孤独，于高远处凉寒，女书记是，他也是，女书记的孤独是曲高和寡，知音难寻，他又何尝不是？不管东门长安怎么看他，侮辱他，但他真是为了改变真如而回来的，他知道这个地方缺梦想、理想和很多别的东西，真如城所有的煤都燃起来，也温不热这个城市骨头里的那种冷硬。

他们是同一类人，他完全可以安慰她的孤独。由此，徐月又从另外一个角度发现，自己在竭力改变真如人的同时，正不折不扣地做着一个如书记嘴里形容的真如人，蛮夷、粗陋、肆意。他的血液带着地下数亿年生成的煤的野性与烈性，他喜欢甚至病态地憧憬毁灭性的举动，就像他回到真如来，冒险出现在徐明月与东门长安眼前。

徐月决定拜访书记，哪怕举止唐突，关于后果他想都不想，如此伤心地、如此失意事，世间万种人，抛却千般，不过是男人和女人。

吃过晚饭，他换了套休闲服，拨通书记的电话，说，李姐，我想来看看你。

从人人敬畏的书记角色变成李姐的县委书记在电话那头笑了，说，徐县长，叫我李姐的时候还没到，我还没调呢。

我叫你李姐并不是因为你要走。徐月说。

那为什么？

这样叫亲一些。徐月压低声音说。

那边好一阵沉默，最后道，我在办公室，你来吧。

徐月放下电话，得意地暗笑，窗玻璃把笑容弹回他脸上，像抽他耳光，可惜对于此时的徐月而言，耳光不是警醒而是挑衅，他着实兴奋起来，觉得自己像个杂种。

正好徐解放从广场看完真如新闻回来，站在门口边脱鞋边问他笑什么。

徐月抿抿嘴没吭声，他总不能跟他老子说他笑自己是个杂种。

进了书记办公室，徐月闻到淡淡的烟味，心头一阵不爽，谁敢在女书记的办公室里抽烟呢？或者说，谁有资格在这里抽烟？这疑惑让徐月很生气，仿佛抽烟的人冒犯了他。

女书记静静坐在那里，眼睛盯着对面墙上的文化产业园区规划图发呆。

徐月明白，丽达事件使书记誓将真如旧貌换新颜的理想破灭了，伴随着下一步新的县委书记的到来，这面墙上挂的将是另外一番新构想，犹如帝王更迭，六宫化尘土。

女人还是把心思放在厨房里的好，不伤神，徐月想着，虚晃几枪，拣了些不着边际且云里雾里的话，试图寻找女书记的软肋。

女书记却始终端坐在那里，不笑时庄重大气，笑时仪态万千。徐月没扰乱她的心，自己的心反而咚咚咚跳得厉害。高手相逢，底气是关键，他咽了咽口水，说，其实也盼着你走，你走了就不是我的上级，那样我们就可以像朋友一样说话，吃饭，喝茶。

女书记突然笑起来，笑容像母亲一样温和，她轻扬手指，隔着空气指向徐月的胸口，说，徐县长，注意了，你这里藏着一对狼牙，不咬伤别人，就要咬伤自己。

徐月一脸狼狈，原来就算他成了男人，书记成了女人，他也只是一个野心外露的男人，而书记不仅是个女人，而且是个智慧宽容的女人。她没摆着官谱骂他胆大妄为，也没有像平常女人那样惊慌迷乱，而是于从容处进退，给彼此留足余地和面子，一句话听似云淡风轻，却重如封印。

这样的女人当县委书记太屈才了，她应该去做佛，而他应该下地狱。

走出办公楼，徐月有点恍惚，进去时他像一只未进化的猿猴，出来时给穿上了厚厚的衣服。徐月一半暗骂自己丢人，一半又充满了意淫之后的得意忘形。那是书记给他留面子而生出的得意——尽管猿猴已经穿上了衣服，但猿猴依然无耻地将书记的大度视为了隐秘的恩宠。

他将这隐秘的恩宠当成了立地成佛前的最后唐突，之后他开始思考，书记可以有佛心，他也可以。他回到真如，本来就是要放下屠刀的，管那东门长安说什么，他和徐明月之间的账轮不到东门长安来算，他有他的办法把欠的债还回去，一个副科难不倒徐月，但足以让徐明月奋斗一辈子，就算徐明月进了大学也不过如此。

三十八

公安系统年终表彰先进把徐明月报了典型，其实全年工作中的典型有很多，报成徐明月的原因，是可以在事迹材料里花一半笔墨用在徐月身上，投桃报李嘛，材料送到徐月手里过审，徐月看不下去，挥笔把有关自己的全划掉。

公安局长苏昌河讪笑说，领导总是那么谦虚。

徐月心想，操，我不是谦虚，我是心虚。

徐明月在你们队伍里到底如何？徐月问。

苏昌河一乐，脸都笑歪了——好使，太好使了，没心眼，对谁都是笑，以前是协勤，后来招考录用转正，那笔字写得真是好，啧啧，像印上去的，当时考试时就把监考的老黄他们惊呆了。我全局两百多号人马，这家伙跑案子写材料样样不落，普通话也说得好，跟他媳妇练的。

他媳妇是谁？

你的御用记者喽。苏昌河惊讶的表情堪把栏杆拍遍，问，鲍丽娜，你不知道？

鲍丽娜？徐月呆滞了片刻，肚子里冒出一长串脏话，最后说，离开真如好些年，好多关系不清楚。

一下午徐月做事都有点魂不守舍，不时神经质地抬头望天，难得深秋的西北风，天空高深不可测，仿佛厚厚的云层后面藏着一把悬剑，随时会从天而降，把他打入十八层地狱。

他的担忧不无道理。

所谓劫数，总会和机缘结合在一起，自己曾经偷了徐明月的身份，现在又跟徐明月的老婆……是不是太巧了……唐山大地震前天上有地光，地上有井水变得滚烫，现在，徐明月竟然是他情人的丈夫，一切的一切像是天上有谁在刻意安排，明摆着是大难临头的征兆。

大意了，跟鲍丽娜交往半年，他一直没问鲍丽娜的丈夫是谁，而鲍丽娜也没跟他说过自己的丈夫是谁——这种心态跟两个偷卖偷买赃物的罪犯一样，只谈交易，绝不会提及货是从哪里偷来的。

他只知道鲍丽娜结过婚，因嫁非良人，离了，再后来又结了，嫁了个普通得不足以将鲍丽娜的身份转变成某某某夫人的人。

老天对于漂亮女人的命运不外乎两种操作模式，一种锦上添花，一种半路爆胎。当年红遍校园的鲍丽娜，不好好念书，最后落得大学都没考上，念了个广播电视中专，幸好县里有个电视台，找到个工作，算是给她骄傲的青春画下了一个瘪瘪的句号——不正是爆后的轮胎嘛。

鲍丽娜不止一次在他怀里哭，说，都是他害的，她那么漂亮，学校里那么多男生都喜欢她，他却围着白色的围巾走过她身边，傲气得看都不看她一眼，把她伤心得差点自杀了。

是吗？他想，他记得高三的真如校园里，除了有一个叫孙丽的女老师，没有任何女性可以称之为漂亮。

徐解放来短信，说他人已经在机场了，要去马尔代夫晒太阳，徐解放特意申明他是独自成行。

徐月懒得理，他是他老子的种，他知道他老头子的胆子大得敢吃雷，管是管不过来的，反正也七十出头，折腾不了几年，只要他不催着要孙子，由他。

大嗓门的徐解放一走，家里像给带走了几个连，两层楼的小别墅到处空荡荡的，保姆在一楼厨房打个喷嚏，二楼走廊里全是回音。

刚吃过晚饭，电话响起来，徐月没接，一般来说，家里座机响，多半是老徐的。保姆挪动着壮硕肥胖的身子快活地来到电话旁——这家三口人，两个男的，老的走了、小的板着脸，女主人天天在外头搓麻将，不到半夜不见人影。一餐饭吃得闷死，汤汤水水都堵在胸口，有人来电话说说话多好，当吃酵母片，不然胃痛。

可惜电话那头的人没多少跟她聊天的心思，三两下说完，挂了。

保姆失望地掉转头，问徐月，一个姓鲍的记者，说有个安全的什么宣传片，要来取你两个镜头，在书房。

徐月听保姆说着，喝了口茶，心想你就作吧，作死算完，有手机你不打打座机，此地无银三百两，戏要演到恰到好处，过了就砸了。嘴里却让保姆给人回过去，让她八点半带摄像机过来。

保姆愣了愣，说，我没她电话。

徐月想了想，拿起手机给鲍丽娜打过去，说李局长，你让鲍记者八点半吧。

鲍丽娜在那头嘻嘻笑，说本局长会立即通知鲍记者。

徐月边说边起身走进二楼书房，关上门咬牙说，你又发哪门子疯？

相思成疯，鲍丽娜说，等着我。

鲍丽娜有模有样地扛着摄像机来到徐家，保姆一看到有人来，高兴万分，搜着鲍丽娜和摄像机，问这问那，兴趣盎然。

鲍丽娜赶紧客气地称赞保姆——地板亮得可以当镜子。

少根筋的保姆经不得夸，立即像上了发条，转身又去拿抹布擦窗户。

成功甩掉保姆，鲍丽娜钻进书房一屁股坐在徐月腿上。

徐月板着脸说，门。

鲍丽娜又快活地跑去反锁上门，倒回来接着找徐月的腿。

徐月推开她，指指沙发说坐下来，我有话说。

鲍丽娜开心地扭着腰，说，不怕我录下来？

你老公是谁？徐月不想绕圈子，关上书桌的灯，只留下窗外小花园的路灯灯光，照进屋里来，蓝莹莹的。

鲍丽娜傻愣着，不笑了，荧光打在她和徐月的脸上，你看我青面獠牙，我看你也青面獠牙。

说呀。

你……知道了？鲍丽娜咬指甲。

为什么早不讲？

都是同学，怕你尴尬。鲍丽娜不安地坐下来，再说你也知道，徐明月这个人端不出来，疯过，丢人。

丢人你还嫁给他？你鲍丽娜走在大街上要模样有模样要调子有调子，闭着眼睛乱抓一把也比他强，你怎么找个徐明月？徐月越说越生气。

鲍丽娜在徐月的愤怒中回过神来，徐月的话归纳起来正是那句"鲜花插在牛粪上"，原来尽管她两度做人妻，在徐月眼里还依然是一朵值得珍惜的鲜花。鲍丽娜感动了，她一感动就犯毛病，坐在那里做白日梦，千里万里想得远了。

徐月见鲍丽娜又开始坐在那里犯痴呆，不耐烦地说，你是继续在这里傻还是走？

鲍丽娜深情地瞥了他一眼，表情山重水复，缓缓起身，哀伤地说，走就走，凶什么凶。

徐月整夜独坐在书房里，几个女人的脸在他脑子里起起伏伏，早逝的冯小蔓、妻子纳丽亚、觊觎中的前任县委书记李苗、鲍丽娜……他是许文强，可她们没一个是冯程程。

正胡乱想着，鲍丽娜的短信来了，内容支离破碎，不是平时利索的作风——

离婚，抑郁，掉头发，徐明月跟我哥一个所，天天来看我……病急乱投医，说的就是我。

徐月望着一大串无头无尾的短句，突然替鲍丽娜难过起来，上帝给了女人美貌，总要偷走点幸福，想到这一点，徐月开始憎恨徐明月，徐明月不仅是囚禁了他，还囚禁了鲍丽娜，前者是他自愿被囚禁，后者就是徐明月的错了，龙配龙，凤配凤，蛇配蛇钻洞，他一个念书都要卖祖业的穷光蛋，一个疯子，有什么资格跟人鲍丽娜结婚？

徐月其实也没那么爱鲍丽娜，要爱高中那会儿早爱了，他只是没想到，多年以后回到真如，鲍丽娜成了记者，这女人太擅长于捕捉镜头了，使得他每一次出镜都像电影明星出场，看着镜头前的自己，徐月仿佛又回到了少年时代——在真如中学的县城里，无数女生眼巴巴地看着他围着小马哥的白围巾，无比拉风地走过，走成一个传说。

渐渐地他开始喜欢看真如新闻，顺带着渐渐开始喜欢摄影记者鲍丽娜。

年夜下乡慰问回来，半路车子爆胎，风一阵紧似一阵，雪越发大了，司机和秘书两个人在车外缩着脖子换备胎。一个跟另一个说，幸好有备胎。

另一个就嘻嘻笑起来，笑的意思里，备胎已经是别的什么了。

他没下车，看手机报，鲍丽娜就在后面，以前是同学，现在是上下级，说是老朋友，其实相隔千里万里，徐月一向故意把距离拉得很开。

风声从外面扑打进来，呜咽，带点委屈，鲍丽娜突然在后面开口说，你们这种人，看起来热闹，其实孤独。

那会儿车载音箱里正唱阿桑的歌——寂寞是一个人的狂欢，狂欢是一个人的孤单。

回程路上，徐月沉浸在被挑起的"孤独"里，身后的鲍丽娜变成了小凤仙，自己则拔高成了蔡锷。

"十万万人今共拜，知音岂独小桃红。"这要命的小桃红。

鲍丽娜的好，还在于知道进退，哪怕刚从他怀里起身，转头扛上摄影机立马改口叫徐县长，徐月觉得很刺激，拥有两份美妙人生，彼此交换空间。

一时兴奋，徐月偶尔也会向鲍丽娜开空头支票——等什么时候离了婚，我们去租块地种菜。

说是空头支票，也带点真情实感。

徐月不知道，两次掉到河里的鲍丽娜要的正是他这块木板。

谁是谁的菜，谁也说不好，螳螂捕蝉黄雀在后，以为自己是聪明人的，往往被人杀了下酒。

三十九

提徐明月的副科本不是事。

只是皇帝不急，太监急，苏昌河担心徐明月一高兴，又疯回去。

你的意思是一日做贼，终身是贼了？徐月把笔往桌子上一甩，将东门长安说过的话恶狠狠地顶到苏昌河面前，一瞪眼，满屋飞刀子。

苏昌河当然不知道徐月发哪门子神经，疯和贼两个风马牛不相及的概念，徐月非要扯一块，自然有他的道理，也许跟鲍丽娜有关，呵呵，谁看不出呢。

再说，关他屁事，不就是个疯子嘛，疯了再医，医不好再提一个，人才满天飞，不怕没人上。

但鲍丽娜也坚决不同意，当年成绩不好并不代表这女人没脑子，就是脑子想得太多太杂，把人给埋没了。听徐月说起这事，她取下头上的皮筋，拿在手里扯老长——嗯，看过这种绷得又薄又长的皮筋没有？徐明月就是，只往前冲，这根皮筋已经被他不断地冲冲冲，就像我这样拉拉拉，已经绷得不能再薄了，你再给他弄个副科职务，就一根稻草，往那皮筋上一放，咔嚓……鲍丽娜举着手，说，断掉了。

徐月白了她一眼，满口泛酸，看不出你还很懂他。

鲍丽娜说，你听得出好歹的，我的意思里头只有仗义，没有恩爱，我不爱他，从头到尾就不爱。

那你爱谁？徐月问。

鲍丽娜俏皮地看着他，说，你呀，从头到尾，我都爱你。

徐月说，说得好听，那你马上跟徐明月离婚。

离婚做什么？

给我当老婆。徐月霸道地说。

那不行，我配不上你，坏你名声挡你前程来。鲍丽娜想都不想就拒绝了。

徐月便着实有点感动了。

他忘记了三十六计里头有"欲擒故纵"这一计，打惯了胜仗的将军都有点骄傲，他不知道，明眼处的敌人好对付，暗处里的有些人惹不得，就像你能伐倒兴安岭的千年巨木，不一定能搞定一株草。

有些草是有毒的。

北坡的夜，有细微的雨，不大，被风吹得飘浮不定，徐月等着一个人。

也许只有他会表扬他，说对，你就应该为徐明月做点事。

可是风把雨和这个人的话扑到他脸上来时，却完全不是他想得到的答案。

不行！东门长安伸出枯瘦的手指朝徐月摇了摇，徐明月绝对不能提干。

为什么？

要填表的。东门长安悠悠地警告徐月，档案太简单过不了关，或许徐明月一着急，会一查到底。

他能查出什么来？徐月说，那把火把什么都烧没了，真如县这么多年，那以前的户籍就从没扯清楚过。

你确定？东门长安冷笑。

徐月咽了咽口水，他想起当年自己离开真如时，与徐明月在十字街那有如天神开窍般的目光的碰撞。

某些时候，徐月觉得自己和徐明月的灵魂与思想是相通的，他甚至能感觉到徐明月潜进他的思想，支使着他用徐明月的思维和眼光工作和学习。比如茶坡乡灯笼山那条通村公路，明明项目资金差一百多万，他硬是东拼西凑干了。

雨把徐月的肩膀浸湿了，寒意侵进皮肤，他摇摇头，无比失落，人算不如天算，便是这个意思。

所以，不要去惹他。东门长安一字一顿地说，还有，你给我离鲍丽娜远一点。

徐月有点吃惊，天早已暗透，县城的灯光如碎花般在山脚下次第盛开，有如佛法的指引，自有顺序。如神谕一般，这名卑微的中学门卫老师，终究是他立地成佛的障碍。

我听不懂你的意思。鲍丽娜是记者，什么远啊近的。徐月脸色阴沉，死盯着东门长安的背。

你自己心里有数，瘦得像块纸片的东门长安站在坡崖边，身子在风里摇摇晃晃——这些年我睡觉都睁着一只眼，盯着你，盯着你老子。我现在什么都没有，我为什么？我就为了睁着这只眼，替徐明月盯着你们。

徐月不吭声，老头子摇晃着的身躯如此不堪一击，他缓缓往前挪动了一步，只需要推一把，这只一直盯着他的眼睛就会消失……他的大脑在飞速旋转和分析，最后，在丽达大世界八点半准时亮起的激光灯束射向北坡时，徐月及时中断了臆想和脚步。

山下真如中学的操场里还停着他的车，司机还在车里等他。

就算要做点什么，作案时间、作案地点、作案方式，很多都还有待商榷。何况他是来成佛的，不是来杀人的。

离鲍丽娜远一点，记住了？下山时，东门长安又居高临下地向他提出警告。

记住了。徐月忍住火，毕恭毕敬地与东门长安道别。

坐回车上，徐月坐得笔直，他有这个习惯，火越大，越挺得笔直。这时他把自己绷成一把锋利的钢刀，随时准备挥将出去，见人砍人，见神砍神。

四十

肥胖的保姆高举双手，呦呦有声地对着电视机跳骑马舞，徐月站在门口看得发傻，五十多岁的保姆沉浸在音乐里，丝毫没察觉到有人回来，木地板在她脚下可怕地颤抖，她疯狂地甩动着硕大的屁股，不时大叫，江南十达，江南十达。

徐月感觉客厅里滚过一只巨大的南瓜。

都他妈疯了，徐月退出门，院子里的灯坏了，到处黑乎乎一团，一根小木凳把他绊倒在草坪上，雨还在飘，草是湿的，他也是湿的。

离鲍丽娜远一点。哼。

他徐月生来就不是被驯服的人，他是他的王，轮不到谁来主宰，东门长安算个屁，还要他离鲍丽娜远一点，他偏要近一点，东门长安说他一直睁着一只眼，那么，如果东门长安看到自己正去往鲍丽娜家，那只眼会不会躲在暗处气得喷火？

保姆还在里屋快活地大唱，欧巴江南十达。

徐月从地上腾身而起，心情澎湃地向外冲。

鲍丽娜看到他很意外，身子堵着门，不放他进去。

徐月喘着粗气，一把掀开鲍丽娜，大咧咧冲进客厅，环视眼前这个被东门长安当宝贝一样保护着的徐明月的家。

"徐明月的家"，这个概念在徐月的大脑里催生出巨大的愤怒，凭什么他的女人要跟这个一无所有的徐明月住在同一个屋檐下？凭什么鲍丽娜这么聪明的女人看着他站在门口要吓得说不出话？

他是贼，怎样？他就是偷了，以前偷了，现在偷了，东门长安你能怎么样？也不想想，凭他徐明月的性格，考上大学又如何，世上顶多多一个老师或者是普通公务员，而他徐月做了副县长，替真如县城办了不少好事，通高速、建园区、修学校、建水库……他老子说得没错，他徐月创造的社会价值远远超出他所犯下的罪行，而这一切都是徐明月做不到的。

一叠折好的衣服正安然摆放在沙发上，最上面是一条黑色条纹的男式内裤。手足无措的鲍丽娜顺着他眼光看过去，脸突然红了，跑过去把整叠衣服抱起来往里屋溜。徐月一把抓住鲍丽娜，傲慢地伸出手，把那条男式内裤扔进垃圾桶。

鲍丽娜不满意了，说你干什么。

我干什么？徐月说，你是我的人。

鲍丽娜翻脸了，斜眼看他，冷冷答，我不是你的人，我是徐明月的老婆。

你敢。徐月指着她的鼻尖。

我敢。我就是徐明月的老婆。鲍丽娜尖厉地答,你是徐月,不是徐明月,我嫁的是徐明月!

徐月的耐性彻底消失了,一把把鲍丽娜摔在沙发上。

鲍丽娜呜呜呜哭起来——你有本事追到我家里凶我,怎么没本事把我结婚证上的名字变成徐月?

徐月一听这话整个人就调换到了癫狂状态,他扑向鲍丽娜,用嘴堵住她的嘴。

四十一

那天晚上,徐明月什么时候出现在客厅里的,鲍丽娜不知道,其实在鲍丽娜心里,关于这种场景她已经设想了无数次。

摊牌,对,摊牌,只有摊牌才能将固有的节奏和模式打破,催生新的节奏和模式。只是她没想到,当她正与徐月从生气的纠缠转变为幸福的缠绵时,徐明月便真的出现在她面前。

她首先看到的是他的眼睛,那双本就比常人大的眼睛睁得更大了，仿佛整张脸上只有眼睛。

那是一双孩子似的、惊慌的、无辜的眼睛，像是犯了什么错，突然被暴露在大人面前，眼神飞快地闪动着，像四处乱窜的火苗。

鲍丽娜吓坏了，烫手般推开徐月。

徐月随着鲍丽娜的眼神转过身来，看到了徐明月，他一手提着菜，一手捧着只金灿灿的柚子，木偶一样杵在门口，像冒犯了主人的不速之客。

两个人你盯着我，我盯着你，彼此凝固了许久，突然地，徐明月扔掉柚子，把装菜的口袋罩在头上，他的头就变成了一窝长满青菜白菜的菜地，接着他开始号叫起来，人往左侧跌倒，摔在饭桌边上。

鲍丽娜战战兢兢地蹲到徐明月身边，去摸徐明月，你怎么了？

徐明月却紧闭着眼睛，抱着头大叫，撞车了，撞车了，撞车了。

徐明月又开始头痛，发麻，发凉，冷飕飕地痛。

一整夜，鲍丽娜和徐月都在试图安抚狂乱叫嚷的徐明月，让他安静下来，然而徐明月始终紧闭着眼不肯睁开，缩在饭桌下不出来。

撞车了。徐明月痛苦地捂着头，叫。

筋疲力尽的鲍丽娜对徐月说，你走吧。

徐月指指徐明月，说，得送医院。

鲍丽娜点点头，说，你先走。

你一个人弄不动他。徐月说。

我为什么要动他。鲍丽娜整理了一下凌乱的头发，突然莞尔一笑。

什么意思？徐月喉头有点紧。

他疯了，这样也好。他要不疯，我就要疯了。鲍丽娜说，我答应跟他结婚就是怕他疯，天天悄没声地跟着，眼巴巴的。我跟你说过的，他那根皮筋不知道绷得有多紧。这下好了，断了，断了也好，省得我提心吊胆来，徐月你知道吗？我以前以为我可以陪徐明月到老的——如果你不回到真如来，不出现在我面前，我真的可以陪徐明月到老来。他的心特别细，细到给你梳头发你都感觉不到梳子在动，每天晚上我睡觉后，他都会给我揉脚，揉肩膀，他说，路走多了脚会痛，机器扛久了肩膀累。我跟他在一起，连葱都没洗过。

鲍丽娜说到最后，声音细小得像呢喃。

徐月阴沉着脸，说，你爱他。

我不爱他。鲍丽娜抱着不断颤抖的徐明月，吻了吻他的额头，眼眶红了，说，他爱我。他什么都答应我了，前天我们刚离婚。

为什么？徐月紧张起来，你跟他说什么了？

什么都没说，是他说的，我一直不肯跟他要孩子，他说他知道，我在天上，他够不着，他说他想我好好的。鲍丽娜说着说着流下泪来，一只手伸向不安混乱地呻吟着的徐明月，你要不是徐明月多好。

徐月转身拿手机。

不，不能打电话，不能去医院。鲍丽娜突然惊跳起来，一把抢过徐月的电话。

为什么？

他好过来，你就完了。鲍丽娜抹去眼泪，镇定地说。

徐月触电一样站定，牢牢盯着鲍丽娜，好半天才吐出话来——

什么叫他一好过来，我就完了？不就是偷情吗？你们已经离了。

有那么简单吗？鲍丽娜把头扭到一边。

什么意思？徐月感觉自己全身的皮肤都紧起来，他把鲍丽娜的脸扳回来，对着自己。

我……查过你的材料，我记得阿姨去世那年，就是你高考考上大学那年，我们班的同学写挽联时，都写的是覃阿姨，怎么在材料里写成了姓谭？而且从那以后，你的材料里再不填阿姨的名字。

我妈……三辈返姓还祖。徐月坦然答到。他感谢母亲逝去多年，不必让她来面对，而这个问题他早已驾轻就熟，西南地区一带，向来有抱养换养的风俗，三代以后各自还姓，不是什么稀奇事。

可是，你又什么时候用过那个名字？

哪个名字？

徐明月。鲍丽娜一字一顿地说。

所有收紧的皮肤、佯装正常的表情此时轰的一声全部炸开，徐月喉咙发干，脚下的地板像烧熔的铁液一样软烫灼人，他感觉到自己全身都在颤抖。

他一直以为和鲍丽娜在一起很安全，却不曾想到鲍丽娜才是最大的那颗炸弹。

别怕，我爱你。鲍丽娜坐在地上，一手抱着徐明月，一手伸出来抚摸徐月的鞋子，这双鞋子做工精细，是徐月去法国出差时买的，完美的弧形，黑得像寒夜里的漆。

真好看。鲍丽娜呢喃，你的一切都那么好看……你走吧，徐明月的事情交给我。

第七章　精灵

四十二

鸟发现，小哑巴最近心事重重。两只眼珠子成天转过去转过来。

鸟。小哑巴比画着，叫他。

鸟顶着用芦苇编制的草环，像顶着一头的羽毛，呼呼地"飞"过去。

你最近都到哪儿去了？老不来？小哑巴"问"鸟。

鸟腼腆地笑起来，说，怎么跟你说呢，我去前世了来。

小哑巴伸长脖子，嘴巴张老大。

这样跟你讲吧。我有两层，一层在上头，叫徐明月，是个警察，一层在这里，鸟跺跺脚，说，是鸟。

小哑巴噗地笑起来，拿手指头去戳鸟的额头，意思是你瞎说。

鸟一本正经地说，真的，我在上头那层还有个老婆，叫老鲍，我跟你说过老鲍的，洗澡那个。说完，鸟从他那个永远洗得干干净净的背包里取出一张照片，指给小哑巴，看，老鲍。

小哑巴把臭烘烘的脑袋挤过来看照片，才瞄一眼，小哑巴的眼神就硬了。

你真臭。鸟被小哑巴的头熏得差点呕吐，说，走，洗头。

鸟给小哑巴洗头的动作轻柔得像春风吹过头顶，宝宝洗头发，洗了头发洗小鸡鸡。鸟温柔地嘟囔，我是鸟，你是人，我们在一起就是鸟人，我们是天上的鸟人，所以我们要有天使一样干净的头和鸡鸡。

小哑巴不吭声，半个头泡在水盆里，由着鸟边洗边嘀咕。鸟嘀咕完，又开始唱歌——我是一只小小小小鸟，想要飞，却怎么样也飞不高。

小哑巴实在忍不住，抬起头来湿漉漉地钻进鸟怀里哇哇大哭。

四十三

那株埋葬过年轻拾荒人的泡桐树在春末二度开起了花，淡紫色的喇叭形花朵一团团摇曳在春风里，像离人哀伤的泪眼。

东门长安站在沙岛上，尽管是春风，对他而言还是有点凉，他裹紧了衣服，四处打量，脚下是无边的酸浆草，开着紫色的小花，像是泡桐花丢失的灵魂，四周是林立的坟头，不远处，一堆盛开的蒲公英地旁，是跟坟头一样大小的简陋的窝棚，他已经不是第一次来到这里了，但他知道，说不定哪一次来会变成最后一次。

向阳光与他的战斗正步入尾声。

彪悍的向阳光正在消失，用她的话讲，是老了吵不动了，东门长安想，不是你吵不动了，是我累不动了。

诊断书是向阳光去拿的，他懒洋洋地半倚在市人民医院一楼大厅的座椅上，戴着孙子淘汰不用的MP3，听《莫斯科郊外的晚上》。

东门长安听着，眼里渐渐有了湿意，他想起了他的青年时代，那个曾经在心中装满憧憬和理想的年代，他那么喜欢一个人，她有爽朗的笑声，纤细的腰身，她和他在真如中学的槐林里亲吻。

但愿从今后，你我永不忘。

他没忘，几十年了，每次洗澡的时候，他都会不由自主地抚摸左肩，那是她的乳房轻轻擦拭过的地方，是他这一生与她最暧昧最美好的触摸。为了这个肩头，他只允许向阳光睡他的右侧，哪怕这样一来就变成了他睡里，向阳光睡外，这在真如是万万不可的，真如的风俗是男人必须睡在床外侧，不然女人会出轨。

向阳光问过他，说你不怕我在外头找野男人？

东门长安说，阿弥陀佛。

向阳光一脚踹在他屁股上，他踉跄两步。向阳光狠狠说你这个太监，死了没埋的。

东门长安站定了，嘿嘿直笑，激怒向阳光是他灰暗婚姻里的唯一乐趣。

向阳光从医院电梯里走出来的步伐很古怪，像半身不遂多年、刚刚学会走路的病人。

他若有所思地看着她，她却停下脚步，盯着玻璃大厅外蓝灰色的天空发呆。

一群鸽子正带着鸽哨飞过那片蓝灰色，呜呜呜呜，如电影里经常出现的片段，象征淡淡的忧伤或流逝的时光。

向阳光长久地看着那群远去的黑点，长久地保持着肃立的身姿，直到有护士推着手术车从她身旁走过，大声催促她，挡住了挡住了，她才从凝固中回过神来。意外地，她居然没跟护士生气，这不是她的作风，她这一辈子，只允许自己对别人凶，不允许别人比她声音大。

老了。

东门长安扭过头，怕她难为情，假装没看见她。

莫斯科过去了，现在是《三套车》。

……你看吧这匹可怜的老马，它跟我走天涯。

唔，东门长安想，人的命像个漏斗，捂紧点漏得少点，命就长点，他这些年不光是没有捂，简直就是敞开了折腾，敞开了喝酒，敞开了呕吐。活该。

而已而已，他在若干年前给自己写下的墓志铭是多么贴切。东门长安想着，愉悦地笑出声来。

向阳光终于走到他面前来，用她那张两倍于当年的脸对着他，呆滞了两三秒，突然呵呵笑，拍拍手，声音一如平时做报告般响亮——你看你，吓人不是？严重酒精肝而已。

这个女汉子，东门长安敬佩地看着她，觉得有点舍不得，吵了一辈子，闹了一辈子，她开口闭口骂他太监，生了儿子后却始终不肯去上环，人流总共做了有那么三四次吧？一路去医院，一路欢天喜地告诉人家她是去干什么，问是谁的，她总是乐呵呵地说，别人的，难不成还是太监的。

她怪异的行径令他在真如县城颜面扫尽，每次看到她闹妖，他砍死她的心都有了，争吵到了最后的结果，是她赌气做了人流回来还不告诉他，哗哗哗在水龙头下做饭洗菜洗衣服，手指冻得像胡萝卜头，到了夜里才一把鼻涕一把泪控诉他的不是，说得他猪狗不如。

大半辈子了，东门长安觉得自己一直处于一个被强奸的位置。强大的向阳光强奸了他的幸福，他的人生，又同时阉割了他对生命的渴望。唯一让他有理由活着的是徐明月。这些年，与其是他在保护徐明月，不如说是徐明月在保护他。因果因果，应该就是这个状况。

现在，这个强奸犯站在他面前，明明眼泪汪汪，偏偏死不认输，肥厚的下巴和肥厚的腰不停地颤抖着，嘴巴依然强硬——回家，做回锅肉，吓死的细胞要补回来。

好。他说，回锅肉下饺子。

格回锅肉了还饺子。向阳光白他一眼，说不怕撑的？

哈，不怕。东门长安笑起来，指指向阳光的身形说，这么多年这么大一堆肉，也没见把我撑怎么地。

向阳光傻不楞登地杵在那里。

东门长安说怎么了？生气了？

向阳光闷半天，冒出一句，天爷，你对我笑呢。

东门长安搓搓脸，说，我笑了？我没笑。

笑了。向阳光指着大厅里来来往往的人，格这么多人都看到了。

没笑。东门长安辈，看到你就烦。

两人一路走出大厅。

向阳光不给他看诊断书，他也不问，彼此为笑过没笑过争论不休。阳光下，一胖一瘦两个影子挨得很近。东门长安和向阳光肩并肩走过几十年来不曾同行的真如街道，遇到几个熟人，都是大白天见鬼的神情。东门长安在心里说，我去你妈的。

我去你妈的。向阳光没好气地低骂。

东门长安顿时乐了。

你看，你笑了嘛。向阳光逮住机会。

就算是。东门长安说，给你面子。

当年的十字街变成了街心花园，老供销社背后的那条巷子还在，向阳光用胳膊拐了拐东门长安，看看去，啥样了。说完往里走。

东门长安在她后面咳嗽了两声，向阳光便止住脚步，做了个"有请"的动作，说东门老师，有请。

东门长安这才大模大样地"领"着向阳光走进巷子。

凹凸不平的石围墙如同巨大的消音器，吸走了大街上的车喇叭声和音响广告声，时光陡然倒回到二十多年前，古老的石板、石砌的围墙，脱落了数十年依然还处于脱落状态的石灰墙壁，矮小的棚屋和屋前的石磨都依然在，只是皂角树已经枯死了，黑黑的树皮像东门长安的脸。

巷子里的建筑物上到处写满了大大的"拆"字，写了不算，还画了一个大圆圈，表示语气的加重，巷里的十来户人家都搬走了，所有待拆的房屋都清空，供销社一百来平米的老仓库的门窗也早已拆得一干二净，剩下几壁土砖墙壁，一个个张着黑色的大嘴巴，仓库前的茅草地上堆满了破旧零碎的木料，想必是收废木料的人扔下不要的。

四周一片寂静，傍晚的阳光寥落地照在石板路上，天地一片灰暗，阳光始终显得惨白，风卷过巷子，嗖嗖响，向阳光停下脚步，仔细地替东门长安披了披敞开的衣领，东门长安缓缓伸出手，握住向阳光。

向阳光怔了怔，突然挣开，一耳光甩在东门长安脸上。

东门长安不生气，反倒伸开双臂，把向阳光搂在怀里，向阳光呼噜呼噜哭起来，抬头一口咬住东门长安下巴，痛得他眼睛直发黑。

哈，咬得好，东门长安嘿嘿笑，说，咬得好，你这匹可怜的老马，陪我走天涯。

向阳光咬不下去了，蹲下身子号啕大哭，右手在石灰壁上乱抓乱捶，老天爷，老天爷，她哭叫着，我求求你，我求求你。

东门长安弯下腰来，温柔地劝说，阳光，听话，起来，我们回家。哈。

向阳光愕然抬起头，满脸是泪，她瞪着血红的眼珠，沙哑着嗓子问，你叫什么？

阳光嘛。东门长安笑，向阳光。

向阳光嘴一瘪，又要哭。东门长安瞪了瞪眼，向阳光硬生生把哭声憋回去，顺从地站起身来。

自由以一页诊断书为证明、以生命为代价，实现了天翻地覆的变化，向阳光又成了当年粮站那个暗恋东门长安的姑娘。

东门长安再次做回了强大的自己。

窝棚破旧的塑料布已经换了，烂棉絮也换了，东门长安还找了些儿子曾经穿过的衣服放在小哑巴床头的纸箱子里。这些衣服本来是给徐明月的儿子留着的，东门长安一直盼望徐明月能结婚生子。一旦做了父亲，有了梦想的寄托，他就不再担心徐明月再疯回去，就像崴过的脚，子女是可靠的护踝。可惜鲍丽娜始终不肯要孩子，东门长安明白，这坏女子缩着一条腿，随时准备抽身逃跑，也不想想当年半边屁股露在外面，全世界也只有一个徐明月肯拯救她。

　　如今这些衣服只能给小哑巴了，现在，无神论的东门长安开始相信并盼望世上有灵魂，这样，他就可以把自己的灵魂依附在小哑巴身上，和小哑巴一起保护徐明月。他看得出来，徐明月跟小哑巴在一起是真快乐。他也看得出来，小哑巴很精灵，有个小魔王似的小哑巴陪着徐明月，他不担心。

　　向阳光把家里的存折本交给他，还建议送徐明月去治。

　　东门长安笑，说治要是有用，我早把你那三抽柜给砸了，一把锁能锁得住什么？

　　向阳光说也是，为了徐明月你什么事情做不出来的。

　　东门长安说其实都是你逼的，你要是对徐明月好些，估计我反而就放下了。

　　向阳光认真地思考了片刻，宽厚地笑，说，东门，怎么讲呢？徐明月是你的命，你是我的命，都耗上了。再过五百年重新投胎，还是这样子。

　　东门长安夸赞向阳光说，有思想。

　　向阳光说，不是有思想，是有醋。

　　东门长安听到这里几乎是羞涩地笑起来，扭捏地说，一个都要死的糟老头子，你还醋呢。

向阳光说什么老头子，你看看咱俩这身形，你是筷子我是馒头，天造地设的一对，谁跟我抢筷子我跟谁急。

东门长安想，嗬，打情骂俏了不是？

治吧。向阳光再次建议，我是真心的。你，徐明月，两个。

东门长安摇摇头，说不用了。

的确用不着了，他，徐明月，都用不着了。

活着，明白，思考……这些对徐明月来说都是极端残忍的事情。残忍的事，还是交给他来承担比较好。

四十四

小哑巴不傻，他知道窝棚里所有更换的东西不可能是鸟做的，鸟整天都在想着洗澡和飞翔，鸟也没钱买这些东西，就算有很多人暗中帮助鸟，给他吃的、给他衣服、给他钱理发，但鸟想不到做这些事，想得到这些事鸟就不是鸟了，是徐明月。

他藏在芦苇丛里，看着眼前的老头跌跌撞撞东一疙瘩西一疙瘩来回搬东西。小哑巴恶狠狠地想，他敢捎带点什么走，他就一砖头拍死他。

直到第三次小哑巴才认出来这老头就是真如中学那个放他和鸟进去冲澡的老门卫，不怪小哑巴眼睛烂，老头瘦了，黑了，像块没烧好的木炭。老头还把乱糟糟的胡子刮掉了，露出个青白色的下巴，锥子似的。

老头是好人，经常偷偷往鸟包里塞钱，小哑巴看到了，他就朝小哑巴眯眼睛，不准小哑巴叫。但小哑巴始终不喜欢老头，他打个酒嗝一冲几丈远，熏得人要命。

眼下，小哑巴见老头抱了堆破布条出来，东张西望，看样子是要扔。小哑巴急坏了，那些可都是他的宝贝，他准备把它缝成一对大翅膀，送给鸟，他看过电视，电视里有一群人，他们就是用布或塑料缝成一对大翅膀，飞人一样从山顶上飞下，变成鸟。

他居然敢扔鸟的翅膀，小哑巴跳出芦苇丛大叫，啊吧，啊吧啊吧。

老头吓了一大跳，脚下被草一绊，摔了个狗吃屎，小哑巴乐坏了，直笑。

老头黑着脸站起来，示意小哑巴，过来。

小哑巴走上前，手忙脚乱地把散落的破布条抱在胸前，指指老头，做出一个可怕的嘴脸，意思是你敢。

老头乐了，说知道了知道了，不扔不扔。

小哑巴这才放心，拍拍老头的肩膀，指指窝棚，朝老头竖起大拇指。

老头惊喜地朝小哑巴屁股上打了一巴掌，小猴精，什么都知道。

小哑巴看着他，没反应。

老头遗憾地摇摇头，惆怅地望着孟河水，孟河水一如既往地清澈着，可沙岛远处的真如县城的天空，却除了灰还是灰。老头老态龙钟地眯起眼，喃喃自语，可惜啊，你听不见，小哑巴，你知道吗？我要死了。

小哑巴吓了一跳，上下打量老头。

我得肝癌了，还有肺癌，我死以后，没人照顾徐明月了。老头拍拍小哑巴的脑袋，以后就只有你替我照顾他了，他是个好孩子，你也是个好孩子，他活得太遭罪，你一定会照顾好他，是不是？

小哑巴眼眶突然发热，想也不想，坚决地点了点头。

老头放心地笑了，转而惊呆，你听得见我说话？

小哑巴慌张地捂起嘴巴，不对，又捂上耳朵。

老头惊喜万分地摇晃着小哑巴的胳膊，哈，你个小猴子，猴精，我就觉得嘛，怎聪明，会装咯，我抽你耳巴子你蒙我呢。

小哑巴真怕老头给他两耳巴子，急急挣开撒腿就跑。

老头在后面追，边追边叫，回来。

小哑巴停下来，比画，你要打我。

老头呵呵呵笑得可开心了，回来，他说，我跑不动了，也打不动。

小哑巴警惕地折回，离老头三四步站定，眼珠子咕噜转。

第八章　黑色乐章

四十五

鲍丽娜把想法跟徐月在电话里说了。

徐月没有回答，默默放下电话，走上阳台，一株蔷薇缠绕着铁艺栏杆，努力开出细碎的红色花蕾，几片花瓣随着风飘荡下去，像一滴滴粉红的血液。

让徐明月从阳台上摔下去。

他惊异于鲍丽娜的残忍。徐明月的确是他人生中最大的隐患，但他从没想过要让徐明月人间蒸发掉，蓄谋杀人是件多么可怕的事情，鲍丽娜说起来却那么简单，仿佛摁死一只蚂蚁。

徐月第一次感到害怕，害怕接鲍丽娜的电话，跟鲍丽娜约会。他有点后悔自己没听东门长安的话，离鲍丽娜远一点。

好在这个职位，只要想忙，事是做不完的，白天下乡，晚上开会，二十四小时排得满满当当，整整半个月，徐月没给鲍丽娜留半点空隙。徐月的脑子也一直没有空闲，他开始从头回忆，从他偷走徐明月的录取通知书去念大学，第一次逼疯徐明月；到自己与鲍丽娜偷情被徐明月看见，第二次逼疯徐明月；再到徐明月从看守所出来，再次看到他和鲍丽娜一起沐浴，第三次逼疯徐明月……这个徐明月仿佛是他的宿命，是他永不能解脱的恶之因。鲍丽娜说得没错，他和徐明月，总有一人得下地狱，而他一步步把徐明月逼上悬崖时，也把自己逼上了悬崖……

这期间，鲍丽娜那头似乎不着急，也不生气，每天发短信，偶尔是开心的笑话，偶尔是提醒他按时吃饭。看来魔劲儿已经过去了。

周末去沙岛游泳的路上，鲍丽娜来电话，撒娇，饿了。

饿了就是想要拥抱的意思。

徐月望着窗外，清晨，雾茫茫一片，宁静的田野上一个人都没有。生气归生气，但很久没和鲍丽娜在一起，突然听她撒娇来这么一句，他倒真有点想她。

你打个车，到河湾来。徐月清清喉咙，说。

鲍丽娜和往常一样，并没有让出租车开到沙岛上去，而是在大路旁下车，绕小路到沙岛，此时徐月已经游完，坐在那里吃烤玉米。

还有闲心吃东西。鲍丽娜调皮地从他身后抱住他，把脸贴在他背上。

想我没？

嗯。

那个事，鲍丽娜犹豫着，绵软又温柔地轻问，你想好没？

徐月的背顿时僵硬起来，他有点恼怒，一膀子甩开她，啃着玉米看河水无声流淌，不回答。

不行，他不能再让这个女人控制自己，自己身上无论如何不能背命案，这是底线。

我说徐月，我们真没有办法来，他不死，我们就没法过上安生日子，万丈悬崖，反正只差那一步，必须要跳的来。鲍丽娜说。

不行。徐月说，要人命的事不能干，那是犯罪。

我们又不是没犯过罪。鲍丽娜说。

我没犯罪。徐月强硬地说。

你别忘了你是怎么去念的大学。

你敢。

我不敢，东门长安也不敢？

前面那些事跟你没关系，少给我扯淡。

可是后面跟我有关系，我们三个，命中注定要纠缠在一起。徐月，我就都给你说了吧，那次你到家里和我好，把他气傻了，他每天大半夜跑到屋顶去哭，徐月，徐明月的胡叫，我实在哄他不住，只好打电话给我哥，那会儿我哥正在柳树街扫黄，刚端了一个发廊。我哥跟徐明月一个所——徐明月就是跟我哥到医院看我才缠上我的。

你绕远了。徐月面无表情地奚落鲍丽娜，又看了眼在旁边呼呼正啃玉米的小哑巴，朝他竖大拇指。

小哑巴懵然地看了徐月和鲍丽娜一眼，自顾自继续啃他的玉米。

不远，正回来呢——我哥接了电话半天没吭声，最后跟我说了一句，只能这样了。然后就挂了，我听不懂他那话是什么意思，再打过去，他就不接了。十点多，他打电话问我来，徐明月身上有什么隐秘的胎记或者别的记号没有。我说他那个地方有颗红痣来。我哥说行了明白了。

鲍丽娜说到这里，紧紧捂住脸，抽泣起来，然后所里就打他电话，把他给叫走了……徐月，我真是没办法，要保你，只有这样了。

徐月听不太明白，但他笔直地坐着，保持沉默，他知道鲍丽娜哭完后会继续说下去，答案已经在她嘴边上了，他不急，再者，这答案也许足以送他和鲍丽娜下地狱，何苦那么着急。

鲍丽娜哭了半天不见徐月催，停下来露出脸，诧异地问，你怎么不问呢。

问什么？徐月镇静地反问。

鲍丽娜吸吸鼻子，凄然地说，徐月，你太厉害了。

徐月表情淡然，说，如果你一直背着棺材在走路，你就不会担心什么时候会死在路上。

鲍丽娜说你现在春风得意的，怎么会背个棺材在身上。

徐月不解释，说，行了，春风就春风吧，我听不太懂，你接着说。

也没什么好说的。鲍丽娜斯文地擤了擤鼻涕，说，我哥让发廊妹诬陷徐明月嫖娼，逼徐明月，果然徐明月的脑子就又炸了，打了人，进了看守所，然后……他出来那天，就是我说我生日那晚，他回来，又正好看到我们一起泡澡……之后，他才算是彻彻底底的疯了。

徐月倒抽了一口冷气，说，我记得那天是你打电话约我的，你知道他要回来？

是。鲍丽娜侧过头，牢牢盯着徐月，缓缓说，我就是想再做点什么，让他人回来了，脑子回不来，只有他脑子回不来了，你才真正安全。

徐月感觉自己半截身子都麻了。

他太大意了，真是太大意了。

他仿佛看到徐明月正在沼泽里挣扎，刚刚爬上来，被人踢一脚，再挣扎，再爬上来，又被踢下去。天色尚早，鲍丽娜的面孔在晨雾里显得有些模糊，一团烤玉米后的草烟浮在她和他之间，挥之不去。

他还想着立地成佛，多讽刺，如今是万劫不复。

你疯了。徐月背心有点凉，站起身来退到车里拿衬衣，边胡乱地扣着扣子边恼怒地说，鲍丽娜，你一刀接一刀，刀刀致人命，怎么狠得下心？那是你前夫。

我也问自己，为什么那么狠心。我也犹豫过，可是我不能让他妨碍到你，真如县需要像你这样有理想的人，这个地方像被巫师诅咒过，如果没有像你这样的人，它永远不知道什么叫真正的文明，它永远只能是个无知可笑的土财主，穿着西装却套着草鞋，抹着香水却满鼻孔煤灰。鲍丽娜半跪着昂头望他，一如她经常这样崇拜地注视他一样，诗意而深情地说。

狗屁理想狗屁文明，你他妈明明是在逼着我下地狱。什么叫为我着想？你设着局让我往里跳，转过头来说是为我着想，鲍丽娜，你他妈什么意思？

我什么意思？我总不能就这样不明不白跟你在一起吧？再说，地狱，地狱怎么了？不受地狱苦，如何上天堂？鲍丽娜面色铁青地抬起头，指着真如县城的方向，说，这么小一个破地方，我挣扎了几十年，永远挣扎不出去，祸福这东西人总归是错不开躲不过的，我想忘了你的时候，你回来了，我想跟徐明月好好过日子的时候，你喜欢我了。现在既然徐明月口口声声叫着他要飞，那就让他飞呗，反正不是他死，就是你死。徐月，你听着，要不要诓他跳阳台，你定。

徐月把手一挥，说，我定？你他妈想杀人，让我定？我告诉你，你想都别想。

鲍丽娜眉眼妖媚地冷笑开来，语气里抹满蜜糖和砒霜——你不定谁定？谁种的因，谁结的果。

四十六

东门家平吃力地翻译完小哑巴的话，不知是累了还是吓坏了，模样有点木。

他从没想到有一天，他会因为那个害得父母一辈子不合的疯子徐明月，坐在一个拾荒小哑巴的"家"里，给他老子当翻译，也没想到真如新闻里那个气宇轩昂的徐县长竟然是个冒名顶替的贼，还与徐明月的老婆合伙要把徐明月搞死。他更想不到鲍记者那么漂亮的女人，居然和在派出所的哥哥合谋找个发廊妹来诬陷自己的丈夫嫖娼，铁了心要把半疯的徐明月彻底逼疯。这一切简直太恐怖了，不是他这种过平常日子的人想得出的，他连藏个私房钱的创意都不具备，媳妇总是能搜出来，这些人却能厉害到如此地步。这时候东门家平才意识到父亲这一生肩负的重大使命——现实这么残酷，幸亏有他父亲的一双火眼金睛。

东门家平万分崇拜地转头看向东门长安，打小他就没把他当父亲敬重过，整个真如县城都没有人把他父亲放在眼里过。

一个嗜酒如命的酒鬼，一个连儿子都不愿认爸的窝囊废，竟然是这个世界上最伟大的侠客。

侠客东门长安累了，正躺在窝棚角落一堆纸壳叠成的沙发上，眼睛直愣愣地半天不动。

爸。东门家平吓坏了，伸出手去探他的鼻子。被东门长安一巴掌打过来。

小哑巴无所谓，在一旁嘻嘻笑，比画说死了好，下面有花灯，还有白房子白娘子。

东门家平知道跟个生死不忌的小哑巴犯不上，但他已经不再认为王生容是他的爸了，他爸、他老子、他的世界上最伟大的爸，叫东门长安。

爸。他毕恭毕敬地叫他。

杂拌。东门长安猛地坐起，大吼一声，小哑巴惊得跳起来，顺手抓起一只破铝锅高举过头顶。

他们真的要诓徐明月跳阳台？东门长安怒火熊熊地瞪着小哑巴，好像小哑巴是个十恶不赦的坏种。

小哑巴放下锅，心有余悸地坐下，一边点头，一边懊恼自己这两天状态不佳，越来越不会装聋，连个要死的老头子扯一嗓子也能把他吓得跳起来，看来是自己心里也开始有鬼了。

哈，哈哈，东门长安咳嗽着，头上布满细密的汗珠，他敢。

小哑巴也点头，指了指窝棚角一把磨得锃亮的镰刀，在脖子前凶猛地比画。

东门家平警惕地说，你们一老一小都别给我做傻事啊，有什么事，我顶着。说完看了小哑巴一眼，掏出车钥匙给小哑巴，我跟爷爷说说话，你车上玩去。

小哑巴想凭什么我走，这是我的皇宫，却见这人眼神湿冷，小哑巴看惯了鸟的眼睛，清亮温顺，像小鸟，再看这双眼，哀哀的，便瘪瘪嘴退出去，撒腿绕着沙岛跑起来。

下面的，上面的，小哑巴哇哇哇发出只有自己能听懂的声音，来，一起飞。

风顺从小哑巴的指挥，云朵也是，从灰暗的天空整齐地流淌过小哑巴头顶，大地响起无声的音乐，坟茔上草浪起伏，是多年与小哑巴相亲相爱的默契。小哑巴试着用鸟的视角看沙岛，突然明白了为什么鸟说真如县城那个星球敌不上这个星球。沙岛是美的，野花、坟茔、芦苇、树林，尽管这里埋了这么多死人，但是这里没有鬼，干干净净。

知不知道为什么这里干干净净？因为我，我是你们的守卫者，我是鸟的守卫者，我是这里的王，等我来亲你们，再亲亲你们。小哑巴跑过坟茔们，快乐地甩着飞吻，比画，告诉你们，我心里的鬼不是鬼，是精灵，精灵你们知道吗？我知道，鸟跟我说过，守卫大地。

小哑巴正疯闹，鸟从沙岛的另一端跑来，用他永远不变的张臂奔跑的姿势朝小哑巴追来，喂，喂，风把鸟的声音传到小哑巴耳朵里，我……又……飞起来了。

小哑巴停下脚步，等鸟过来，他看到漂亮的、皮肤白得像酸奶瓶一样的鸟，红肿着半张脸，衣服也蹭破了口子，跑起来一瘸一拐。

要死。小哑巴想，狗日的，这次又是谁？

高高的坎，星球北部，黑客地区，燃烧的石头。鸟眯着眼，无限神往地摆动着手指，仿佛空气中有一根琴弦，等着他拨动出优美的乐章——高高的高高的坎，我飞，扑通。

没人推你？小哑巴问。

没有。鸟说，是我自己，老鲍说，后天晚上她要看我飞，我得好好练，不能让她笑话我。

小哑巴呸了口痰，心痛地捧起鸟的脸，拿手指舔了舔口水，轻擦在鸟受伤的脸颊。

痛吗？小哑巴比画。

鸟嗞嗞抽着冷气，说痛，又笑，说，飞。

小哑巴说，以后你不要乱飞了，你乱飞我就不理你。

鸟眨眨眼睛说为什么？

小哑巴说，等我给你做好翅膀了再飞。

好。鸟开心起来，到时候我们一起洗澡，一起飞，我带你去我的上面一层，带你去看老鲍，漂亮的。

小哑巴摇头，耐心地哄鸟——上一层的事是不能想的，我们也回不到上一层去。我们只能去下一层。小哑巴比画完这番话，突然觉得自己的胸膛绷得满满的，绷成一片跑马场，他正骑着大马，耳边呼啦啦刮着大风，鸟变成一个小孩，偎在他怀里，他带着鸟飞奔过沙岛，飞奔过真如县城，飞奔过大酒窝的两头爬车顶，一直跑到世界的尽头，那里有个名字叫花的女人，她有美丽的城堡，女人长胖了，因为她在当王，苹果和火腿肠结满大树。

他不知道他已经具有了悲悯之心，一个孩子具有悲悯之心时，基本上就算是长大了。

鸟拍拍小哑巴，阻止了他和他的马，鸟指着滩头的灰色轿车问，谁的？

小哑巴这才想起东门家平，兴奋地举起钥匙，走，车上玩去。

鸟不去，说，我要回窝里去。

小哑巴不高兴地跺脚。鸟赶紧折回来说好好好，去。小哑巴这才笑起来，把钥匙塞进鸟手心，比画，我不会用。

鸟骄傲地打开车门，和小哑巴一起钻进车里，小哑巴坐在座位上，激动得心咚咚跳，小哑巴从没想过自己有一天也会钻到这个怪物嘴巴里来玩，真舒服，板凳软软的，垫子还带着毛毛。

鸟指指方向盘，说，来这里，这是驾驶舱。可以从这个星球穿越到另一个星球。

小哑巴就从后面向前钻，两条腿吃力地越过排挡杆，一挂，正好挂掉了水杯处的一罐旺仔牛奶。

小哑巴动作麻利，一把拾起红色的罐子，冲着天窗摇了摇，又昂着脖子把稀稀拉拉几滴汁水喝完，鸟笑小哑巴，说，运气真差，舌头都打不湿。

小哑巴不那么认为，两头爬也坐了，牛奶也喝了，真是太幸福不过。他摇晃着罐子，屁股身子脑袋全部都在兴奋地摇摆。突然小哑巴的胳膊碰到了方向盘上的喇叭，叭叭一声，吓得小哑巴手里的罐子掉落下来，他尖叫着钻出车，撒腿跑出老远，捂住耳朵，仿佛有一枚炸弹在他面前，即将爆炸。

鸟哈哈大笑，歪着半边肿脸从车里出来，两手围着嘴，大声喊，是——喇——叭，嘀嘀——嗒，嘀嗒——嘀。

小哑巴的好心情已经像蜗牛一样吓得缩回壳里去了，他心有余悸地摇摇头，朝窝棚走去，他才不管什么嘀嘀嗒嘀嗒嘀，他要回家。

举报徐月，东门家平不干。

如果只是一个徐月就算了。东门家平说，还有那么一大堆人，还有冯爷爷。

东门长安扯一捆报纸抵在腰部，呻吟着问，不然……怎么办？

东门家平掏出药喂东门长安服下，说，再想想。

东门长安看着东门家平，瘦得只剩下一张皮的脸直摇晃，你想不出来的。

东门家平摇摇手说，爸，我不一定能想出办法把徐月整掉，但我保证以后我替你看着徐明月，你放心好了，我活一天徐明月就活一天，我会接你的班，去找徐月摊牌，他总不能把我也杀了灭口？总之，姓鲍的和姓徐的两个敢碰徐明月一根汗毛，我就让他们陪葬。

儿子能讲出这番话，东门长安有点惊讶，脸上浮起了子承父业的满足，原来人要死了是这么一件幸福的事，儿子好，老婆好，事事顺心如意。

东门家平扶着东门长安走出窝棚，天色已晚，晚霞以诡异的灰红色铺满大地，风带着腥烈的煤尘味道直扑人面。

小哑巴从滩头跑过来，气咻咻的。

清瘦而秀气的徐明月像孩子一样背着个浅蓝色背包跟在小哑巴后面，也不管小哑巴生不生气，直笑得前翻后仰。

东门家平愕然地看着一大一小从他身边飞跑而过，一脸气恼的小哑巴蓬头乱发像个小魔头，徐明月半边脸白净如玉，半边脸烂得像酱过的猪头肉。他老子和他妈为了这家伙吵了一辈子，可现在这家伙居然不认得他老子。

没心没肝的家伙。东门家平很不爽地指指徐明月。

他老子望着徐明月的背影，平静地说，他要有心就苦了，你看，他现在这样子，是真高兴。

东门家平有点吃醋，故意咳了一下。他老子伸出手无力地敲了敲他的后脑勺，问，你真觉得我……不是你老子？

东门家平说，嗯。

哈，你真觉得你老子是王生容？

嗯。东门家平逗他老子，我们脸型像，大盘子脸。

东门长安气得瞪眼，嗞嗞抽了半天的长气，完整地吐出一句，王生容，就凭他？哈，屁。上星期我和你妈还，哼哼。

东门家平简直就要笑喷了，憋半天却悲从中来，眼泪忍不住往外冒。走到车边，车钥匙还在门上插着，东门家平抹一把泪，先把老头子扶进去坐好，再绕到驾驶室发动车，习惯性地，东门家平低头看了看脚下，不看不要紧，一看吃惊不小，一只红色的易拉罐正卡在刹车下面。

你个小崽子。东门家平气坏了，给你个车玩，你跟我闹这么大的妖。东门家平冲出车来，跑进窝棚，找到正在啃半个冷馒头的小哑巴，说，你给我出来。

小哑巴呆呆地看着他，不动。

东门家平一把揪起小哑巴，连拽带推把他带到车边，指着那个易拉罐问，你知不知道你整个罐子在这里要人的命？

小哑巴看到罐子，兀自兴奋得手脚乱舞，猴子一样敏捷地钻进去掏出来，像捡到宝一样挥舞着，嗷嗷大叫。

东门家平哭笑不得，拍拍小哑巴的脑袋，说，好好听我说话，我再给你两个易拉罐。

小哑巴立即停下来，脸上挂着意犹未尽的笑。

这个，东门家平严肃地比画着，不能放在这个地方，幸好我发现了，不然你会坐牢的。

小哑巴也严肃地看着他，似懂非懂，一个罐子，关坐牢什么事。

这个地方是刹车，下面不能卡上硬东西，沙岛回真如县城那个陡坡，如果这个刹车踩不下去的话，唔……东门家平往后一倒，我和爷爷就都会出事，严重的话，要出人命的。

小哑巴夹起腿，不知道是尿急还是害怕，浑身抖了好几抖。

四十七

晚上，鸟如约来到老鲍和他前世的家。

上层，耶，上层。他愉快地用他的思维方式和老鲍打招呼。

老鲍困惑地看着他。

前世——上层，这辈子——这层，死——下层。鸟上中下地比画着，习惯地打起哑语。

老鲍放下正洗的菜，擦干手朝鸟走过来，端详着鸟的脸，心痛地问，这次又是在哪儿给摔的？

鸟一动不动，只要老鲍的手挨着他，他就不敢动，他太喜欢老鲍的手了，还有老鲍靠近他时身上的香味和温度，像五月的阳光贴在身上。他贪婪地闭上眼，大口大口地呼吸，想，要不是因为他是鸟，他一定不会离开她半步。

我给你擦药，你别动。老鲍柔声道。

好。鸟轻轻地、乖乖地用气流声回答。

老鲍的脚步声远去又回来，手指抹在他脸上，有淡淡凉凉的香气，鸟想，这是天堂的味道。

是去练飞去了？老鲍轻声问。

是。鸟依然用气流声回答。

明天能飞给我看了吗？老鲍又问。

能。鸟轻启双唇，晴朗的笑容在他完好的左脸上有如花朵绽放。

我又想看你飞，又不想看你飞，鸟，如果你会飞了，变成真正的鸟，就不会再记得我了。老鲍轻声呢喃。

不可能。鸟睁开眼，急切地说，如果那样，我宁愿不变成真正的鸟。

老鲍眼里那道怜悯的光顿时像风中的烛火一样熄灭。

吃饭吧。老鲍忙碌完后，倚着墙，远远看着鸟，指指满满一大桌子菜，说，都是你平时爱吃的。

鸟一怔，眼神发直，盯着天花板像是在找什么。

老鲍赶紧打断他，说，都是你上辈子、上辈子爱吃的，快吃，不然我生气了。

鸟立即把头埋进碗里，腮帮子塞满饭和菜，恨不得眼珠子都能装菜。

吃吧，多吃点。老鲍喃喃，别饿着。

四十八

孟河水轻轻泛着波浪，在真如，这样干净的河流已经不多了。

徐月游完泳，小哑巴刚好擦洗好车，玉米也烤熟了，鲍丽娜吃着烤玉米，不停夸小哑巴聪明。这段时间正是嫩玉米上市的时候，小哑巴偷玉米的水平高，嫩、饱满，烧玉米的水平也高。

这娃精，要不是又聋又哑，肯定是个人才。鲍丽娜满意地说。

要不还是送精神病院吧。徐月突然说。

谁？鲍丽娜一头雾水地看看小哑巴，小哑巴？小哑巴没疯啊。

我说徐明月。

鲍丽娜白他一眼，你真是的，送去干什么？等他好？等他向全世界宣布我们偷情？等他发现是我们陷害他嫖发廊妹的？等他发现是你拿走了他的高考录取通知书？

不然怎样？徐月没滋没味地啃着玉米，反正我警告你鲍丽娜，不能杀徐明月。

谁杀他了，只是他来家里，然后说想飞给我看，然后我没留神，他就飞下去了。鲍丽娜说，全世界都知道他想飞，全世界都知道他每天都在练习飞。

徐月眯着双眼，牢牢地盯着鲍丽娜。好半天，徐月说，丽娜，你是真的爱我吗？你爱的真的是我吗？

鲍丽娜怔了怔，不说话。

知不知道真如两个字的意思？徐月又问。

真像一枚如意——真如，老人说县名是这样来的。

此真如非彼真如，真如即非真如，假名真如，真如无我。无我，一切才可谓真如。徐月缓慢地说。

鲍丽娜漠然且茫然地说，我不懂。

起初，我也不懂。因为我们做不到无我。徐月长叹一口气，站起身来，搓搓小哑巴的头，又习惯性地朝小哑巴竖了个大拇指，起身朝车子走去。

鲍丽娜在他打开车门那一刻开口了，她说，不是你想的那样。

是。徐月回过头，指着鲍丽娜，一字一顿地说，我想了很久，是什么让你那么坚硬？不是爱情，绝对不是，因为爱情只会让人柔软。

不是爱情是什么？鲍丽娜说，只有爱情能让人生，让人死。

是欲望。徐月说，是魔、是欲、是妄、是垢。

我不懂你在说什么。鲍丽娜铁青着脸，漂亮的下巴拉得很长。

你太懂了，从你接近我开始你就知道你要的是什么，但是你得不到我，只有我们成了同谋，你才有可能成为我老婆。鲍丽娜，真如县城里到处是阴谋或阳谋，你也不例外，但是我再警告你一次，如果你真的要害死徐明月，我不同意，你的计划与我无关。

真的与你无关吗？你想抽身，可能吗？鲍丽娜站起身来，优雅地笑，你不要忘了，东门长安替你们保守秘密，是因为他不忍牵连一大堆。可是于我而言通通无所谓。还有你老子，他天天坐在广场上看你的表演，你以为他怎么能那么坚强呢？还不是因为你，只要你好着，他就值当，永远不会认输服罪，你一旦声名狼藉，他就断然活不到明天。你搞清楚，你的死穴是徐明月，你老子的死穴是你，而我没有死穴。

一组高压电线遥远地从河对面的菜畦穿越过徐月的头顶，接到背面的山坡，徐月呆呆地站在电线下面，仿佛被电流击中，面色黑成一团，他用难以置信的表情看着鲍丽娜，仿佛他从不认识这个人，初次相见，相当惊艳。

你就是这样爱我的？好半天，徐月冷笑起来。

是的，比爱徐明月更爱你，比爱我自己更爱你，只要能够和你在一起，我不怕上刀山下火海，不怕下地狱。鲍丽娜坚硬地答，徐月，我已经离过两次婚了，我耗不起。我从十六岁起就做着王后的梦，没有这个梦我活不下去。

徐月说，因为你要做王后，所以就赔上一条无辜的生命？

是的，就像你要做王，所以偷走别人的一生。我们没有区别，我们注定会在一起，一起保守秘密，一起保护彼此。鲍丽娜说。

徐月摇头，说，鲍丽娜你错了，这样的话很多年前我曾经对冯小蔓说过——但是不行，我们俩在一起，只会互相成为对方的镜子，天天面对丑陋和罪恶，食不知味，夜不能寐，生不如死。

鲍丽娜眼里闪过一丝忧伤，语气软下来，软得像河水。徐月，我不是没想过，也不是没良心，昨天晚上我把徐明月带到家里，给他做了他最爱吃的洋芋汤和油炸豆腐丸子，还给他的伤口上了药，可是除此之外，我们真的没有退路，就算我不说，就算我不做你老婆，徐明月活一天，你同样没法安睡一天。

我为什么不能？徐月傲然答，你看看我为了真如牵头关停了多少煤矿，包括我自己家的，你再看看我给多少受伤的矿工解决家庭困难，看看我招商引资正在建的文化产业园，看看敬老院。我对得起真如人。

你错了，那些通通都不是你做的。鲍丽娜说，那是你身体里的徐明月做的，只有徐明月才会有那么单纯的善良和干净，你没有，你只有野心。

徐月呆呆地看着眼前这个女人。

晨光已经透过树梢照下来，如佛光普照，温暖拂人面，可他却冷汗淋漓——他太低估她了，真的，他太低估她了，从她第一天与他低语，说她看到了他的孤独时，他就应该警惕她远离她，是自大与狂妄蒙蔽了他的眼睛，色其实并不是他喜好的东西，他和鲍丽娜一样，喜好的不过是他自己，鲍丽娜的话其实就是给他的一句奉承，世界上所有伟大的人都是孤独的，曲高和寡啊，他听着鲍丽娜的话，感觉自己与自己恋爱了一场。鲍丽娜越是迷恋他，他就越是迷恋鲍丽娜嘴里那个自己，岂不知鲍丽娜的嘴带着钩子，把他从钓鱼人变成了被钓的鱼。

他想起了女书记那句话，徐县长，注意点，你这里长着一对狼牙，不咬伤别人，就要咬伤自己。

他也想起了东门长安的警告，离鲍丽娜远一点。

女菩萨曾经出现过，佛谒或神谕也给过指引，是他错过了。

开车吧。鲍丽娜走上前，裙子的颜色像狼外婆那顶帽子，她轻启朱唇，在他耳边呢喃，我们回去吧，亲爱的，太阳都出来了，我得在城郊选个僻静的地方下车。然后你什么都不用管，等到了晚上——晚上一切就都结束了。

徐月闭上眼睛，听到自己全身的血液都在突突奔流，是的，或为生，或为灭，如果这是劫数，那这一切是否是无法左右的定数。

他发动汽车，车在沙岛上疯狂地转圈，他突然想念他那个正周游世界、在某一处海滩上风流的爹，没有灵魂和信仰的爹，他想现在徐解放一定在玩帆板，这个老头子什么都敢尝试，赛车、蹦极、疯狂米老鼠、空中飞车……没有他不敢的。

他快乐吗？

或许他所有的疯狂都是寻着那危险与激情去的？寻着死亡去的？

再或许，正如鲍丽娜所言，父亲的大胆其实是被怂恿的，是被一个父亲对儿子的期望所怂恿的，徐月想，如果真相大白，他会真的像他说的那样无所谓，还是无法承受地老去、死去，还是大笑说不行不行，我们再扳一局？

疯狂地生，或者疯狂地灭？

想着想着徐月笑起来，他们父子二人，早知如此何必当初。

他又踩了踩油门，车在坑洼不平的沙岛上腾跳，鲍丽娜尖叫，慢一点。

他不答，任由景色倒退。

飞驶中，他看到了小哑巴，小哑巴坐在沙岛的圆心里，沐浴着初生的晨光，小家伙今天居然穿了一件白色的大人衬衣，应该是徐明月的吧？他瘦小的身材裹在衬衣里，就像一个裹着僧袍的小僧侣，晨光白晃晃的，小哑巴也白晃晃的，徐月有点恍惚，他想停下车来跟小哑巴说点什么，至少表扬小哑巴一句，表扬他是个好小孩。

但是车停不下来，他再用力踩了踩刹车，还是踩不下去，这时小哑巴冲着他莞尔一笑，接着，小哑巴神情庄肃，缓缓举起大拇指，竖起来，又倒转它，往下戳了戳，一双清亮的眼睛闪着灼灼的光。

徐月被那笑容和目光灼伤。

小哑巴，小哑巴！

小哑巴听不见，但小哑巴或许看得见，不光看得见，他们坐在那里，他知悉一切，暗中警惕地盯着他。他是谁，他是盗贼，是的，盗贼的烙印早已如刺青一样刻在他生命里，他扬一下眉、动一动嘴，都是盗贼的行径。小哑巴哪能看不出来呢？就像东门长安所说，一日做贼，终身是贼，他今天能为真如所做的事情，都是靠窃取别人的身份与命运得到的，他想靠事后的补救或更深的罪恶来雪藏这个秘密，根本就是痴心妄想。

他突然震惊了，真如县除了有东门长安，还有小哑巴……真如到底还有多少这样的人？在凡俗间，做着佛一样的事。

也许，小哑巴不是用语言来与世界交换秘密与契约，小哑巴是用灵魂。而他徐月这种丑陋的灵魂注定要被这些一尘不染的干净灵魂所拷问和鄙弃。

东门长安呢，东门长安不是用平常人那套幸福观生活，他是靠高贵的自虐在活着，徐月一度觉得东门长安跟疯子差不到哪里去——谁能为了一个毫不相干的人，把自己和家人都活没了，这种事只有东门长安做得出来。像这样的人活在世上，不是找别人不痛快就是给自己找不痛快，有什么意义？现在明白了，东门长安这种人活着的意义就是给这世界留一双眼睛，守卫脆弱与无辜。

那些想让农民在金色的田野上收割，让孩子在碧绿的河水里嬉戏，让真如的清晨在钢琴与小鸟的伴奏声中醒来的愿景，永远不可能由他徐月这种人描绘和完成，只能是小哑巴与东门长安这种人，因为要想画出清澈美丽的色彩，必须有一支干净的笔，你的笔上蘸的东西越多，你画出来的色彩越浑浊。

徐月平生第一次觉得自己失败了，败得一塌糊涂，没有败给诸多强劲的对手，没有败给GDP、招商引资和安全生产，却败给真如县城两个轻如羽毛的人，一个是捡垃圾的小哑巴，一个是守学校的门卫。

真是个大笑话。

再踩一下刹车，刹车稳若泰山。

小哑巴跟着车跑起来，边跑边啊啊啊开心地笑，阳光穿越过他空荡荡的大衣裳，像天使洁白的翅膀。在小哑巴眼里，死亡不是件可怕的事，也不是一件坏的事，它只是一种结束和一种开始。

徐月也笑起来，他像往常一样朝小哑巴竖起大拇指，然后用力踩下油门，两头爬像子弹一样冲出沙岛，驶入县道，他知道前面有个四百多米的长陡坡和急弯道在等着他，无所谓，从爬升到落下，正好回到本该属于他的海拔，二十多年来他一直往上爬，早就累坏了，他也该做一回鸟，感受一下飞翔的轻松。

败了就败了吧，反正就是一口气的事情，他再不用做那个"曾用名徐明月"的徐月，而是真正的徐月，这样，他就能摆脱徐明月了，还能摆脱所有人，包括鲍丽娜。

他徐月生来就不愿意被任何人束缚，东门长安也好鲍丽娜也好，鲍丽娜那个藏在派出所还没有冒出来要挟他的哥也好，通通都别想束缚他。谁想束缚他，他陪谁玩到底。

鲍丽娜。你这个女人。

陡坡越来越近，徐月最后一次试探着踩了一下刹车，它依然岿然不动，徐月做了个深呼吸，看一眼身旁的小桃红，笑，你真的爱我吗？

爱。鲍丽娜哀怨地答，真的爱。

愿意为我生，愿意为我死？

当然。飞驰的速度让鲍丽娜开始紧张地哭起来，说，你要干什么？

我们。他伸出右手紧紧握住小桃红，像握住一只幼小的惊惶不安的小鸡——让我们一起生，一起死。

第九章 飞翔

四十九

我把小哑巴送进派出所。

小哑巴从头至尾一直在笑，像是被武林高手点了笑穴。

鸟，你说这个世界有很多层，我信。小哑巴嘻嘻嘻比画，用力跺着脚——你听，现在有人在下面一层和我说话，他说对不起。小哑巴的手被铐着，比画起来很吃力，但脚跺得惊天动地，这个淘气。

下面那一层可以飞不？我问小哑巴。

小哑巴摇头，举起被铐着的手——不行，他在下面戴着这个。说着，小哑巴神经质地大叫起来，啊吧啊吧，哐哐哐用手铐敲打暖气片。我也兴奋起来，跟着他一起叫，啊吧啊吧。

愉快的旋律。

门开了，外面的黑和里面的光一瞬间被搅拌在一起，屋子成了一片奥利奥饼干，黑夹白那种，筷子从黑白之间挤来了，脸和肩膀都给挤得薄薄的。

筷子看着我，一言不发，低微努力地喘息。

我叫他来的。一个年轻的警察从他身后冒出来，我认识他，他是在我上辈子里替我打红头发女人的那个警察，马刺。

我开心地拍打他，叫他，马，你也在？

我一直在。马刺像母亲一样慈祥地看了我一眼，又像情人一样哀伤地收回目光，把头扭到一边，指着筷子说，他也一直在。

我快乐地搓起手来，老鲍说的那些不同的时空，我在不同的层次和空间里生存呼吸，太有趣了，最有趣的是在这些平行的空间里，马刺与我同在。

马刺脱下外衣，露出草绿色的衬衫，像春天一样坐在我面前。

他指着筷子说，我把他叫来了。

我莫名其妙，我送小哑巴来认罪，关筷子什么事？

因为他是你在真如唯一可以说得上是亲人的人。马刺温柔地对我说。

我回头看筷子。

也是啊，这个人天天给我留门，让我在绿皮房旁搭鸟窝，不过要说亲，我觉得马刺更亲，因为他上辈子和这辈子都和我在一起，而筷子只是这辈子照顾过我。你看看马刺，可爱的孩子，他像春天一样坐在我面前，样子是那么惆怅，让我想流泪。可我不能哭，鸟是不流泪的，鸟没有泪腺，鸟只有天使一样的翅膀，飞越人间烟火，飞越这个满天灰尘的星球。

马刺，你真好，等小哑巴坐完牢，我带你飞。我拉过马刺的手，他的手和他的目光一样细腻柔和，很舒服。

马刺温和地拍着我的手背说，下辈子吧，哥，下辈子我陪你飞。

你不能叫我哥，你应该叫我鸟，我是鸟，小哑巴是人，我们在一起，就是鸟人。我走回小哑巴身边，肩并着肩，很郑重地介绍。

好的，鸟人。马刺点点头，与骨瘦如柴的筷子交换了一个无奈的眼神。

现在，筷子身旁多了个女人，她真胖，真白，像一只巨大的饭甑或馒头，烘烘冒着热气，或者是一只大白母鸡，对了，她就是只大白母鸡。

向主任，你扶东门叔叔坐会儿吧。马刺打完招呼，又转头问我，你在哪里拿的手铐，你和小哑巴既然是鸟人，你为什么要把他铐起来？要关人家？

他。我看了一眼小哑巴，突然觉得委屈，刚刚我还提醒我不能哭，但我还是哭起来——小哑巴的作为让我很伤心，我们是精灵，不应该做坏事情。可是——我指着小哑巴说，昨天晚上我带他去望饭，他在那个闪着"夜不收"的外星飞船里偷了一罐百事可乐。

小哑巴听到这里，越发得意地嘶叫，边叫边冲筷子快活地吐口水。

筷子的脸刷地变得惨白，他本来一直很柔软地靠在椅背上，听到这里，他突然硬邦邦地弹跳起来，冲到小哑巴跟前，紧紧箍住小哑巴细小的肩膀。

你……他说。

小哑巴猛一挣，筷子躲避不及，小哑巴铁疙瘩一样的脑袋哐地顶在筷子下巴上，身子薄得像块纸片的筷子顿时朝墙壁倒过去，倒进大白母鸡怀里。

小哑巴还不罢休，怒火冲天地瞪着筷子，手不住地比画。

我看懂了，他是"说"——不准你说话。

然后他又转过身子朝我比画了一个很不雅的动作，意思是——一个易拉罐，算个屁。

我闭上眼，不理他，说，百事可乐。开玩笑，偷来的东西，怎么可能百事可乐。

啊吧啊吧啊吧，小哑巴冲我凶。

倒在大白母鸡怀里的筷子挂着满脸的鼻血，突然呵呵呵笑起来，他抹了一把，然后拿血糊糊的手去抹小哑巴的脸，看着小哑巴气得哇哇叫，他越发快乐了，对我说，他没偷，是我跟他说的，他在真如要什么东西只管拿，回头我付钱。

小哑巴便得意地冲我吐舌头。

我生气地瞪着筷子，筷子没有资格替小哑巴付钱，那是我的责任。筷子也没有资格和小哑巴拥有我不知道的秘密，他付钱，凭什么？小哑巴归我管。

我不高兴了，丢下他们从一屋白生生的灯光里冲出来，夜风清凉，天空星光灿烂，煤尘到哪里去了？这个星球今夜竟然如此清澈透明。我面朝大街，看着无数车灯扑面而来，我突然觉得自己身轻如羽，仿佛一只飞蛾，正要朝着那灯火飞去。

我想起了老鲍，今天晚上，我要去给她表演飞翔。

我伸开双手，呜呜低唱着鸟类的歌曲，我要去见老鲍去。

一双有力的手轻轻箍住了我。

你是谁？我困惑地看着眼前这白胖肥大的一张脸。她刚才在筷子身边，怎么这么快又冒到我面前。

我是你呀。她一开口，吓我一跳，这声音大得像敲锣。

好笑，她怎么可能是我？就算她不是饭甑或馒头，而是禽类，也顶多是一只大白母鸡，而我是鸟。

我就是你。她继续敲锣，小哑巴也是你。

我彻底糊涂了，她莫不是疯了。

这个世界有很多层对不对，你还有很多形对不对？比如徐明月就是你有过的一个形，在上一层。大白母鸡边敲锣边朝我笑。

对。我开心地答，我还是个警察，所以我知道他们平常把手铐放在暖气片后面。

我告诉你一个秘密，我也是你的形，小哑巴也是，我们三个在一起，就是胖鸟人，胖鸟人是不能飞的，要摔死的。她说。

不是，我解释，你们不用飞，我飞。

你飞我们就跟着死了，我们共用一个灵魂，同生同死，你照顾我，我照顾你。大白母鸡说，就算我们不在同一层里面，你在另外一层死掉，我们在这一层也会死掉。

我有点明白，又有点糊涂，以前我只知道我是只鸟，不曾想我还有灵魂，需要照看和守护。

我找了好多地方才把你找到，从现在起你不能再去飞，你看我这么胖，你摔下去不打紧，我会死的，还有小哑巴，他那么小，也会死的。

这回我完全听懂了，我回过头，看着跟出来的马刺和筷子，还有已经解开手铐的小哑巴。他正巴巴地看着我，小眼睛黑亮得像两颗葡萄，湿漉漉的。

他比画——鸟，我不要死。

我心头一暖，向小哑巴伸出手。

小哑巴便像只小小小小的鸟儿一样扑进我的怀抱。

啊啊。小哑巴叫，哭起来。

嗯，嗯嗯，我向小哑巴保证，放心，我不让你死，我再也不飞了，永远，我不是鸟，我是你。

一辆载满块煤的后八轮卡车从派出所门口轰隆隆开过，地面抖动起来，派出所门口的灯泡被震坏，屋檐瞬间暗下来，我看到筷子在昏暗中变成了一根煮熟的面条，软软地瘫倒在地上，目光如同黑夜里一块将要燃尽的煤块，无力地闪着猩红微弱的光。

我狐疑地问大白母鸡，他怎么了。

大白母鸡木木地站着，她的身后是满城灿烂的灯光，她在灯光里很认真地看着我，思忖了很久，平静地说，他要飞了，他守了一辈子的那个人没事了，所以他要飞了。

他守的是谁？

他守的是谁不重要，结束了才重要。大白母鸡伸出手来，握住我的手，她的手掌如佛掌一样宽厚和温热，让我想起某一年的夏天。

一辆警车经过派出所，没停，往医院去了，紧接着，一辆辆星球上的大人物们经常乘坐的两头爬也接二连三飞驶而过，奔向医院，好热闹。

出什么事了？

轰隆隆，我仔细听着，车轮里夹杂着奇怪的呢喃，我确定那是我很熟悉的一个声音，我趴在地面听。

急急忙忙的车辆们远去后，夜终于变得很宁静，大街上空荡荡的，只有灯光在夜色里狂欢。

我站起身。

马刺问我趴在地上听什么。

我丢开他，问筷子，你真的要飞了吗？

筷子虚弱地点点头。

像精灵一样？

筷子笑了，再点头。

看着筷子黑得像炭的脸，我突然想流泪，我抚摸着他的手，问，那你相不相信精灵？它也许是你，也许是我们，有时候，它还会是一股风，一场雨，或者一块刹车片。

筷子黯淡灰白的眼睛陡然射出惊诧的光，他那受了伤的下巴突然顶得老高，似乎要把他的鼻梁掀翻。

你说……什么？他问。

你说什么？马刺也问我。

我转过头回答马刺——我刚才听到，有精灵在唱歌。

后记

谁在这里守卫

《守卫者长诗》本来名叫《鸟人》，写一个一生都在渴望飞翔的农村孩子，等不来他的大学，等不来他爱的女人，等不来他要的人生，最后变成疯子。但是，就算是疯了，他的梦依然是飞翔、飞翔，所以他一直认为他是一只鸟。鸟与城郊拾垃圾的小哑巴在一起，互相温暖，我把他们这个组合叫鸟人。

　　其实我们身边有许多这样的人们，终生都在渴望飞翔，却活在尘埃深处，但他们的心始终在天空里，在云朵里，在诗意的悲伤和梦想里……鸟人有着干净透亮的心，有着冰一样寒凉的过往和晚霜一样绚丽的理想，他们飞翔在虚幻的不可到达之境，孤独简单地扇动翅膀。

　　贫困的鸟在二十多年以前考上了大学，但是他没有拿到属于他的录取通知书，同学徐月盗窃了他的身份去念了大学，知晓秘密的班主任东门长安在愧疚中担起了守卫和照顾鸟的责任，一守就是漫长的一生。

　　写鸟的时候，我脑子里总是闪现出当年我念高中时的一个同学。寒冷的冬天，他没有棉鞋，只有一双破旧的解放鞋；没有袜子，永远光着脚；没有毛衣，只有一件洗得发白的中山装。因为冷和冻，他给人的感觉总是紧张而僵硬的，让人很不舒服。一年四季，他饭盒子里的菜永远是辣椒和咸菜。命运对他是残酷的，无论他怎么努力，高考过后的红榜上总是没有他的名字，他的父母再也没有耐性和信心让他补习，贫困的家庭也支撑不了他一年年的补习费，父亲催他回去成家娶媳妇种烤烟，他不干，先是回去闹分家，然后卖掉了分给他的房子，再跑回学校交补习费。当年的我们活得没心没肺，只觉得他很酷，却忽略了他内心的决绝和悲凉，我甚至没有考虑过他是怎样维持学校的生计的。现在想来，应该是老师为他提供了许多资助。

但是那年高考，他继续落榜了，从那以后，我再没见过他裸露着脚后跟的解放鞋，再没见过他因为生冻疮而流着脓的手。我记得他曾经很豪迈地说过，等他考上了大学有了工作，他就去买冻疮膏来抹手，"多买几瓶，擦得厚一点"。

后来，有同学提到过他，说是好像疯了，再后来，又有人提起，说是已经死了。

在我们的世界里，他像一粒尘埃，存在的时候没有重量，死去了也是那么无声无息——这世界一向是如此残酷。

可是，某些时刻，这尘埃突然变成一粒钻进眼里的沙，让人难受。我经常想，如果他不卖掉他的房子，回家娶了媳妇，现在我会不会在人海里看到他，他或许在卖菜、或许在当泥水工、或许在山里种地。但事实上我再也没有看到过他——无论是疯了，还是死了，总之他从我们的世界里消失了。

时光流逝，当年一起高唱"我们，曾经一样地流浪，一样幻想美好时光，一样地感到流水年长"的同学们早已各奔东西，昔日因为父母下海经商办企业跑运输开商铺而富得敢拿钱砸老师脸的同学，如今过得也就那样，依然是牛逼哄哄，缺乏素养，提到捉弄老师依然是哄笑连天，无所敬畏，一喝酒就醉，醉了就惹事。

都说心空的人容易醉，看来钱再多，还是买不来某些东西的。意识到这一点，一个个便都开始后悔和惆怅，开始谈到疯了或死了的他，仿佛自己该为他的疯或死去负点责任，因为冷漠。于是他在消失多年后成为我们眼里的一粒沙。

因为这粒沙，冥冥间，一些更加碎的细的经历开始在脑子里聚集，汇成一个怪诞的故事，渴望飞翔的疯子，单纯可爱的小哑巴，默默担当守卫者的班主任东门长安，他们从记忆的四面八方汇聚而来，走到一场绚丽凄惨的烟火架事故中来。相关人等的生命在异变易逝诡魅诱人的烟花中绽放、闪烁、坠落、遁灭……

小说中这场死伤惨烈的烟火架事故，我身边有人亲历过，谈及细节的时候，大都摇头轻轻带过，只说好吓人，太惨了，沟里全是死人。多年来我一直被这个事故所困、所魅。烟火架表演，让我想起郑智化的那首歌，《淡水河边的烟火》，"看过了一场精彩的烟火表演，我捕捉到你难得一见的笑脸，忽然间忘记，这是一个分手的夜，在这熙来攘往热闹的淡水河边，从此不再相见，不再相见。"我总在想，一场死亡，若有那么绚丽辉煌的烟火作别，悲伤是不是可以变成苍穹深处的星星？那些静静地、静静地遗留在沟壑里的残缺的遗体，听不听得到狂乱逃命的人群中，有呼唤他们的声音？他们会不会用残缺的脸，笑出花一样的容颜？

他们说我是个诡异残酷的人，面对一场惨烈的事故，一心想着烟花的美，甚至觉得残缺的遗体是夜空下烟花的点缀。

可是我真是无法阻止我那样的想法，血、烟火、欲望、奔跑、自私、逃离后的狂喜、难以面对的现实——如此种种交织在一起，会是一道怎样的人间境象？

于是最后有了这篇小说，纠结于正反两面的人生。它是毁灭的，也是新生的，它是赎罪的，也是原罪的，它是天使的，也是魔鬼的，它是干净的，也是肮脏的。

但最终它是干净纯洁的，因为世上有许多渴望飞翔的纯洁的灵魂，也有许多呵护鸟儿飞翔的灵魂。无论人的欲望有多么的膨胀，都始终战胜不了这些洁净高贵的灵魂，这些灵魂是所有良善与美好的守卫者，是我们可以期待的未来。

小说的创作持续了三年之久，在这中间，电影《鸟人》出来了，我一听到电影名字，整个人都不好了，这小说写了两三年，那么孤独哀伤干净透明的一个名字，生生被他们漂洋过海跑来给抢去了。

没有办法，最后想来想去，我给了它一个比鸟人更诗意的名字——《守卫者长诗》——不然能怎么办呢？我又无法给小说中诸如东门长安这样的好人一部史诗般的颂歌，东门以一生之长来守卫正义、守卫善良、守卫柔弱，他的一生足以成就一部长诗，守卫者长诗。

如是，我把烟火和深黑装进潘多拉的盒子，把天使和诗行留在夜空，我的小说，凭梦作主，而世间所有人的善良，各自作主。

诸神护佑。

图书在版编目 (CIP) 数据

守卫者长诗 / 肖勤著. — 北京：北京十月文艺出版社，2016.7

ISBN 978-7-5302-1578-4

Ⅰ.①守… Ⅱ.①肖… Ⅲ.①长篇小说—中国—当代 Ⅳ.①I247.5

中国版本图书馆 CIP 数据核字 (2016) 第 069288 号

守卫者长诗
SHOUWEIZHE CHANGSHI
肖 勤 著

出　版　北京出版集团公司
　　　　北京十月文艺出版社
地　址　北京北三环中路 6 号
邮　编　100120
网　址　www.bph.com.cn
发　行　新经典发行有限公司
　　　　电话（010）68423599
经　销　新华书店
印　刷　三河市三佳印刷装订有限公司
版　次　2016 年 7 月第 1 版
　　　　2016 年 7 月第 1 次印刷
开　本　880 毫米 × 1230 毫米　1/32
印　张　10
字　数　200 千字
书　号　ISBN 978-7-5302-1578-4
定　价　32.00 元
质量监督电话　010-58572393